悲惨な結婚
れたので、

策士な侯爵
切ろうと思います

JN062251

F fairy kiss

この作品はフィクションです。
実際の人物・団体・事件などに一切関係ありません。

悲惨な結婚を強いられたので、
策士な侯爵様と逃げ切ろうと思います

fairy kiss

序章

降り積もった雪が明るい陽光に解け、木々が芽吹き始めた冬の終わり――アメテュスト王国の王都パトリオートにあるオルコット侯爵邸は、少しばかり浮ついた空気に包まれていた。

館の前には磨き上げられた黒塗りの馬車がつけられ、御者は風で僅《わず》かに乱れた馬のたてがみを丁寧に整えている。一階では執事が指示を出し、館の主人、オルコット侯爵の部屋へ衣服を運ばせ、二階にある長女、ジュリアナの私室では、年若い侍女たちが楽しそうに髪飾りを選んでいた。

「どれがいいかしら。お嬢様にはダイヤモンドもお似合いだけれど、ガーネットの方が華やかね」

「大事な日だもの、もっと大きな髪飾りの方がいいわよ」

「そうだ。東の国から取り寄せた、金と瑠璃《るり》の髪飾りはどう？」

椅子に腰かけ、化粧を施されていたジュリアナは、閉じていた瞼《まぶた》をゆっくりと開ける。

目の前に用意された鏡に映るのは、長い睫《まつげ》に彩られた紫の瞳。腰に届く癖一つない髪は、日が射すと目映《まばゆ》く黄金に輝いた。

白い肌は思わず触れてしまいたくなるほどのきめ細やかさで、使用人たちにより毎夜手入れされる体は、爪の先まで美しく磨き上げられている。

彼女の身を包むドレスは、差し色に赤い布地が使われたクリームカラー。控えめながら、最上の布地を使った高級品だ。

現宰相であるオルコット侯爵の愛情を十二分に注がれて育った彼女は、美貌と知性を兼ね備え、社交界では〝オルコット侯爵の宝珠〟と呼ばれていた。

穏やかな性格でも知られるジュリアナは、優しく微笑《ほほえ》んで侍女たちを見やる。

「……皆、今日は特別な日だけれど、結婚式の日取りを伝えられるだけよ。あまり派手に着飾っても、場違いだと殿下のご不興を買ってしまいかねないわ。おとなしやかなものでいいの」

耳に心地よい、柔らかな声音でなだめられた侍女たちは、主人を振り返り、砕けた笑みを浮かべた。

「まあ、お嬢様ったら。どんなに派手な恰好をしようと、バーニー殿下がお怒りになるはずがありません」

「そうですよ、笑顔でお褒めくださるはずです」

「幼少のみぎりよりお嬢様を慕っていらっしゃる、あの王太子殿下ですもの」

あけすけに言われ、ジュリアナの頬がほんのりと赤く染まった。

「慕っていらっしゃるだなんて。王太子殿下に向かって、そんな畏《おそ》れ多いことを言ってはダメよ」

彼女は今日、婚約者であるアメテュスト王国の王太子、バーニーとの挙式日について、議会から報《しら》される予定だった。直接王宮へ出向いて聞くため、その身支度を整えているのだ。

二人が婚約したのは、バーニーが九歳、ジュリアナが十一歳の時。

オルコット侯爵がその才覚を見込まれ、外務大臣を経て宰相の座を手に入れた折の出来事だった。

ジュリアナとバーニーは年齢が近く、建国時より数々の誉れを持つ伝統あるオルコット侯爵家の娘ならば、王太子妃に相応《ふさわ》しいのではないか――。

そう提案した国王に対し、議会は全会一致で賛同し、婚約は円満に結ばれた。

だがこの婚約は、国王が能吏《のうり》であるオルコット侯爵を手放さぬために打った政略の一つだと、社交界では実《まこと》しやかに囁かれている。

ジュリアナは当時、将来王太子と結婚するのだと聞かされても、ピンとこなかった。彼女には四つ年下の弟、マリウスがいて、王太子は彼と同じ庇護対象にしか見えなかったからだ。

父からは、王太子には敬意を払って接するよう固く言い渡され、また彼の知識が及ばぬことについては、さりげなく助言せよと命じられた。

将来の伴侶として、彼の知見を広げる協力をするのだと諭され、ジュリアナは父の言いつけを守った。

いつ何時《なんどき》もバーニーを立て、彼の知らぬ事柄はそっと耳打ちして教える。

彼は明るく無邪気で、素直な子だった。ジュリアナの教えをすんなり聞き入れ、礼まで言う。

彼には二歳年下の弟王子、ディルクがいて、王宮では兄として振る舞うのが常だ。彼を教え諭す者といえば、家庭教師と両親だけ。

そんな世界に、突如二歳ばかり年上の少女が婚約者として現れ、色々と注意してくる。

それなりに気位があるだろう彼にとって、ジュリアナの言葉は癪《しゃく》に障《さわ》るのではとその心情を慮《おもんぱか》ったが、杞憂《きゆう》に終わり驚いた。

全ての者に愛されて育ったからか、彼は大らかで、大変人懐こい性格だったのである。

バーニーはすぐにジュリアナに信頼を寄せ、自ら教えを請うまでになった。

そして奇遇にも同い年だった二人の弟は、この縁から友人関係を築いている。

一方、ジュリアナとバーニーの仲はというと、長く姉弟と変わりない状態が続いた。

ジュリアナの心が変化し始めたのは、バーニーが十四歳になり、軍部の訓練に参加し始めた頃からだ。

成長期に入ったバーニーは、みるみる顔つきや体つき、声まで変わっていく。婚約当初はジュリアナの方が背が高かったのに、あっという間に追い越され、ほのかに異性として意識するようになった。

次第に彼の幼さはなりを潜め、ジュリアナの髪や頬に触れ、誘うような笑みまで浮かべるようになる。色恋の経験がないジュリアナは、些細な触れ合いにさえドギマギとさせられた。

あと半年すれば十八歳になろうという今、彼はすっかり魅力的な青年の風貌となり、ジュリアナは密かに恋心を抱いていた。

けれどバーニーも自らと同じ気持ちかどうか確かめていない彼女は、過ぎた発言をした侍女をやんわりと窘める。

控えるよう言われた侍女は、眉尻を下げた。

「お嬢様ったら、相変わらず慎ましくていらっしゃるのだから。お二人の仲のよさは有名ですもの。

殿下がお嬢様を慕っていると聞いたところで、誰も疑問にすら感じませんわ」

「私もそう思いますわ。……それにしても、ご結婚式の日取りはいつになるのでしょうね」

「待ち遠しいわね。国を挙げて、華々しく開かれるに違いないもの」

雑談が続く気配に、化粧を担当していた最年長である十九歳の侍女、エレンがぴしゃりと口を挟んだ。

「貴女《あなた》たち、浮かれるのはいいけれど、口だけでなく手も動かしてね。お嬢様のご要望に添った髪飾りもきちんと選ぶのよ」

ジュリアナの髪や衣装を担当している三人の侍女たちは、十五、六歳と若く、おしゃべり好きだ。叱られた彼女たちは肩を竦《すく》めて「はあい」と応じ、再びかしましくどれにしようかと話し始めた。

背に届くシルバーブロンドの髪を一つにまとめ、お団子にしているエレンは、無駄口を一切叩かない。ジュリアナの目尻に色香あるアイラインを差し、身を屈めて鏡越しにその仕上がりを確認する。鏡に映る主人と目が合うと、彼女は瞬き、きりりとつり上がったアーモンドカラーの瞳を不意に細めた。ジュリアナに身を寄せ、耳元で囁く。

「お喜び申し上げます、アナお嬢様。これまで影となってバーニー殿下を支えてこられたお姿、大変ご立派でございました。……お嬢様の恋が成就しそうで、エレンは心から嬉《うれ》しく思います。どうぞお幸せになられますように」

愛称で呼ばれたジュリアナは、一層頬を染めた。

バーニーへの恋心は、当人はもとより、誰にも打ち明けていない。でもジュリアナが十歳の頃から仕えている同い年の彼女には、お見通しらしい。

ジュリアナは気恥ずかしくなり、他の三人の侍女に聞かれぬよう小声で答えた。

「気が早いわ、エレン。今日は式の日取りを聞くだけなのよ。……だけど、ありがとう」

貴族の婚姻とは、一般的に家同士が互いの利益のために結ぶものだ。特に、ジュリアナのような良家の娘は、政略的な婚姻になる場合がほとんど。好きになった男性と結婚できるのは、非常に幸運だった。

「お嬢様、こちらはいかがでしょう？」

髪飾りを選んでいた侍女に話しかけられた時、私室の扉をノックする音がした。侍女の一人が対応に向かうと、聞き慣れた青年の声が室内に響く。

「こんにちは。ジュリアナの身支度はもう終わったかな？　彼女が王宮に出かける前に顔を見ようかと思って来たんだけど」

若い侍女たちが目に見えて色めき立ち、黄色い声をあげた。

「まあ、キースリング侯爵だわ……！」

「お嬢様、キースリング侯爵ですよ。いかがなさいますか？」

暗にぜひ部屋に入れようとねだる侍女たちに、ジュリアナは苦笑する。

キースリング侯爵こと、エリック・キースリングは、ジュリアナの幼なじみだった。今年二十三歳になる彼は、漆黒の髪に、サファイアを思わせる美しい青の瞳を持っている。背は高く、その肢体はすらりとしていて、軍部に所属しているわけでもないのに鍛えられていた。

貌《かお》の造作は端整で、振る舞いは気さく。それらの相乗効果で、社交界では随一の女性人気を誇る、大変魅力的な青年だ。

とはいえ、ジュリアナにとっての彼は、幼なじみで気のいい友人。今でこそ婚約者がいる身であるため爵位で呼ぶが、エリックはジュリアナが幼い頃から頻繁にオルコット侯爵邸に招かれ、そこにいるのが当たり前の存在だった。

だが三ヶ月も勤めれば見慣れてしまいそうな頻度で屋敷を訪れる彼に、侍女たちが飽きる様子はない。

ジュリアナは彼女たちの期待に応え、彼の入室を許した。

「どうぞ」

ドレスの着付けも化粧も終わっているし、あとは髪飾りをつけるだけだ。

笑顔の侍女に先導されて部屋に入った彼は、部屋の一角に設けられた鏡の前にいるジュリアナを見て、足をとめた。

「――あれ、まだ支度してるところだった？　失礼。急ぐわけではないから、外で待っているよ」

普段、素顔のジュリアナも見ているくせに、エリックは紳士としての一線は守ろうと、踵《きびす》を返す。

ジュリアナは笑って振り返った。

「ありがとう、キースリング侯爵。でも大丈夫よ。あとは髪飾りをつけてもらうだけなの」

「……そう？」

「どんな髪飾りにしようかと、皆で話していたのです。よろしければ、キースリング侯爵もアイディアを出して頂けませんか？」

彼を案内していた侍女が話しかけ、エリックはやんわりと微笑む。

「髪飾りか。アナは何をつけても似合うだろうけど、今日は大事な日だからね」

今日の彼は、シルバーブルーの上下に身を包み、アメジストのピアスとシックなシルバーの指輪をいくつかつけていた。

ジュリアナが鏡へと視線を戻すと、エリックは背後に近づき、鏡越しにドレスを確認する。それから斜め後ろに置かれたテーブルの上に並ぶ髪飾りに視線を向け、しばし思案げに黙り込んだ。

考えている最中、彼が前髪を掻き上げれば、侍女たちの頬が染まる。

動作一つで少女たちの心を騒がせる友人に、ジュリアナは半ば呆《あき》れた。

「……これはどうかな？　バーニー殿下が、初めてアナのために選んでくれた髪飾りだろう？」

鏡越しに選んだ髪飾りを見せられ、ジュリアナはドキッとする。

彼女が十八歳になる誕生日にバーニーから贈られた、宝石でできた薔薇《ばら》を真珠と紅色のリボンで彩った髪飾りだった。緊張の面持ちのバーニーに手渡された、思い出深い品。

王子として生まれたバーニーは、周囲が何くれとなく手助けしてくれるため、贈り物を自分で選ぶという考えがなかった。ジュリアナへの誕生日プレゼントも、それまでは王妃や使用人に任せきり。

そんな彼が、十六歳になって初めて、自ら選んでくれたのだ。あまりに嬉しくて、ジュリアナはエリックにまで自慢した。

思えば、バーニーに恋心を抱いたのは、あの頃が始まりだったろう。

気の利いた提案をしたエリックに、ジュリアナは頬を染めて頷いた。

「……ありがとう。素敵だと思うわ」

はにかんで笑うと、彼は甘く微笑み返す。

「君の大切な日の手助けができて、とても光栄だよ。……もっとも、君は髪飾りなどなくても、十二分に美しいが」

エリックは鏡越しにジュリアナを見つめながら、さらりと金色の髪を梳《す》いた。指の間を滑り落ちていく髪を横目に、ぼそりと低い声で呟く。

「……嫁《とつ》がせてしまうのが、惜しいほどに」

「え？」

最後の言葉が聞き取りにくくて振り仰ぐと、彼はにこっと笑みを深めた。

「いいや、未来の王太子妃殿下の幸福を祈っただけだよ。それじゃああとは、プロに任せよう」

エリックは髪飾りを侍女に手渡し、窓辺の席に移動した。

「では真珠の髪飾りは耳上におつけして、後ろのまとめている場所には生花を挿《さ》しましょうか」

こめかみ辺りの髪を束にして三つ編みにし、後方でひとまとめにしていたジュリアナに似合うよう、侍女はそう提案してくる。ジュリアナがそれでいいと答えると、他の侍女がカートから生花を選び取り、首を傾げた。

「こんなに大事な日にビアンカはお休みだなんて、あの子ももったいないことをしたわね」

「そうね。だけど、お嬢様の晴れの日より大事な用事って何かしら」

勝手知ったる他人の部屋で、優雅に椅子に腰掛けて遠目にジュリアナを見ていたエリックが、軽く顔を上げる。

ビアンカとは、五人いるジュリアナの侍女の内の一人だった。十六歳の明るく潑剌《はつらつ》とした少女で、今日は用事があると言って休みを取っている。

口を尖らせて不満げに話す侍女たちを、ジュリアナは穏やかになだめた。

「いいのよ。元々、私の侍女はたくさんいるもの。一人くらいお休みしたって、皆困らないでしょう?」

花を選んでいた二人の侍女は、ジュリアナの背後に移動しながら眉を上げる。

「困る困らないではないのです。私たちは、心意気の話をしているのです」

「侍女たる者、お嬢様の大切な日には共にあらねばなりませんわ」

髪を仕上げる少女たちに、ジュリアナは微笑んだ。

「まあ。私の侍女たちは、忠誠心の強い子たちばかりね。とても嬉しいわ」

「そうでしょう?」

一人が冗談半分に胸を張って頷くと、エレンを除く侍女全員がころころと笑い声をあげた。

五人というのは、一貴族令嬢が抱える侍女の数としては多すぎるものだった。

ジュリアナが王太子の婚約者になって以降、多くの貴族が、未来の王妃のもとで自らの娘に行儀作法を学ばせたいと望んだ結果だ。未来の王妃とお近づきになり、また王家に近しい人々と交流する機会をより多く得るために、娘を差し出したのである。

オルコット侯爵はそれらの打算を承知した上で、雇える最大数の娘を受け入れた。

そのため、ジュリアナに仕えている侍女は、社交界でも名の知れた名家の娘がほとんど。

気のいい娘たちばかりで、不満はない。けれどれっきとした貴族令嬢でもある彼女たちは、宴が開かれればジュリアナと同じように着飾って参加し、良縁を手にするや否や、すぐに職を離れた。

早い者は、一年も経《た》たぬうちに辞める。

髪の仕上がりを最終確認していたエレンは、鏡越しにジュリアナと目を合わせ、眉根を寄せた。

「お嬢様。侍女にはもっと、厳しくなさってよいのですよ。お嬢様はお優しすぎます。皆、甘えて調子に乗るばかり」

エレンは唯一、ジュリアナに真実の忠誠を誓った侍女だ。他の侍女たちに点が辛《から》い彼女は、時折、主人に対しても苦言を呈する。けれどジュリアナは、本日もまた首を振った。

「いいの。皆いい子だもの、なんの問題もないわ」

ジュリアナは、侍女たちに対し嫁ぎ先が決まるまで預かっているだけのお嬢さんにすぎないと考えていた。所作に誤りがあれば正すが、それ以外は好きにしていい。

侍女たちはそんな寛容な主人のもと、嫁ぐまでの僅かな期間、楽しげにオルコット侯爵家で過ごすばかりだ。

また部屋の扉がノックされ、侍女たちが振り返る。一人が足取りも軽く扉に向かうと、身支度を整えた、今年四十二歳になるジュリアナの父——オルコット侯爵が顔を覗かせた。

グレーがかった金色の髪に紫の瞳を持つ壮年の彼は、部屋の中を一通り見渡し、エリックに目をとめる。

「——エリック、来ていたのか。ジュリアナは王宮へ連れて行く時間だが、構わないかな？」

オルコット侯爵は、私的な場では彼を名で呼んだ。エリックは椅子から立ち上がり、にこやかに答えた。

「ええ、大丈夫です。もうすぐ王太子妃になってしまう友人の顔を見に来ただけですので」

身支度を終えたジュリアナが立ち上がると、彼は近くまで歩み寄り、仕上がりを見て頷く。

「うん、綺麗《きれい》だよ。きっとバーニー殿下も、ご満足される」

バーニーの名を出され、ジュリアナはぽっと頬を染めた。

「……そうだといいけれど」

照れくさくて俯くと、エリックはふと黙り込んだ。不思議に思って顔を上げると、彼は青の目を細める。

「……君を娶《めと》れる男は、幸運だ」

大げさな褒め言葉に、ジュリアナはふふっと笑った。

「ありがとう、キースリング侯爵。貴方《あなた》はいつも褒め上手ね」

「本当のことを言っただけだよ」

キザなセリフに一層頬を染めかけた時、オルコット侯爵が口を挟んだ。

「そろそろ行こうか、ジュリアナ」

「――はい、お父様」

促され、ジュリアナはエリックと共に部屋を出る。

オルコット侯爵が手を差し伸べ、そのエスコートで一階へ行くと、中央階段下にある正面ホールには、使用人や母、弟が既に集《つど》っていた。

階段脇にいた弟は、ジュリアナの後ろをついてきていたエリックに気がつき、声をかける。

「あれ、エリック。来てたの？」

エリックは彼の傍《そば》に歩み寄りつつ答えた。

「アナの大事な日だからな。当然来るさ」

「ふうん。暇なんだね」

「いい返事だな、マリウス」

エリックは小生意気な弟の頭をぐしゃぐしゃに撫で回し、ジュリアナはいつもの和やかな光景に笑みを浮かべる。素直ではないが、弟はエリックを兄のように慕っていた。

「皆、見送りに来てくれてありがとう。それじゃあ、行ってきます」

屋敷を出る時刻となり、出立を伝えると、使用人たちが一斉に頭を下げた。

「――お気をつけて、行ってらっしゃいませ」

「あ、行ってらっしゃい！　気をつけてね！」

乱れた髪を直していた弟は慌てて声をかけ、エリックと母は微笑んで手を振ってくれる。

ジュリアナは手を振り返してから、父と共に馬車に乗り込み、王宮へと向かった。

◇　◇　◇

アメテュスト王国の王宮は白亜の見事な建造物で、そこから門までを繋ぐ回廊の周辺は美しい芝が覆っていた。春になればあちこちで花が咲き乱れ、美しい蝶々が舞う。

この国の主な産業は、養蚕業《ようさんぎょう》と農業。王都では毎年初夏になると絹と花の祭典が開かれた。これといって軍事力も経済力も突出していない小国ながら、四百年もの間、安寧の時を刻み続けている。

そんなアメテュスト王国の北には、エーデ大陸の半分を領土としているペルレ帝国があった。周辺各国を次々に攻め滅ぼし、領土拡大に勤《いそ》しむ、血気盛んな大国だ。

しかしかの大帝国は、隣り合わせの小国・アメテュスト王国だけは侵略対象国家にしなかった。なぜアメテュスト王国が侵攻の手から免《まぬが》れているのか、その理由を知る者はいない。

一説には皇帝の気まぐれだとも、アメテュスト王国国王の外交力のおかげだとも言われていた。

「着いたよ、ジュリアナ」

馬車の窓から王宮の庭園を見ていたジュリアナは、名を呼ばれ、向かいに座るオルコット侯爵に視線を戻す。馬車がカタンと音を立ててとまり、彼は珍しく朗《ほが》らかな笑みを浮かべた。

「これからより一層気を引き締めねばならぬが、ひとまず褒めておくよ、ジュリアナ。八年もの間、王太子殿下の婚約者としてよく頑張った。私もお母様も、お前を誇りに思っているよ」

バーニーの婚約者になってからというもの、ジュリアナの生活は一変した。

数多《あまた》の家庭教師から知識を詰め込まれ、遊ぶ時間など全くない。オルコット侯爵家を継ぐ予定の弟と比べても、遙かに多くの自由を失った。

もう授業を受けたくないと泣いた日もあったが、父は決してジュリアナの甘えを許さなかった。バーニーと婚約する直前まで、当たり前に見せていた笑みすらも消し、厳しく接した。

突如、優しい父が消えてしまい、ジュリアナは酷く悲しんだ。けれど、成長する内にその振る舞いの理由も理解できるようになった。

全てはジュリアナのため。両親は、国王を支え、どんな外交にも対応できる妃になるようにと、娘にできる限りの支援をしてくれていたのだ。

他の子供たちと一緒に遊びたい気持ちを呑み込み、自らを律してきたジュリアナは、努力が認められた気がして、淡く頬を染めた。

「ありがとうございます。私が今日までバーニー殿下の婚約者として努めてこられたのも、お父様やお母様のご支援あってのことです。これからも、努力してまいります」

聡明な令嬢らしく答えたあと、ジュリアナは膝上に重ねた自らの掌《てのひら》に視線を落とす。僅かに迷ってから、彼女は息を吸って顔を上げた。小首を傾げてこちらを見返していた父に、愛らしく笑いかける。

「……あのね、お父様。バーニー殿下の妻になれること、私は心から嬉しく思っているの。本当にありがとう」

父のおかげで、好きな人と結婚できる。嬉しさを隠さず、子供の頃と変わらぬ口調で告げると、オルコット侯爵は眩しそうに目を細め、穏やかに笑い返した。

宮殿の正面出入り口につけられた馬車の扉が開き、先に降りたオルコット侯爵がジュリアナをエスコートする。

ふわりとドレスを揺らしてステップを降りるジュリアナに、宮殿前に居並んだ警備兵らの視線が集中した。

腰に届く緩く巻かれた金色の髪は陽光を受けて煌《きら》めき、紅を差した唇は艶《つや》やか。肌は白く、常に柔らかな表情を保つその佇まいは優美そのものだった。

王宮に彼女が訪れるたび、その容貌に視線を奪われる者はあとを絶たず、その日も若い警備兵たちは彼女の一挙手一投足に注目した。

オルコット侯爵は彼らの視線に僅かに嘆息し、娘を正面ホールへと連れて行く。人々の眼差しには慣れている彼女は、落ち着いた足取りで正面ホールに入り、そこで待ち構えていた人物に目を瞬かせた。

オルコット侯爵もまた、驚きで目を丸くする。

細い眉にエメラルドを彷彿《ほうふつ》とさせる美しい瞳。すらりとした体はいかにも貴公子然としていた。

金色の髪は、彼の人懐こい性格によく似合う、猫毛で癖のある柔らかな質感。

ジュリアナたちを待ち構えていたのは、金の刺繍《ししゅう》も鮮やかな赤の衣装に身を包んだ、アメテュスト王国の王太子、バーニーだった。

いつもなら、会う予定があっても、彼は自室などで来訪を待っている。それが突然自ら出迎えに来たため、オルコット侯爵親子はすぐに彼に歩み寄り、それぞれ正式な礼をした。

「バーニー殿下。このようなところまでおいで頂けるとは、恐縮でございます。お目にかかれ、光栄でございます」

オルコット侯爵に倣《なら》い、ジュリアナも膝を折ったまま挨拶をしようとしたが、バーニーが遮る。

「堅苦しい挨拶はいいよ、ジュリアナ。オルコット侯爵も、よく来てくれたね。今日くらいは僕が出迎えるのも悪くないかなと思って来てみたんだ。特別な日になるだろうからね」

ジュリアナは顔を上げ、珍しい行動を取った彼を見る。波打つ金色の髪を揺らし、バーニーはにこっと明るい笑みを浮かべた。

「さあ立って、ジュリアナ、オルコット侯爵。もう皆揃ってるよ」

手を差し伸べられ、ジュリアナは頬を緩める。

ついこの間まで、彼は女性をエスコートするタイミングに気づけない少年だった。

王太子である彼は、常に誰かにエスコートされる側だったからだ。エスコートの仕方は知っていても、いつどうするのかを察せられない。周囲が見かねて、ジュリアナのエスコートを、と声をかける有様。

ジュリアナもさすがに、自分をエスコートするよう言うのは気が引けて、プレゼントの件同様に、口にできなかった。だけど、ここ一、二年で彼はそれもできるように成長し、見守ってきた彼女としては嬉しく、また面はゆい心地だ。

「ありがとうございます、バーニー殿下」

彼女の手が重ねられると、バーニーは照れくさそうに笑みを深めた。

ジュリアナが手を引かれて立ち上がると、少し先に姿勢を正していたオルコット侯爵に、控えていたバーニーの近侍——ベーレンス侯爵家の次男であり、クレフ伯爵を名乗るフリードが近づく。

フリードの父であるベーレンス侯爵は爵位を複数持っており、嫡男でない彼は、成人と同時に伯爵位を継承していた。

「バーニー殿下はこちらから直接議事堂へ向かわれるご意向ですが、問題ございませんか？」

耳打ちされたオルコット侯爵は、僅かに眉を顰《ひそ》めてフリードを見返す。薄茶色の髪に空色の瞳を持つ二十三歳の若き近侍は、内実を推し量るかのような鋭い宰相の眼差しに、頬を強《こわ》ばらせた。

本日のジュリアナたちは、一旦控えの間に待機し、議会側からの呼び出しを待って、その後議事堂へ向かう予定だった。

オルコット侯爵への耳打ちが聞こえたジュリアナは、バーニーに視線を向ける。

彼はジュリアナの手を引き、正面ホールの先、議事堂へと繋がる回廊に歩き出そうとしていた。

「殿下……」

ジュリアナが引きとめようとする前に、オルコット侯爵が声をかけた。

「——殿下。そうお急ぎにならずとも、予定通り控えの間で待機し、議会の呼び出しをお待ちになればよろしいのではございませんか？」

バーニーは振り返り、明るく応じた。

「控えの間に入って議会に到着を報せ、向こうからの呼び出しを待って再び移動するなんて、二度手間だろう？　君たちの到着の連絡はもう別の者に行かせているから、問題ないよ」

「……さようでございますか」

既に報せを出しているなら、予定通りにする方が却《かえ》って手間になる。オルコット侯爵はそれ以上追及はせず、ジュリアナもまたバーニーに従った。

これまでバーニーは、臣下たちの立てた予定をむやみに変える人ではなかった。

その気になれば傍若無人に振る舞うのも可能だが、いつだって臣下たちを振り回さぬよう、配慮して動く王子なのである。

それが今日に限ってどうしてかしら——と、ジュリアナは不思議に感じ、バーニーを見上げた。そして訝《いぶか》しむ。

オルコット侯爵に背を向け直し、議事堂へと向かう彼の横顔には、笑みがなかった。期待と緊張が入り交じる眼差しで正面を見据え、唇を固く引き結んでいる。

結婚式は確かに重要な式典だ。しかし王太子として既に幾度か外交の場などにも参加し、責任を負う仕事を熟《こな》している彼が緊張するほどとは思えない。

ちらりと後方に従う近侍とオルコット侯爵に目を向けた彼女は、また奇妙に感じる。

直前での予定変更をすまなく感じているのか、フリードは随分と沈んだ面持ちで俯きながら歩いており、オルコット侯爵は、何かを見透かすような眼差しをバーニーの背に注いでいた。

ジュリアナたちが中央塔の東にある議事堂前に到着すると、控えていた騎士たちが扉を開いた。

室内に集まっていた議員らが、一斉に振り返る。

議事堂の議会室は、最前列に玉座があり、その両側には各派閥の長《おさ》が顔を並べていた。そして王を取り囲むように半円形に並べられた席には議員らが腰を据えている。

白い毛皮の装飾を施した深紅のマントを羽織ったアメテュスト王国国王が、王太子らの登場に顔を上げ、目を細めた。

「ああ、来たようだ。ジュリアナ嬢、バーニー、入りなさい。フェリクスはこちらへ」

バーニーのそれよりもやや鈍《にぶ》い色の金髪に、夜へと色を変えようとする夕暮れの空を彷彿《ほうふつ》とさせる藍の瞳。齢《よわい》三十九になる国王は、自らよりも三歳年上のオルコット侯爵を気安く名で呼び、隣の席に座るよう促した。

十四年前に前国王が心臓を患《わずら》って急逝し、二十五歳の若さで王位を継いだ彼は、それ以前からオルコット侯爵と友人関係にあったらしい。公私ともに親しく過ごす彼らだが、オルコット侯爵が王への敬意を失う時はいかなる場合もない。また、外務大臣としての彼の働きは誰もが認めるところで、宰相就任の折も、縁故だと異論を唱える者はいなかった。

オルコット侯爵は目礼をしてバーニーの脇を通り抜け、国王の隣に移動する。

不意にエスコートされていた手を強く握り締められ、ジュリアナは痛みに肩を揺らした。

国王を見つめていたバーニーが、はっとこちらを振り返る。

「あ……っごめん、痛かった?」

無意識に力を込めていたらしい彼は、小声で謝罪する。落ち着きのない彼の様子に、ジュリアナは眉尻を下げた。

「……バーニー殿下、本日は挙式の日取りを聞くだけです。緊張される必要はございません」

なぜそんなにそわそわしているのか不思議に思いながら、穏やかに取りなすと、バーニーは優しい光を宿すジュリアナの瞳を見つめる。弱々しく息を吐き、空いた方の手で自らの胸を撫で下ろした。

「……ごめん。凄く緊張してるんだ。今日は僕にとって、凄く特別な日だからさ……」

「……挙式の日取りを聞き、承ったとご挨拶するだけでございます。何もご心配はいりません」

形式上、本日決議されるとなっているが、何度か話し合いはなされており、既に挙式日は内々に決まっていた。オルコット侯爵が本日の議会に参加せず、娘をエスコートして来たのも、検討する事案がないからだ。

入念に決められた日取りは、今日どうこうしようと変わるはずもなく、当人たちは受け入れると答えるだけの儀礼的な行事の一つ。外交に比べれば、随分と気安い日だった。

とはいえ、まだ十七歳のバーニーにとっては自らの人生が決まる日で、いつもとは何かが違うのだろう。

ジュリアナは理解を示し、彼の手を温かく両手で包み込んだ。

「どうかご安心ください、バーニー殿下」

母性を感じさせる温かな振る舞いに、バーニーは安堵の笑みを浮かべた。

「……うん。ありがとう、ジュリー」

彼だけの愛称で呼ばれ、ジュリアナは柔らかく微笑んだ。

傍らにオルコット侯爵が腰を下ろすと、国王は二人を呼ぶ。

「さて、二人はこちらへ」

背後に控えていたフリードが下がる気配がして、二人は議会室の中央へと移動した。御前に跪《ひざまず》き、拝謁の礼を述べて頭《こうべ》を垂れると、国王は一つ頷く。

「うん。……この八年の間、二人は十分な婚約期間をもうけ、互いをよく知れただろうと思う。そしてバーニーは今年十八歳となり、成人を迎える。より堅固にこの国を支える一翼となってもらうためにも、二人はそろそろ婚姻を結ぶ頃合いだと、議会でも採決がなされた」

ジュリアナは頭を垂れたまま、胸の高鳴りを感じ、こくりと喉を鳴らした。

結婚すれば、これからは寝食を共にする家族となる。バーニーと夫婦として生活していく自分は想像もできないが、明るく朗らかな彼となら、よき未来を築けるだろう。

妃としてバーニーを支える覚悟を胸に、ジュリアナは王の言葉に耳を傾けた。

「二人の挙式は、バーニーが成人を迎え、社交界に慣れた頃合いがよいだろうと話し合われ、今年の秋――九の月に執り行うと決議された」

九の月といえば、バーニーが成人してから丁度半年後だ。三の月生まれのバーニーは、今月末に社交界デビューを果たす。

社交界に慣れた頃合いというにはやや早く思われたが、恐らくジュリアナに配慮したのだろう。

アメテュスト王国では、女性は十六歳で成人し、結婚適齢期は十六歳から二十歳頃と言われている。既に十九歳である彼女は、これ以上婚期を遅らせると嫁《い》き遅れと変わらぬ印象になった。

「式は慣例に則《のっと》り、フロイデ教会にて執り行う。二人とも、異論はないだろうか」

王都中央にある国内最大のフロイデ教会は、アメテュスト王国の王族が結婚式に必ず使う、伝統ある教会だ。

ジュリアナはバーニーと共にゆっくりと顔を上げる。国王は藍の瞳を細め、微笑ましそうに二人を交互に見た。

バーニーは父王をまっすぐに見つめ、緊張の面持ちで応じる。

「承知致しました」

彼に続き、ジュリアナも承知したと答えようとした時、バーニーが再び口を開いた。

「ですが、一つだけ申し上げたい事柄がございます、陛下」

「——うん？」

挙式日を聞き、了承するだけのはずが、王太子が予定外の発言をし、国王は首を傾げる。

ジュリアナも何を言うのかしらと、バーニーを見やった。

彼は父王だけを見つめ、大きく息を吸うと、額に汗を滲ませて言った。

「婚姻と同時に、ビアンカ・オールポートを王宮へ召し上げることを、お許し頂きたい！」

ジュリアナはゆっくりと瞬いて、八年間婚約者として共に過ごしてきた王太子を見つめた。

一堂に会した議員らはざわめき出し、オルコット侯爵は王太子をまっすぐに見つめる。

バーニーは周囲の反応には目もくれず、すくっと立ち上がると、背後を振り返った。時を見計らったかのように、閉ざされていた議会室の扉が開かれ、一人の少女が姿を現す。

ふわふわと柔らかそうなウェーブを刻む栗色の髪に、晴れた空を思わせる澄んだ青の瞳。背は低く、けれど体つきは成熟した女性そのもの。

細い腰と豊満な胸が背の低さとミスマッチで、それが却って魅力的に感じさせる——オールポート伯爵家の次女、ビアンカが、フリードにエスコートされて入室した。

ジュリアナは事態を理解できず、ゆっくりと立ち上がる。

「こちらへおいで、ビアンカ」

ジュリアナの鼓動が、ドキリと跳ねた。今まで一度も聞いた覚えのない、男らしい物言いだった。

ジュリアナに対しては、彼はいつも、どこか甘えた、頼りにしているのがわかる口の利き方だ。対して今のはまさに恋人に対する話し方——。そう感じている間に、バーニーと彼女が歩み寄る。

期待と不安の入り交じる眼差しでバーニーを見つめていたビアンカは、彼に手を差し伸べられ、愛らしくはにかんで笑った。

バーニーはビアンカの腰に手を添え、元いたジュリアナの傍らまで戻る。彼は父王に向き直り、毅然と言った。

「——父上。私は今後も、王太子としての責務を果たすとお約束致します。ですが、この恋だけは、どうしても諦められないのです。どうぞ彼女を王宮へ召し上げることを、お許し願います！」

胸に迫る、切実な声音と表情だった。

唖然と成り行きを見守っていた議員の一部が、ぼそぼそと小声で話す。

「オールポートだと……？　あの家は確か、オルコット侯爵家に娘を働きに出していなかったか」

「ああ……。侍女として一人、雇われていたはずだ」

「では殿下は、ジュリアナ嬢の侍女にお手を出されたのか……？」

鼓動が乱れ、頭の中でも心音が聞こえる錯覚に見舞われた。全身から血の気が引き、バーニーの隣に立っているのも耐えられないほど、羞恥が襲う。

議員らの言う通り、ビアンカはジュリアナの侍女だった。そしてバーニーは今、恋と言った。

たった今、彼は、いつの間にかジュリアナの使用人に惹かれ、恋仲になっていたと告白したのである。

こんな事態になるとは想像もしていなかったジュリアナは、震える吐息を零して、自らの侍女を見つめる。ビアンカが今日休みを取った理由は、これだったのだ。

主人と王太子の挙式日が告知される日に、自らが恋人であると名乗り出るため。

——アメテュスト王国の辺境にある、シュペルリング州を治めるオールポート伯爵家の次女、ビアンカ。

二年前、オールポート伯爵から娘をオルコット侯爵家で働かせたいと請われ、採用した。

シュペルリング州は、ペルレ帝国との国境にある要衝《ようしょう》の一つだ。

王の信頼厚い良家の一つと言えるも、かの地は荒野が大半を占め、人口も少ない。税収は少なく、経済的にさほど豊かではなかった。それ故の採用だったが——。

王の前に出るために用意したのだろうビアンカの衣装は、今まで彼女が身につけてきたどれよりも上等だった。差し色に赤い布地が使われた、クリーム色のドレス。

ジュリアナは、はたと自らのドレスを見下ろす。彼女のそれもまた、赤い差し色が入った、クリーム色のドレスだった。

ビアンカのドレスは、まるで自分に合わせたかのようだ。ジュリアナはそう考え、かろうじて残った理性が、冷静に応じる。

――まるでではない。ビアンカは敢えて、似たドレスを選んだのだろう。

侍女である彼女は、ジュリアナが今日着る予定のドレスを知っていた。だからわざわざ、似た色を選んだのだ。

――なんのために？

再び抱いた疑問に、自らがまた答えた。

周囲に、自らもジュリアナと遜色ない令嬢だと思わせるためだ。

議会に名を連ねているのは、ほとんどが壮年の男性。年若い娘など、彼らにとって大した違いは感じない。それが似たドレスを着ていれば、尚更、同じに見える。

まして、一方は宰相の娘という肩書きを持つも、もう一方は身分は劣るとはいえ良家の出であり、王子に望まれている娘だ。

議員らがいきなり反感を抱く恐れは、確実に下がった。

――周到に、計算している。

しかしビアンカがそこまで考えるだろうかと、ジュリアナは内心訝しむ。

ビアンカは無邪気に思ったまま行動する性格で、計算高さとは無縁の少女だ。

では誰が――と思ったところで、国王が口を開いた。

「何を言っているのか、わかっているのか。バーニー」

国王は足を組み、軽く頬杖をついて王太子を見下ろしていた。眼差しは落ち着き払っており、動揺の欠片《かけら》も見当たらない。

バーニーは父王の態度に眉根を寄せ、はっきりと答えた。

「承知しております」

国王は目を眇《すが》める。

「そうか。つまりお前は、その恋とやらを成就させるために、ジュリアナ嬢が費やしてきた八年をなかったことにしようと言うのだな?」

ジュリアナはすうっと息を吸い、震える指先を人目に晒《さら》すまいと拳を握った。

バーニーがビアンカを望むのなら、ジュリアナは用なしだ。昼夜を問わず必死に取り組んできた王妃教育も、全て無駄になる。時に泣きながら勉学に取り組んだ日々が脳裏を過《よぎ》り、脱力感で、視線が床に落ちた。

バーニーは、弾かれたように口を開く。

「そうではありません……！　私は責任を取り、ジュリアナ嬢と結婚致します！」

ジュリアナは意味がわからず、彼を見る。国王は眉根を寄せた。

「……恋をしたその娘と、結婚したいのではないのか?」

顎をしゃくってビアンカを指され、バーニーは躊躇《ためら》う。その横顔には、ビアンカを娶りたいと書かれていた。しかし彼が目を向けると、ビアンカは彼に「いいのよ」とでも言いたげな笑みを見せ、王に進言する。

「――陛下。私は、そのような過ぎた望みは抱いておりません。私は刺繍と詩を嗜《たしな》む程度で、ジュリアナ様のように高等教育も受けておりません。私はただ、バーニー殿下をお傍で支え、日々のご苦労を癒やしたいだけでございます」

ジュリアナの胸に、靄《もや》が広がった。

アメテュスト王国は一夫一妻制で、側室は公的に認められていない。しかし歴代の王の中には、非公式に愛人を王宮に囲っていた者もいた。愛人を置くのは不可能ではないだろうが――オールポート伯爵家の令嬢ならば、王太子妃として認められる立場だ。

アメテュスト王国に侯爵家は十二しかなく、伯爵家出身の王妃も幾人かいたのである。

それなのに、ビアンカは自ら愛妾で十分だと言った。

バーニーは苦しそうに顔を歪《ゆが》め、国王は年若い令嬢に目を細める。

「そうか。立場を弁《わきま》え、妃の座は望まぬと言うのか」

「はい！」

優しげな声音で確認され、ビアンカは瞳を輝かせて頷いた。

国王はふっと息を吐き、口角をつり上げる。

「其方《そなた》はジュリアナ嬢に仕えていた侍女のようだが、立場を弁えるというならば、己《おのれ》が仕える主人の婚約者と恋仲になることそのものを、控えるべきだったな」

柔らかな笑みと共に辛辣《しんらつ》な嫌みを返され、ビアンカはさあっと青ざめた。バーニーがすかさず彼女を背に隠し、眉をつり上げて言い返す。

「陛下！　彼女に惹かれたのは私です……っ。ビアンカを責めないで頂きたい！」

国王は笑みを消し、冷然と自らの息子を見下ろした。

「ああ、もちろんだ。私はお前も責めているよ、バーニー。そんなこともわからないのか？　婚約者の侍女に手を出した挙げ句、このような場でそれを公《おおやけ》にするとは、お前の愚かさには驚かされる」

「……っ」

多くの議員の面前で罵倒され、バーニーは頬を紅潮させる。厭《いと》わしそうに国王を睨み、勢いよくジュリアナを振り返った。

「ジュリアナ……っ。君ならわかってくれるよね？　これは僕が初めて手に入れた、真実の愛なんだ！　君の侍女と恋仲になってしまい、すまなく思ってる。だけど、どうか彼女を許してあげて！」

彼はジュリアナに理解を求めていた。その眼差しは、ジュリアナを信じ、疑い一つ抱いていない。

――恋をしていたのは、自分だけだった。

ジュリアナは虚《むな》しさに包まれながら、強ばる唇をなんとか動かす。

「……いつから、ビアンカ嬢と交際なさっていたのですか……？」

侍女として雇っていたため、ジュリアナは普段、ビアンカを呼び捨てにしていた。しかし王太子の恋人なら、それも改めねばならない。

ジュリアナは衆目の中、最大限自らの婚約者を奪った侍女に配慮して問うた。

そんな質問をされると考えていなかったのか、バーニーは一瞬怯《ひる》む。その反応に、ジュリアナはうっすらと瞳に涙の膜を張りながらも、優しく微笑んだ。

怒っていないと態度で示すと、彼は目を泳がせながら答えた。

「い……一年半くらい前かな……」

交際期間の長さに、周囲がどよめく。

――一年半。丁度、バーニーの態度に変化が出始めた頃だ。

なぜ変わったのだろうと、少し不思議だった。年頃になったからかと思っていたが、あれは、ビアンカと一緒に過ごしながら学んだのだ。

エスコートをするタイミングも、髪や頬に触れる仕草も。ジュリアナがときめかされてきた、青年らしい振る舞いの全ては、ビアンカのために身につけた所作。

鼓動が激しく乱れ、顔は醜く歪みそうだった。けれど侯爵令嬢としての矜持《きょうじ》が、なんとか表情を穏やかなまま保たせた。ジュリアナは、そっと扉口に目を向ける。

タイミングよくビアンカをエスコートしてきたフリードが、青い顔で立っていた。

恐らく彼女は、ジュリアナたちが待機する予定だった控えの間にいたのだろう。議事堂まで付き添う近侍が新たにエスコートするなら、控えの間が最も手近でよい距離にある。

この計画は、バーニーが立てたに違いない。

ビアンカの生家が、あれほど上等なドレスを仕立てられるとも考えられない。

バーニーは、事前にジュリアナと似たドレスをビアンカに調べさせ、この日に合わせて新調した。当日は、ジュリアナと鉢合わせせぬようルートを決め、近侍に案内するタイミングをよく言い聞かせて、そして恋人の存在を公にした。

一年半もの間、ジュリアナの目を盗んでビアンカと逢瀬を重ねていたのと同じように――計算高く動いた。

震える息が、鼻から漏れた。裏切られ、絶望的に泣きたいのに、侍女と睦まじく過ごしていただろう彼を想像すると、激しい嫌悪感が湧いた。

彼は、いつだって穢《けが》れを知らぬ明るい笑顔で、ジュリアナと接していた。

だが裏では、女性への接し方を着実に学べるような触れ合いを、ビアンカと繰り返していた。

そして自分はといえば、主人の婚約者と恋仲になりながら、平然と過ごす侍女を雇っていた。

いっそ滑稽で、笑ってしまいたいくらいだ。

しかしジュリアナは、そのどんな感情も呑み込んだ。高貴なるオルコット侯爵家の娘として、平静を装い、落ち着いた声音で穏やかに応じる。

「……バーニー殿下。私が、ビアンカ嬢に許しを与える必要はございません。どうぞお望みのまま、ビアンカ嬢を娶られませ。殿下にご満足頂ける婚約者となれず、大変申し訳ございませんでした」

多くの諸侯貴族らの前で、自分よりも身分の低い、更には雇っていた侍女に出し抜かれていたという恥辱を与えられながらも、ジュリアナは王太子に敬意を払い、膝を折って謝罪した。

彼にとってジュリアナは、姉のように慕うことはできても、色恋の対象にはできなかった。それだけだ。

潔く身を引こうとするジュリアナに、バーニーは首を振る。

「そんなことないよ、ジュリー。君は十二分にできた人だ。僕たちには、君が必要なんだよ」

「……はい？」

不可解な返事に、ジュリアナは顔を上げる。バーニーの背に守られていたビアンカが、ひょこっと横から顔を出し、潤んだ目で訴えた。

「私はジュリアナ様のように教養高い娘ではありません。外交や公式行事など、とてもではありませんが対応できないでしょう。ジュリアナ様には、私と共にバーニー殿下を支えて頂きたいのです」

ジュリアナは彼女が言わんとするところを即座に理解したが、驚きのあまり、口を閉ざした。

それを伝わっていないからだと判じ、バーニーが口添えする。

「僕と婚約破棄なんてする必要はないんだよ、ジュリアナ。恋をしたといっても、君を投げ出すほど僕は無責任じゃない。君には予定通り僕と結婚したあと、王宮でビアンカを教育してあげてほしいんだ。彼女は普通の令嬢として生活してきただけの子だから、少しでも王宮に馴染めるように」

ジュリアナは、目立たぬように握り締めた拳を震わせた。

彼は、ジュリアナの名誉のために結婚する代わりに、ビアンカの後ろ盾になれと命じていた。

バーニーの妃となったジュリアナが、愛妾であるビアンカに教育を施していけば、正妻が愛妾を認めている構図になる。そうすればビアンカは、仕えていた主人から婚約者を掠め取った悪女の誹《そし》りも受けず、王太子と王太子妃の庇護のもと、安息を得られる。

言葉の裏にある真意は容易に見透かせるもので、ジュリアナは信じられない思いで彼の瞳の奥を覗いた。そしてそこに、自分への哀れみを見つけ、全身の血が逆流するほどの憤りを感じた。

——どこまで私を、軽んじるの。

王太子と婚約した時点で、ジュリアナの人生は定められていた。

王太子との婚約は誰もが知るところで、それを破棄されれば、一生不名誉がつきまとう。未婚であろうと、再婚と同等の扱いになるのは必至だ。

それらを承知の上でビアンカと浮気をした彼は、自らがジュリアナを救ってやろうとでも言いたげな目をしていたのだ。

——よくもそんな、偽善を……っ。

議会の場で浮気を公言された時点で、ジュリアナの名誉は失墜していた。この日の出来事は、数日中に社交界に広められ、ジュリアナは自らの侍女に王太子を掠め取られた、愚かな主人だと嘲笑《あざわら》われるだろう。

バーニーと結婚しようとしまいと、この不名誉な出来事は、一生ジュリアナにつきまとう。

——それなら、名誉などいらない。

結婚し、愛人と睦まじく過ごす彼を漫然と見守るなど御免だった。その上、公務の傍らで、愛人の世話まで任せられるなんて、どんな地獄だ。

一生愛されず職務に没頭するだけの、その実、ジュリアナこそがバーニーの側室に甘んじなくてはいけない提案になど、絶対に頷きたくなかった。

けれど宰相であり、国王に忠誠を誓うオルコット侯爵の娘としては、感謝し、受け入れねばならないのか。

恋した相手から、残虐とさえ言える仕打ちを受け、彼女は頭に血が上っていた。怒りと悲しみの激情の中、今にも泣いてしまいそうなのを堪《こら》えるので精一杯。常に冷静に、教養ある令嬢としての振る舞いを忘れるなと躾《しつ》けられていても、何が正しい判断なのかわからない。

ビアンカを愛妾として抱えたバーニーとの異様な結婚生活は、想像するだけで吐き気をもよおした。

ジュリアナは、震える掌で口を押さえる。

——早く答えなくてはいけない。でも正しい答えが、わからない。

喉は引きつり、鼻の奥がツンと痛んだ。視界は無様《ぶざま》に涙で揺らぎ、もはや表情も保てそうになかった。それでも涙を堪《こら》え、無理矢理に答えようと口を開きかけた時、それまで事態を静観していた者が間に入った。

「——少々、お時間を頂きたい」

ジュリアナはびくっと肩を震わせた。口を挟んだのは、父であるオルコット侯爵だった。

普段の彼からは想像もできないくらい、その声音は酷く苛立っている。

王太子の寵愛を得られなかった自分に、怒りを抱いているのか。

ジュリアナは恐る恐る父親の顔色を窺い、その表情に目を瞬かせた。

オルコット侯爵の冷えた眼差しは、ジュリアナではなく、王太子に注がれていた。王家には常に敬意を――と娘に厳しく言い聞かせてきた彼とは思えない態度である。

バーニーは辛《つら》そうな顔をした。

「……オルコット侯爵。貴方にもすまないとは思う。だが――」

理解を求めようと話しかけられるも、オルコット侯爵は軽く手を振って、王太子の発言を遮った。

「殿下のご意向は十分に理解致しました。これ以上は結構でございます」

ジュリアナは息を呑んだ。オルコット侯爵は、身振りで遮るだけでなく、言葉でももう口を開くなと王太子に命じていた。

立場を顧みぬ振る舞いに、議会は彼の勘気を悟って静まり返る。

聴衆と同じく驚いた顔をするバーニーに、オルコット侯爵はおや、と笑みを浮かべた。

「驚かせましたでしょうか？　お許しを、バーニー殿下」

「……いや……」

「なにぶん、バーニー殿下が愛妾をお望みだったとは知らず、私も驚いたものですから」

ひりつく嫌みに、バーニーは口を閉ざす。オルコット侯爵は笑みを浮かべたまま、小首を傾げた。

「殿下はよく考えて、この日を迎えられたのでしょう。筋の通った話運びでございました。ですが娘にとっては、青天の霹靂《へきれき》もよいところです。今すぐ答えを求められるのは、性急に過ぎるかと」

「……しかし、これ以上の良案はないだろう」

バーニーが眉を顰めて言い返し、ジュリアナは暗く俯く。形ばかりの妃となり、夫の愛を一身に受ける愛人を見守る未来など、いっそ自害した方がマシに思えた。

オルコット侯爵は柔らかく応じる。

「さて、私も思案しておるところですので、お答えは差し控えさせて頂きましょう。いずれにせよ、殿下に献身して参った娘を少しでも思いやってくださるのであれば、本日はこれにて退席するお許しを頂きたい」

これが八年もの間、婚約者を務めてきたジュリアナへの仕打ちか――と暗に詰《なじ》られ、バーニーは虚を衝《つ》かれた。焦った風にジュリアナを振り返り、一歩近づく。

ジュリアナは、反射的に身を竦めた。これ以上、彼の残酷な言葉を聞きたくなかった。すぐにも逃げ出したい衝動に襲われるも、相手は王太子。無礼が許されるはずはなく、彼女は腹の前できつく両手を握って堪《こら》え、彼の声に耳を傾けた。

「ジュリアナ、僕は決して、君を傷つけるつもりは……っ」

「――殿下。本日はこれ以上娘に何もお命じになられぬよう、平《ひら》にお願い申し上げます」

オルコット侯爵が再び遮り、バーニーは苛立ちを顔にのせた。

「僕は命令なんてしていないだろう……！」

声を張り上げられても、オルコット侯爵は平然と彼の顔を見つめ、淡々と応じる。

「誠にそのように考えておられるのであれば、殿下はご自身がどのようなお立場なのか、今一度ご理解される必要がございます。――ジュリアナ、下がりなさい」

ジュリアナはいつもと違う父親の様子に驚かされながら、逃れる時は今しかないと判断した。身に染みついた流麗な仕草でスカートを摘まみ、膝を折る。

「……それでは、私は失礼致します」

言い終わるや否《いな》や、彼女はバーニーに背を向けた。足早に議会の通路を抜け、出入り口へと向かう。

バーニーは、窓から射した光に煌めいたジュリアナの髪に一瞬目を奪われ、慌てて声をあげた。

「待って、ジュリアナ！　ジュリー……‼」

ジュリアナはこの日、十九年の人生で初めて、バーニーの声が聞こえぬ振りを貫いた。

一章

一

オルコット侯爵邸に戻ったジュリアナは、出迎えた使用人たちに何も話す気になれず、寝室に閉じこもった。侍女たちも全員下がらせ、誰一人部屋に入らぬよう命じた。

今日共に挙式日を聞く予定だった婚約者は、自身の侍女と交際しており、ジュリアナに事実上の側室になれと命じたなどと、どうして言えよう。

母が心配して一度部屋を訪ねてきたが、扉は開けずに「疲れたの」と答えると、それ以上は何も聞かずそっとしてくれた。

ジュリアナの涙声に何かを察したのかもしれないし、父が早馬で報せを送ったのかもしれない。

ジュリアナは一人でシュミーズドレスに着替えると、ベッドの上に座り込み、頭からブランケットを被って声もなく泣いた。それで何が変わるわけでもないけれど、涙は勝手に溢れ続けた。

彼女は、毎日うんざりするくらい勉学に時間を割き、よき令嬢であろうと努めてきた。全てはバーニーの妃となるためだった。

それがどうだ。婚約者である王太子は、教養高いジュリアナではなく、無邪気で可愛《かわい》い侍女を選んだ。

何もかも、無駄だった。今日一日くらい無為に過ごしたところで、どんな罪にもならないだろう。もはや、聡明であろうと努力する必要さえないと思われた。

議会の場でこそ混乱を極め、バーニーに従わねばならないのかと戸惑った。けれど一人になれば、すぐに答えは出せた。

――ジュリアナは決して、バーニーと結婚しない。

なけなしの名誉のために、哀れみで娶られるくらいなら、自害した方がよほどいい。

ジュリアナは、他人には常に優しく穏やかに振る舞っていたが、その内には、苛烈で潔癖な本性を宿していた。

バーニーとビアンカは、ジュリアナの目の前で会話する機会も多々あったのだ。

ジュリアナの目を欺《あざむ》き、陰で逢瀬を重ねていた二人は、何を思いながら話をしていたのか。

背徳感はあっただろう。秘密を共有し、気分も高揚したはずだ。彼らは会うごとに想いを高ぶらせ、議会の場で交際を公にしようと考えるほど、恋心を燃え上がらせていった。

――結構だ。恋をしたなら仕方ない。

だが二人の恋路は、ジュリアナにとっては酷く不潔で、汚《けが》らわしく感じられた。どんな事情があろうと、もう二度と、バーニーを愛《いと》しく思えそうにない。

なぜ誠実に、恋を自覚した時点で婚約を解消しようと考えなかったのだろう。議会の場で発表し、ジュリアナの名誉を地に落とす必要が本当にあっただろうか。

今日まで、言い出せなかっただけかもしれない。

しかし二人の惨《むご》い仕打ちを許す気にはなれず、ジュリアナは憤りと悲しさで泣き続けた。そして空が橙《だいだい》から藍に色を変える頃、疲れ果て、眠りに落ちた。


夜半になり、ジュリアナはふっと目を覚ました。階下から、ゴトゴトと何かを動かす音や、人々の話し声が二階まで響き、訝しく思って身を起こす。

窓の向こうからは馬車がいくつか出入りする音がして、複数の人が方々で会話をしては去って行く様子だ。

「……急なお客様でも、あったのかしら……」

ジュリアナは泣き腫らした重い瞼を動かして瞬くと、衣擦《きぬず》れの音を立ててベッドを下りた。枕辺に置かれていたショールを肩に羽織り、私室へと繋がる扉を開ける。

しんと静まり返った部屋を見渡し、彼女は違和感を覚えた。いつもなら足元が見えるよう、夜でも侍女たちが蠟燭《ろうそく》を灯しているのに、今日はどこにも明かりがない。

窓から注ぐ細い月明かりが部屋を照らしていなければ、何も見えなかっただろう。

「……私が下がってと言ったから、皆遠慮したのかしら……」

ジュリアナは寝室には入らないでと命じたのだが、私室に入ることも控えたのか。

彼女はふらふらと部屋を横切り、廊下へと出た。夕方から寝たため、目は冴えていた。

部屋の明かりをお願いするため、私室脇にある侍女の控え室の扉をノックし、何気なく開ける。彼女はそこで、きょとんとした。

いつもなら、その部屋も夜は蠟燭が灯され、明るい状態だった。いつ何時呼ばれてもよいように、侍女が二人は待機しているのだ。けれど今夜は、明かり一つなく、誰もいない。

侍女たちの寝室は地下だが、待機するこの部屋には、化粧品や書物、衣類もそれぞれ置かれていた。なのにそれらも、ほとんど見当たらない。

まるでがらんどうの有様に、ジュリアナは血の気を失い、さっと階下へ向かった。

中央階段まで駆けた彼女は、夜の匂いがする風に誘われ、今しも閉じようとしている正面扉に目を向ける。外出用のコートを着た、見慣れた侍女の後ろ姿が、扉の向こうに消えた。パタンと扉が閉まると、長年オルコット侯爵家に仕えている執事が、カチャリと鍵をかける。

白髪の交じる栗色の髪を、油で美しく固めた壮年の執事は、ため息を吐《つ》いて扉に背を向けた。こちらを振り返る形になった彼は、階段上に立つジュリアナに気づき、柔らかく微笑む。

「……お嬢様。ご気分はいかがですか？　温かいミルクティーをお持ち致しましょうか」

気遣わしく体調を確認する彼に、ジュリアナは呆然と聞き返した。

「……侍女の控え室に、誰もいないの。あの子たちは、どこに行ったの？　もう夜よ。こんな時間に、皆してどこに出かけたの……？」

階段脇にある時計を見れば、深夜になろうかという刻限だ。

侍女の所在を尋ねられた執事は、眉尻を下げ、俯く。

「――お前の侍女たちには、暇を出した。皆、家族か縁者に迎えに来させたから、心配はいらない」

ため息交じりの返答が、正面ホールに響き渡った。カツカツと大理石の床を弾く足音を立て、オルコット侯爵が階段の裏手から現れる。

階段下には、応接室へと繋がる廊下があった。

ジュリアナは瞬時に、先ほど出て行った侍女の家族とそこで話をしていたのだと察するも、目覚めたばかりで、今ひとつ理解が追いつかなかった。

「皆、クビにしてしまったの……？」

父の言葉を言い換えて尋ねると、オルコット侯爵は疲労の色が滲む顔でジュリアナを見上げ、忌々《いまいま》しげに応じる。

「当然だ。主人を出し抜く使用人など、我が家にはいらない」

「――それは、ビアンカだけです……っ」

あたかも全員がジュリアナを裏切っていたように言われるのは、納得がいかなかった。何より、ビアンカに手を出していたのは王太子だ。

昨日までなら、こんな想像はできなかった。けれどバーニーは、一年半もの間、ビアンカと秘密の交際を続けていた。きっととても巧妙に人目を欺いていたはずだ。

数多の人を動かし、それこそ侍女仲間の目を盗んで逢瀬を重ねるなどということも、彼は容易に成し遂げていたのだろう。

そう考え、ジュリアナははっとする。階段の手すりを掴み、身を乗り出した。

「エレンは……？　エレンまで解雇なさったの？　あの子にはもう、帰る家などないのに……！」

ジュリアナに真実の忠誠を誓った侍女――エレン。

彼女の生家――イェルク伯爵家は、九年前に当主が亡くなり、その兄弟へと家督が譲渡された。アメテュスト王国では、女性に爵位の相続権はなく、一人娘だったエレンは、十歳の時に帰る場所を失ったのだ。父親が亡くなる数年前に、彼女の母親も病《やまい》で帰らぬ人となっていた。

エレンは叔父一家と反りが合わず、オルコット侯爵は、先代のイェルク伯爵と旧知であったよしみから、残された彼女をジュリアナの侍女としてこの家に召し上げたのだ。

それを放り出したのかと尋ねると、オルコット侯爵は嘆息する。

「……エレンは残している。お前も、一人くらい侍女が残っておらねば困るだろうからな。――だが今後、当面はお前に新たな侍女は雇わない。使用人の管理は、主人の務めだ。侍女に婚約者を掠め取られてどうする。そんな甘いことでは、王宮へ上がったところで佞臣《ねいしん》に寝首を掻かれよう」

呆れた口調で咎められ、ジュリアナはカッとなって声を荒らげた。

「――王宮へなど、上がらないわ……！」

滅多にない感情的な娘の態度に、オルコット侯爵は一瞬驚いた顔をした。執事も目を丸くして彼女を見上げ、取りなすべきかどうか迷う気配を見せる。

「……どういう意味だ」

執事より先に、オルコット侯爵が平静な表情に戻って問いただした。目を眇められ、ジュリアナは手に汗を握る。敬愛する父親に反抗していると思うと、鼓動が激しく乱れた。しかし、これ以上従順な娘でいるのは不可能だった。

バーニーの望むまま王宮へ上がってしまえば、ジュリアナは遠からず精神を壊すだろう。自らが病むと知りながら嫁ぐなど甘受できず、彼女は大きく息を吸い、微かに震える声で答えた。

「……バーニー殿下のもとへは嫁がないと、申し上げているのです……。殿下のご提案には、乗りません。屈辱を舐めながら生きよと命じられるのならば——私は自害致します！」

「——」

部屋に籠もっている間に決意した言葉は、淀みなく口にできた。

オルコット侯爵は目を見開き、唇を引き結ぶ。二人のやりとりに執事は顔色をなくしたが、父は冷静な声で確認した。

「……ではお前は、王太子妃の座は望まぬと言うのだな？」

「はい」

ジュリアナは、迷いなく頷いた。


オルコット侯爵は、ジュリアナを手招き、書斎へと向かった。彼が使う書斎は、窓以外の壁面は全て書棚で覆われ、一角には申し訳程度の応接セットが置かれている。

ジュリアナは、普段は彼の休憩に使われている二脚ある椅子の一つに座るよう命じられた。

腰を下ろすと、オルコット侯爵は向かいに腰掛け、執事にワインを運ばせる。そして執事が下がるのを待って、おもむろに口を開いた。

「……あのあと、陛下と二人で話をさせて頂いた」

ジュリアナはぎくりとする。先ほどは断ると啖呵《たんか》を切ったものの、国王に結婚を命じられては、逃れる術《すべ》はなかった。自害するのは簡単でも、その後、命に背いたと国王の不興を買って一家が罰せられる可能性がある。

家族までは、巻き込めない。

緊張で表情を硬くした娘を見やり、オルコット侯爵はゆったりと足を組んで言った。

「陛下は、お前にすまなかったとおっしゃってくださった。バーニー殿下の行いは、お前の苦労を顧《かえり》みぬ愚かな真似であり、今後可能な限りお前をサポートしようともお約束して頂けたよ」

ジュリアナの瞳に、光が宿る。王太子の非道を謝罪するに留まらず、国王が後ろ盾になると約束してくれたのだ。

手痛い失恋を負ったばかりの彼女は、新たな恋をする気など毛頭なかった。社交の場に出る気力もない。どんな好奇の目もない田舎《いなか》で、静かに暮らせればそれが最上だった。

オルコット侯爵は国内に複数領地を持っており、その一つは国境沿いの辺境地だ。そこなら彼女の小さな願いは叶うだろう。

どれほどの数の貴族子女が自らに憧れていたかも知らぬジュリアナは、一足飛びに隠居の道を脳裏に思い描いた。

「それでは、私は辺境へ……」

娘の言葉に、オルコット侯爵は首を振る。

「そう急《せ》くな。まだ話がある」

「……はい」

ジュリアナが肩を落として口を閉じると、彼は続けた。

「此度《こたび》の話は、私のみならず、陛下やオールポート伯爵にとっても寝耳に水だったらしい。先ほどオールポート伯爵から早馬が来て、王太子妃はおろか、バーニー殿下の愛妾ですらおこがましいと、全面的に謝罪し、娘を領地へ連れ帰る意向を示された」

「え……？」

ジュリアナは驚く。

バーニーは、恋人のためにドレスを新調し、議員らの印象操作まで念入りに計算していたようだった。それなのに、肝心のオールポート伯爵には何も連絡していなかったと、父は言うのだ。

オルコット侯爵は、呆れた表情でため息を吐く。

「バーニー殿下も詰めが甘いとしか言えぬが……失念していたのか、あの場で発表すれば思い通りにいくと考えられたのか。どちらにせよ、当主が結婚を認めねば、ビアンカがバーニー殿下のもとへ嫁ぐのは不可能だ」

アメテュスト王国における貴族の結婚は、家同士の契約だった。当主が結婚契約書にサインをして初めて、婚姻成立となる。それは相手が王族であろうと同じで、オールポート伯爵が否と言えば、二人の結婚は正式には認められなかった。

「だから、もしもお前がバーニー殿下の正妃となりたいのであれば、それは叶うと伝えておこう。

幸いと言っていいものかはわからぬが、バーニー殿下ご自身も、お前との婚姻には前向きだ。お前が望むのであれば、陛下がご采配を振られ、ビアンカを王宮へ召し上げる機会もお与えにはならない。結婚しても、王宮内でバーニー殿下の不義を目にすることはないだろう」

ジュリアナは父親の真意を測りかね、その目を見返す。やはり父は、王家とのより深い縁と政治的実権を求め、ジュリアナに王太子妃になってほしいのだろうか。

疑わしげな眼差しを注がれ、オルコット侯爵は眉尻を下げた。

「……お前は、バーニー殿下を慕っていたと思うのだが……その気持ちはもうよいのか?」

ジュリアナはすうっと息を吸って、とめた。

よく考えれば、ジュリアナは今日、王太子妃になれる未来が嬉しいと父に話していた。あれで娘の恋に気づかぬはずがなく、彼は最大限、気遣いを見せているのだ。

婚約破棄をせずとも、愛人を王宮から退け、バーニーを手に入れる道はある。

そう、恋を諦めずにすむ方法を提示してくれた父に、ジュリアナは嬉しさ半分、切なさ半分で息を吐いた。

「……確かに私は、バーニー殿下をお慕い申し上げておりました。ですが、他に想う方がいると知ってもなお、嫁ぎたいとは思えません。バーニー殿下が私を妻に望まれているのも、王太子の婚約者でなくなれば、次の縁談がこないだろう私を哀れんでのことでしょう。そんなお気持ちで一緒になって頂いても、お互い虚しいばかりです」

オルコット侯爵は一つ頷く。

「……そうか。お前の気持ちは理解したよ。だが急な話で、今後どうするかまだ何も決まっていない。今日の出来事は、陛下により箝口令《かんこうれい》が布《し》かれた。お前にはすまなく思うが、当面はこれまで通りに振る舞ってほしい」

明日にもこの不名誉な出来事が社交界中に広まると覚悟していたジュリアナは、ほっとすると同時に、不快感に見舞われた。

「バーニー殿下の婚約者として、変わりなく振る舞えとおっしゃるのですか……？」

彼と共に公式行事などに参加し、笑みを浮かべて会話やダンスに興じろというのか。

咄嗟《とっさ》に嫌悪感を漂わせてしまい、オルコット侯爵は困り顔になった。

「……バーニー殿下もさすがに、昨日の今日で公式行事などにお前を伴おうとはなさらないだろう。私もお前の望むように、婚約解消に向けて話を進める。だがいつ取りまとめられるか、今時点では明言できない。だから全てがまとまるまで、急に辺境に下がるような真似はしないように、という意味だ」

今月末には、バーニーは社交界デビューを果たす。王家としても、婚約を解消する予定の令嬢を王太子に伴わせたいとは考えないだろう。遠からず婚約は解消される。

今後の流れを脳裏に描き、ジュリアナはわかりやすく胸を撫で下ろした。

いつもよりも素直な反応を見せる娘に、オルコット侯爵は微笑む。

「いずれ国の頂点に立つ王太子の妃となることこそが、お前に与えられる最上の幸福だと考えてきたけれど、そうでもなかったようだ。今まで苦労をさせて、すまなかった。お前はよく頑張ってくれたよ、ジュリアナ。もう、毎日のように勉学に励む必要はない」

ジュリアナは目を瞠《みは》り、じわりと涙ぐんだ。この婚約は政略だと言われていたが、そうではなかったのだ。オルコット侯爵の愛情からくる祝福だったとわかり、彼女は安堵した。

苦労は実を成さなかった。それでも、人心地ついた。

オルコット侯爵は続ける。

「王太子殿下との婚約解消が正式に決まれば、心ない好奇の目にも晒されよう。しかしそれまでは、今しばらく羽を伸ばしてみるのもいいと思うよ。真実の友を見つけるのもよいだろうし、新しい恋をしたっていい。長く我慢してきた分、好きなように生きてごらん、ジュリアナ」

オルコット侯爵の眼差しは、バーニーと婚約する前の、優しい父親のそれに戻っていた。

ジュリアナは涙目で微笑む。長年自らを縛りつけていた鎖が取り払われたような、解放感があった。

オルコット侯爵は、二人の間にあった円卓の上から、封筒を一つ取り上げる。

「そうだ。再来週、レーゼル侯爵家の夜会に招かれているのだが、お前も一緒に参加するかい？お母様は予定が合わないらしくてね、私がエスコートするよ。エリックも参加すると言っていた」

気安い幼なじみの名を聞いて、ジュリアナの肩の力が抜ける。

レーゼル侯爵とは、国王軍の将軍も務める、オルコット侯爵の古くからの友人だ。年齢もオルコット侯爵と一つ違いの四十三歳。両家で定期的に食事会をする仲で、ジュリアナが幼い頃は、彼をファーストネームのアロイスおじ様と呼んでいた。

ジュリアナは遠からず王太子と婚約を解消し、王都を去らねばならなくなる。残された時間を気の置けない人々と過ごすのもいいかなと、迷い迷い頷き返した。

二

失恋当日こそ、父に促されて宴への参加を決めたが、ジュリアナは翌日から塞ぎ込んだ。やはり気が動転していて、自身の心を見定め切れていなかったらしい。

おしゃべり好きな年若い侍女たちはいなくなり、日中はエレンと二人きり。静まり返った部屋が、王太子に捨てられた現実を一層色濃く表していて、もの悲しかった。

とはいえ、もしもまだあの子たちが残っていたら、気苦労させることになったろうから、よかったのだとは思う。自分たちの同僚の一人が、主人の婚約者を掠め取ったのだ。どんな言葉をかけたらいいのか、さっぱりわからなかっただろう。

侍女たちが一斉にクビになった夜、どこにも見当たらなかったエレンは、母に呼び出されていたという。父は彼女を残すと決めていたが、当人の意志を確認していたのだ。

王太子に捨てられたとあれば、今後ジュリアナの未来は明るくない。侍女として仕えていれば、主人と同じく、彼女も心ない者に嘲《あざけ》られ、辛《つら》い目にも遭う。

共に辺境へ下がらねばならなくなる可能性もあり、それが嫌ならば、別の働き口を紹介してやろうと、身寄りのない彼女のために手を尽くそうとしていた。

エレンは母の提案を断り、ジュリアナの傍にいると答えてくれた。

ジュリアナのもとへ戻った彼女は、王太子の所業に対し何も言わなかった。無駄話はせず役目に徹する、いつもと変わりない姿勢を貫いた。けれど不意に声もなく涙を零してしまうジュリアナに気づくと、寄り添って優しく手を握ってくれた。

温かな飲み物を用意し、よい香りの花を生け、朝になれば必ずカーテンを開けて「よい朝ですよ、お嬢様」と声をかけた。

空は腹立たしいくらい毎日晴れ渡り、ジュリアナは日々、エレンに誘われるままテラスに出て茶を飲んだり、読書したりした。

父や母は、一人になりたいジュリアナの気持ちを理解してそっとしてくれ、四歳年下の弟マリウスは、毎日部屋の前に小さなハーブのブーケを置いていってくれた。

彼は昔から馬術や剣術を得意としながら、植物好きでもある。特にハーブの薬効には強く興味を持っていて、暇があれば地下の台所を使って研究していた。

変わった趣味だと思っていたものの、ブーケにいつも添えられたカードに書かれた花や葉の効用を読むと、優しい男の子に育っているとわかって安心した。

姉の顔を無理に見ようとはせず、けれど気持ちは寄り添わせて、少しでも心安らぎ、明るくなれるよう考えているのがよく伝わった。

周囲の気遣いのおかげで、ジュリアナの心は少しずつ持ち直していき、十日も経った頃、考えを新たにできた。王太子との婚約解消が公になって、人々からどんなに誹られようと、自分なりに精一杯生きよう。そんな志を抱けるまでになっていた。

王太子の浮気を知ってから二週間――ジュリアナは予定通りレーゼル侯爵家の宴に向かった。

レーゼル侯爵邸といえば、広々とした庭園に設けられた数多くの外灯が自慢の一つだ。

夜会は陽が沈み切ってから開かれ、灯火に照らされた庭園を楽しめるよう、会場となる館には多数のテラスが設けられている。

当主が国王軍の将軍を務めているだけあって、参加客はいつも軍関係者が多く、彼らの大らかな性格を反映し、宴は堅苦しさとは縁遠い雰囲気になるのが常だ。

楽団が奏でる楽曲に合わせてダンスをするもよし、軽食を楽しんだり、テラスに出て夜景を眺めたりするもよし。

皆それぞれにやりたいことをやり、気の合う人々と笑いさざめく。

レーゼル侯爵家の宴は人目を意識しすぎる必要もなく、ジュリアナも参加するたび楽しめていた。

父のエスコートで会場に足を踏み入れたジュリアナは、一斉に人目を集め、身を強ばらせる。

バーニーとの婚約解消が、実はもう知れ渡っているのではと緊張を走らせるも、ざわめきに耳を澄まし、肩の力を抜いた。

「オルコット侯爵とジュリアナ嬢だぞ。ご挨拶に行かねば」

「ジュリアナ様は、今夜もお美しいわね。なんて素晴らしいご衣装かしら……」

「今日こそはダンスを申し込めるかな」

今夜の彼女は、青とクリーム色の布地を重ねたドレスを身につけていた。良家の娘らしく、その装飾には数多のレースや真珠が使われていたが、いつもに比べれば目立たぬ色合いだ。

髪も派手にせず、白い小花と青のリボンを編み込んで彩っただけの、涼やかな印象になっている。

自らへの揶揄《やゆ》は聞こえてこず、安堵の息を吐くと、オルコット侯爵が耳打ちした。

「……安心しなさい。国王命令に背く議員などいないよ」

「……ごめんなさい。どうしても、広まっているのではと考えてしまって……」

不安に瞳を揺らして応じると、父は俯きがちな娘の顔を覗き込み、紫の瞳を細めた。

「何も気にせず、好きに過ごしていいんだよ。これから何が起ころうと、私が最大限お前を守ろう。ジュリアナのお父様は、アメテュスト王国の宰相様だからね」

自らの役職に敬称をつけ、冗談っぽく笑うオルコット侯爵に、ジュリアナは目を瞬く。ずっと厳《いか》めしい顔ばかりだった父が急に砕けた態度になって、びっくりした。

でも考えてみれば、バーニーと婚約する前までは、こんな人だった気がする。外ではやり手の外務大臣でも、家に帰れば冗談も口にする、母が愛する素敵な〝お父様〟。

あれから役職名は更に上がってしまったが、父の本質は変わっていなかったのだろう。

ジュリアナは自身の父ながら、頼りになる物言いに胸をときめかせ、ふふっと笑った。

「ありがとう、お父様。お母様が今もお父様に恋をなさっている理由が、少しわかったわ」

母は今でも、父が休みの日になると明らかに浮き立ち、二人きりで庭園を散策している時など、娘が恥ずかしくなるくらい父を愛しそうに見つめている。

「少しだけか。それではこれから、もっと頑張らなくてはいけないな」

オルコット侯爵は大げさに眉根を寄せ、思案げに顎を撫でた。ジュリアナが珍しく声を漏らして笑ったところで、会場の中央付近から近づく人があった。

「フェリクス、ジュリアナ！　よく来てくれた。今夜はよく晴れているから、テラスが心地いいぞ」

顔を合わせるなり庭園を楽しむよう勧めてきたのは、この屋敷の主人、レーゼル侯爵だった。

肌は陽に焼けた褐色で、白髪交じりの黒髪に髭《ひげ》を蓄えた外見は、いかにも軍人らしく貫禄がある。肩幅は広く、鍛え上げた胸板は厚い。父と同じく、漆黒の上下に身を包んだ彼は、両手を広げて二人を歓迎した。

オルコット侯爵はレーゼル侯爵と抱擁を交わし、和やかに応じる。

「アロイス、招いてくれてありがとう。お前ご自慢の庭園ならば、私はあとで楽しむよ」

レーゼル侯爵は、豪快に声を出して笑った。

「お前は他の参加客からの挨拶参りを受けねばならんだろうからな。ジュリアナはどうする？　庭園へ行くならば、アロイスおじ様がエスコートしてやるぞ」

もう数年前から彼の呼び名はレーゼル侯爵と改めているのに、彼はいまだにジュリアナの前では自らをアロイスおじ様と呼ぶ。

議員の一人であるレーゼル侯爵は、あの議会に参加し、事態を承知している一人だった。

瞳に気遣いは滲んでいるが、態度はいつも通りで、ジュリアナは安心する。にこっと微笑み、礼儀正しく膝を折った。

「お招きありがとうございます、レーゼル侯爵。今夜はよい天気ですから、庭園もよさそうですけれど……」

ダンスをする気にはならないし、テラスに行くのはいい案だ。しかしレーゼル侯爵は、これからも招待客に顔を見せねばならないだろう。

彼の手を煩わせるのも悪いし、一人で行こうかとジュリアナが考えた時、背後からぽん、と誰かが肩を叩いた。

「――こんばんは、オルコット侯爵にレーゼル侯爵。こんなところで会うなんて奇遇だね、アナ」

振り返った彼女は、見慣れた青年の姿に、ほっと気を許した笑みを浮かべた。

「キースリング侯爵。お会いできて嬉しいわ」

声をかけてきたのは、先日も顔を見せてくれた幼なじみ、エリックだった。

夜会の彼はいつも華やかで、今夜は白い花の刺繍が入る紺の上下を身に纏っていた。袖口から覗く繊細なレース飾りが印象的だ。

背は高く、容貌は秀麗。そのおかげか、彼はシックな装いから華やかなものまでなんでも着こなし、どんな場でも一際目を惹く。さりげなく取り入れた宝飾品も素敵で、今日はアメジストを使った指輪にラピスラズリのピアスをつけていた。時折目にかかる黒髪の影が相まって、大人の男の色香が漂う。

常に物腰柔らかく、女性の扱いも手慣れたものである彼の人気は今夜も健在らしく、すぐに少女たちの視線が集中した。

当のエリックはそんな視線も気にせず、オルコット侯爵とレーゼル侯爵に礼儀正しく頭を垂れる。そしてジュリアナを見下ろした彼は、サファイヤを思わせる切れ長の瞳を細め、すっと顔を寄せた。

「……あれ。そんなに俺に会いたかった？　随分可愛らしく笑うね」

揶揄《からか》い交じりに指の背で頬を撫でられ、ジュリアナは目を瞬かせる。無意識に緩んでいた己の表情を自覚し、慌てて首を振った。

「ち、違うの……っ。その、つい気が緩んで……っ」

侯爵位を持つ彼は、議会への参加権がある。しかしアメテュスト王国の議会は参加希望制で、理由は知らないが、彼はその権利を放棄していた。だからあの日もエリックはオルコット侯爵邸でジュリアナを見送り、当日のやりとりには関知してしないのだ。

事情を知らない人ならではの変わらぬ態度が気持ちを和らげ、彼女は普段以上に嬉しそうに笑ってしまっていた。

すぐに表情を引き締めたジュリアナに軽く首を傾げ、エリックはふっと艶っぽい笑みを浮かべる。

「気が緩んだら、そんな顔をするんだ？　〝オルコット侯爵の宝珠〟は、罪深い微笑みをお持ちだ」

キザな物言いは冗談だと知っているジュリアナは、眉尻を下げて笑い返した。

「もう、相変わらずね。貴方はいつだって口がお上手なのだから」

エリックは身を離し、僅かに頬を火照《ほて》らせたジュリアナに優しい声で応じる。

「そう？　未来の王太子妃殿下にお褒め頂き、光栄だな」

「――」

ジュリアナの顔から、一瞬で笑みが消えた。

議会に参加していない彼に、悪気はない。〝未来の王太子妃〟なんて、よく聞かされたセリフだ。

だが、わかってはいても、ほんの二週間前の記憶が生々しく蘇《よみがえ》り、屈辱感と絶望、悲しさが胸を覆った。吐息が震えかけ、傍にいたレーゼル侯爵やエリックがこちらに注目するのを肌で感じる。

すぐに笑みを浮かべ直して、いつも通りにしなくてはいけない。そう思うのに、顔の筋肉は言うことを聞かなかった。

ジュリアナは表情を繕《つくろ》えない代わりに、俯いて髪で顔を隠す。

異変は明らかだ。エリックは事情を聞くだろう。でも——衆目の中で追及されるのは避けたい。

身を固くしてエリックの出方に神経を尖らせていると、彼はほんの少しの間ジュリアナを見つめ、いつもと変わりない調子で話した。

「そうだ。知ってる、アナ？　今夜はレーゼル侯爵秘蔵のワインが楽しめるそうだよ。テラスに行って、レーゼル侯爵ご自慢の庭とワインを楽しもうか？」

「あっ、秘蔵のワインは儂《わし》が絶好のタイミングを見計らって出そうと思っていたんだぞ、エリック！」

話題が逸らされ、ジュリアナは肩の力を抜く。

お酒の話はまだ秘密にしていたかったらしいレーゼル侯爵が、眉をつり上げてエリックの頭を小突くと、彼はにやっとした。

「あれ、そうでしたか？　申し訳ありません。でもどちらにせよ、ジュリアナにも振る舞うおつもりだったでしょう？　一本くらい先に開けてもよいですよね？」

「……全く、お前は悪びれもせぬ」

レーゼル侯爵は不服そうに鼻から大きく息を吐き出して、近くを通った給仕を呼びとめる。ワインをテラスに届けよと命じるのを聞くと、エリックは胸に手を押し当てて腰を折った。

「ありがとうございます。さすが将軍閣下、お心が広くていらっしゃる」

敬服の意を表され、レーゼル侯爵は頬を緩める。

「よく言うわい。今度お前もいい酒を持ってこいよ」

「ええ、もちろん」

気安く約束を交わし、エリックはオルコット侯爵に目を向けた。

「というわけで、お嬢様とご一緒させて頂いてもよろしいでしょうか、オルコット侯爵？」

彼はどんなに親しくしていようと、礼節だけは疎《おろそ》かにしない。

派手な見た目ながら生真面目なその一面は、老若男女から好感を得ていた。彼が十五歳の頃から面倒を見ているオルコット侯爵は、真摯な態度を示され、穏やかに微笑んだ。

「ジュリアナがよいのであれば、私は構わないよ」

三人の視線が自分に注がれ、ジュリアナは頷く。

「丁度、私もテラスに行きたいと思っていたところなの。ご一緒するわ」

昔なじみのエリックとなら、気安く過ごせる。喜んで応じると、オルコット侯爵は少し心配そうな気配を漂わせ、再び耳打ちした。

「ジュリアナ……陛下はあの場に居合わせた者たちに箝口令を布かれたが、お前には何も命じられていない。むやみに広めていい話ではないが、お前が信頼を置けると判断した相手なら、伝えてもいいよ。急にお前と会えなくなっては、悲しむ友もあるだろうから」

ジュリアナは、父親を見返す。

婚約解消が公になれば、彼女は辺境へ下がるつもりだった。王太子に捨てられたジュリアナを嘲笑い、離れていく人は多いだろう。しかし、今回の話をしても友人のままでいてくれる者には、事情を話し、別れまでの時を充実させていいと父は助言してくれているのだ。

しばし考え、彼女は諦めの色を濃くした笑みを浮かべた。

ジュリアナの友人は皆、王家に忠誠を誓う貴族階級の人ばかりである。今後、もしもビアンカが王太子妃となれば、皆否応なく彼女を立てなければいけない。

ジュリアナが自らを妻に望む王太子の意向を退けるとなれば、彼女の周りの人間まで不興を買う恐れがある。

懇意にして、将来、彼らに迷惑をかけてもいけない。

「ありがとう、お父様」

おそらく誰にも話しはしないだろうが、その親心が嬉しく、ジュリアナは礼だけ言った。

「じゃあテラスに行こうか、アナ?」

声をかけられて振り返ると、エリックは悪戯《いたずら》っぽく笑う。

「レーゼル侯爵秘蔵のワインは、きっとおいしいよ」

「そうね。楽しみだわ」

優雅な所作でエスコートされ、ジュリアナはふわりと黄金の髪を揺らして、エリックと共にテラスへと向かった。

テラスへと消える二人の背を見送りながら、レーゼル侯爵はため息を吐く。

「……まこと、殿下も残酷な真似をなさるものだ……。あの子の何が不満であったのか」

それは、隣にいるオルコット侯爵にだけ聞こえる声量だった。

オルコット侯爵は友人をちらりと見やり、肩を竦める。

「……真実の愛とやらを手に入れてしまったのだから、仕方ないとお考えなのだろう。ともあれ、面倒なご提案をなさる。いらぬと言うならまだしも、愛人もあの子も王宮へ召し上げるお心づもりとは、さすがの私も驚いたよ」

レーゼル侯爵は眉根を寄せ、疑わしげにオルコット侯爵を見据えた。

「あのようなふざけた要望、まさか呑むつもりではあるまいな？　あれではジュリアナは、公務の道具として使うと言われたも同然だ。尊ぶべき王の子であっても、あまりに非人道的であろう」

オルコット侯爵は冷えた目で笑う。

「私も人の子だ。大切に育てた娘の幸福を、望まぬわけがない」

「では、愛人を王都から退けるのか？」

今後の方針を問われ、オルコット侯爵は再びテラスへと視線を向ける。もうそこにはいない娘を見つめるかのように、彼は思案げに顎を撫でた。

「……それはあまり、意味がないかな……。うちの娘は潔癖でね……。浮気をした男は、もういらないそうなんだ」

レーゼル侯爵はきょとんと目を瞬く。数秒の間を置いて、豪快に笑い声をあげた。

「なるほどな！　さすがお前の娘だ、フェリクス！　見事な矜持、気に入ったぞ。では儂が次のいい男を見繕ってやろう」

王太子との婚約解消を全く気にしないかのような物言いに、オルコット侯爵は苦笑した。

「失恋をしたばかりで、あの子は辺境に下がりたいと言っているのだけれどね」

「何を言う！」

レーゼル侯爵はぎょっと目を剥いた。非難の色が濃い声に、周囲の人々が何事だと振り返る。

彼はすぐにぱしっと手で口を覆い、オルコット侯爵の肩に腕を回した。その耳元でぼそぼそと言う。

「この八年、どれほどの男が王太子の婚約者でさえなければと、ジュリアナを想い嘆き続けたと思う。婚約解消と聞けば、すぐにも多くの男が後釜として手を挙げよう。王家とて、あのような非道な真似をしたあとでは、どんな目くじらも立てまいよ。——王都を下がらせてはいかん。どれほどの宝を袖にしたのか、のちのちあの阿呆《あほう》にわからせねば……っ」

態度には決して表さないが、幼い頃から見守ってきた娘も同然のジュリアナを蔑《ないがし》ろにされ、レーゼル侯爵は怒り心頭だった。思わずといった雰囲気で王太子を阿呆呼ばわりした彼に、オルコット侯爵は落ち着いた表情を崩さずに頷く。

「……わからせる云々《うんぬん》はともかく、あの子を望む者があるだろうとは、私も承知しているよ。……けれど、まず殿下にあの子を諦めてもらわねば、新たな縁談も組めない」

「――うん？」

レーゼル侯爵は意味を汲めず、怪訝そうに聞き返す。オルコット侯爵は嘆息した。

「あれから私も、婚約解消へ向けて話を進めようとしているんだ。しかし殿下は、頑として頷いてくださらなくてね……。〝責任を取ってジュリアナを娶る〟の一点張りだ。陛下はもとよりあの子を気に入っておられたから、愛人の方を諦めさせようと考えているご様子だし……」

「……ああ。オールポート家の娘では、妃は務まらぬと言っておったか」

レーゼル侯爵はさもありなんと唸るも、オルコット侯爵は首を捻る。

「……しかし、妃としての器量を憂《うれ》うならば、今から王家で教育してやればよいとも進言したんだ。オールポート家のあの娘は、まだ十五歳と若くもあるしね……。二、三年も教育すれば、ジュリアナと同等とまではいかずとも、それなりの体裁には整えられよう。……よい案だと思うのだが、なぜか殿下はそれにも頷かれない」

淡々と話されたその内容は、常識のある者が聞けばすぐに異様だと感じただろう。

将軍として人心をよく理解しているレーゼル侯爵がそれに気づかぬはずもなく、彼は目を見開き、額に汗を滲ませた。

「……よもや、美姫《びき》を二人手に入れようと考えておられるのか……？」

オルコット侯爵は、目を眇める。

「……さて、どうだろう。殿下が何をお考えなのか、理解したくもないが……酷く面倒な事態には違いない」

レーゼル侯爵は眉間に深く皺を刻み、王宮が聳《そび》える北へと目を向けた。

「誰もに愛されて育ち、人畜無害な天使が如きお顔をなさっているが……内面は欲深き男へと成長なさっていたのか……？」

オルコット侯爵は微笑みを湛《たた》え、いっそ耳に心地よいとさえ思える穏やかな声で呟いた。

「……私は業腹《ごうはら》だよ、アロイス」

◇◇◇

レーゼル侯爵が勧めた通り、テラスからの眺めは素晴らしかった。

煌めく星々は天上を見事に彩り、あと数日で満ちる月は明るい光を地上へ注いでいる。

テラス近くにある庭園には花々が咲き乱れ、その向こうに見えるのは精巧に作られた小川と池。

外灯に照らされた池の水面は、星の煌めきがそこに映り込んだかのように美しく、せせらぎの音はジュリアナの気分を落ち着かせた。

テラスには既に幾人かの先客がおり、ジュリアナは見知った顔に気づいて、挨拶をしに行こうかなと足を向けかける。しかしエリックは、彼女の手を少し強く引いて、人々から僅かばかり離れた場所に移動した。

人目は届き、二人きりとは思われないが、話し声は耳をそばだてないと聞こえない。そんな位置で、挨拶の機会を逃したジュリアナは、どうしてこんな所を――？　と不思議そうに彼を見上げた。

テラスを囲う手すりに肘を置いたエリックは、頬杖をついてこちらを見返し、微笑む。

「向こうの一団に、挨拶をしに行こうかなって思った？」

「……ええ。お茶会に招いてくださったご婦人もいらっしゃるし……」

テラスの一角にいるのは、以前家に招かれ、お茶を一緒にした伯爵夫人だった。親しくはないが、挨拶くらいはした方がいい相手だ。

そう言うと、彼は苦笑する。

「ここはレーゼル侯爵閣下の宴だよ、アナ。多少行儀が悪くたって、誰も気にしやしない。というか、あちらは既に大分飲んでいて、アナには気づいていないご様子だ」

伯爵夫人は、確かに赤い顔でケラケラと笑いながら隣にいる男性の肩を叩き、こちらには目もくれない。

室内に比べればテラスは薄暗く、よく目を凝らさないと相手の顔が見えないせいだろう。

「君は全部完璧にしようと頑張り過ぎるところがあるから、上手に手を抜く方法も勉強した方がいいと思うな」

痛いところを突かれ、ジュリアナはほんの少し悔しい気持ちになった。軽く唇を尖らせ、庭に視線を向ける。

「貴方は、要領がいいものね」

知らぬ間にあちこちに知人を増やし、何かあれば頼れる人をたくさん知っている。嫉妬交じりに言い返すと、エリックは手すりから腕を離し、背後を振り返った。

「そう。俺は要領も目もいいから、大抵のことはなんでも解決できると思うよ。ワインも届いたようだし、エリックお兄さんに相談したいことがあったらなんでも言ってごらん、ジュリアナ」

レーゼル侯爵が手配した給仕が二人のもとへ歩み寄り、グラスを手渡した。給仕が下がると、二人は乾杯し、ワインを口にする。熟成した滑らかな味に、ジュリアナは瞳を輝かせた。

「おいしい」

感想を漏らすと、エリックがグラスを月明かりに掲げて、色を透かし見る。

「いい酒だ。何杯でも飲めそうだな」

ジュリアナの頭の中で、先ほどの彼のセリフが巡った。やはり、先ほど頬を強ばらせたのに気づいていたのだ。相談に乗るよ、と遠回しに聞いてくれるのだから、本当に頼りになるいい人だと思う。

彼は昔から、友人であると共に、兄のようでもあった。

幼い頃、厳しい父や講義一色の毎日に鬱々《うつうつ》としていたジュリアナを、時々気晴らしに連れ出してくれた。ほんの小一時間程度だったけれど、風の気持ちいい湖や小花が咲き乱れる丘に行っては、他愛ない冗談を聞かせてくれるのだ。塞いだ心がすっと軽くなったのを覚えている。

そしてジュリアナの所作が美しくなれば大げさに褒め、授業で理解できないところを尋ねれば、さらっと教えてくれもした。

小さな変化を見逃さず、何くれとなく目をかけてくれる、懐深く、優しい青年。

相談できたら、楽になるかもしれない。けれど、バーニーの浮気を彼に伝える気にはならなかった。前向きに生きようと考えを改めることはできても、心の整理はついておらず、話せば無様に泣いてしまう予感がするのだ。

エリックを困らせたくはなく、かといって、何もないと答えても、長年ジュリアナと過ごしてきた彼は嘘を見抜く。

手すりの上に置いた己の指先を見下ろし、ジュリアナは近頃の小さな悩みを口にした。

「……そうね。寝つきがよくなる方法を知っていたら、教えてほしいかしら」

エリックはこちらを見下ろし、首を傾げる。

「……眠れないの？」

「ええ」

寝ようとすると、毎夜、議事堂での記憶が蘇った。彼を想う気持ちはもう吹っ切っているはずなのに、思い出すと涙が溢れる。

好きな人を奪われたのは悔しく、でもバーニーの気持ちを想像すると悲しい。

――年下の女の子がよかったの？　それとも、私にはない無邪気さが好ましかったの？

答えの出ない疑問を抱いては、結局自分に魅力がなかったのだという結論に至る。

バーニーと過ごした八年は、あまりに長かった。何もかも意味はなかったのだと思うと虚しく、心は不安定に揺れ、気づけば空が白む頃まで声もなく涙を零す夜が多かった。

「……眠れない夜は、小難しい本を読むとか、マリウスお得意のハーブが利くと思うけど……」

弟のマリウスとも仲良くしているエリックは、答えながらジュリアナの横顔をじっと見る。

ジュリアナは扇子を開いて、顔を隠した。

「しっかりご覧にならないで。隈《くま》を化粧で隠してもらっているの」

いつもより厚化粧なのを気恥ずかしく思い告白すると、彼は扇子の端に指先をかけ、くいっと引き倒す。眉尻を下げて見返すジュリアナをまっすぐに見つめ、エリックは甘く微笑んだ。

「……君は誰よりも美しいよ、ジュリアナ。——いついかなる時も」

「……」

彼の背後には煌煌《こうこう》と輝く月があり、漆黒の髪先が光を纏って透き通るかのようだった。青い瞳は一層宝石じみた色になり、その美しさに、ジュリアナは数秒目を奪われる。

さあっと風が吹き、彼は揺れた彼女の髪に何気なく手を伸ばした。こちらを見ながら、一束すくい取った金色の髪先に口づけを落とす。

「——俺が君に見惚れぬ夜はない」

悪戯っぽい眼差しでキザなセリフを吐かれ、ジュリアナは淡く頬を染めた。

「……ありがとう、キースリング侯爵。貴方は本当に、いつ何時も女性を褒め称える、紳士の鑑《かがみ》ね。

……少し照れちゃった」

彼女は己の髪を彼の指から抜き取って胸元に垂らし、視線を庭園へ向ける。

ジュリアナは、エリックの甘い振る舞いには慣れっこだった。成人して以降、宴の場で顔を合わせると、彼は言葉遊びの一環でよく口説く真似ごとをしてくるのだ。冗談だとわかっているので、本気にはしないが、されるたびに照れてしまう。

社交の場では、ジュリアナもそれなりに声をかけられる。だが王太子の婚約者を本気で口説く男性はおらず、皆さらりと衣装を褒めてくれるくらい。エリックのように、情熱的なセリフを言われることはなく、どうしても慣れなかった。

――一体どれだけの女性を口説いたら、気負いなくあんなセリフが言えるようになるのかしら。

長年友人関係にあっても、ジュリアナは彼の色恋については全く関知していない。

引く手数多だろうに、彼の浮いた噂は一つも聞こえてこないのだ。

以前、下世話だとはわかっていたが、誰も知らないのが却って興味を引き、恋人はいるの？　と本人に尋ねたことがある。

オルコット侯爵邸を訪れていた彼は、廊下ですれ違いざまに尋ねてきたジュリアナの不躾《ぶしつけ》を咎めるでもなく、にこっと笑った。

答えてくれるのかなと期待に瞳を輝かせると、彼はジュリアナの顎先に指をかけ、「……アナ。俺のことが気になるの……？」と低く甘い声で聞き返した。

眼差しは艶やかで、おまけにキスでもするのかと思わせるほど顔を寄せてくる。

吐息が触れる距離まで近づかれ、社交界デビューをしたばかりの初心《うぶ》な少女だったジュリアナは、一気に頬を紅潮させた。慌てて彼の胸を押し返し、「や、やっぱりなんでもないわ……！」と叫んで退散した。

以来、同じ質問はできていない。あの経験でわかったのは、エリックはキスの真似ごとさえ躊躇いなくやってのける、大層大人の男性であるということだけだった。

考えると、エリックは不思議な人だ。

議会に参加もしなければ、軍部にも興味はない。鍛えられた体つきをしており、レーゼル侯爵などから軍へ入れと誘われる姿を度々見かけるが、毎度断っている。

恋人の影もなければ、二十三歳になる今まで結婚の予定も一切聞かない。

領地運営だけをして気ままに過ごす、独身青年貴族。

もっとも、人気はあっても、実際に彼に縁談を持ちかける家はない——とは、本人談だ。

それは事実らしく、時々不満を漏らす令嬢の声を耳にしていた。曰《いわ》く、家族が縁談を持ち込んでくれないとか。

彼はアメテュスト王国の主要な貴族とほぼ知り合いで、年長者にも気に入られているのに、縁談となるとなぜか許されないそうなのだ。

——どうしてかしら。実は裏で、悪いお仕事でもしているとか？

色っぽい話のない友人を疑わしく感じていると、口説き文句をすげなくあしらわれた彼は、視線を庭園に戻して嘆息した。

「……君はいつも受け流すねえ。もう少し乗ってくれてもいいと思うけどなあ」

「あら。対処方法を教えたのは、貴方よ」

ジュリアナが社交界デビューをする際、彼は訳知り顔で「口説いてくる男には、ありがとうと返していれば間違いないよ」との教えを説いた。

身に覚えのあるエリックは苦笑し、頷く。

「まあ、王太子殿下の婚約者は、それくらい身持ちが堅い方が安心かな」

「ええ、そ……」

普段通り彼の軽口に頷こうとして、ジュリアナは硬直した。

――私はもう、バーニー殿下の婚約者なんかじゃない。

瞬間的に否定の言葉が胸を過り、けれどまだ婚約を解消できていない現実を思い出す。

あれから何度か、ジュリアナは父に婚約解消の発表時期を尋ねていた。父は、焦燥を募らせる彼女に、同じ答えを返し続ける。

――〝もう少し時間がかかる〟。

ジュリアナの気持ちが変わると考えているのか、本当に手続きに時間がかかっているのか。理由は知れないが、バーニーの社交界デビューは来週に迫っていた。

王太子の成人を祝う意味もあるそのめでたき日に、ジュリアナは婚約者として同伴したくなかった。しかし手続きが遅れ、ビアンカとの再婚約が間に合わなければ、彼女を連れて行くのも奇妙に思われる。いまだ紙の上ではバーニーの婚約者であるジュリアナは、感情論で物事を推し進めていい立場でもない。

王家に求められれば、また彼の隣に立たねばならないという現実に、微《かす》かなため息を吐いた。

「……そうよ。私はバーニー殿下の、婚約者だもの……」

――もしも私との婚約破棄が間に合わなければ、バーニー殿下だって、ビアンカと過ごしたいのを我慢されることになるのよ。私ばかりが嫌だ嫌だと駄々をこねては、いけないわ。

バーニーとて、心の中では、恋人であるビアンカに申し訳なく思い、人目を気にせず共に過ごすことのできない現状に苦しんでいるはずだ。

彼に裏切られたとはいえ、同じ感情を持つ人間として、ジュリアナはバーニーの気持ちも慮るよう、自らに言い聞かせた。

「……上手《うま》くいってないの？」

「ひゃ……っ」

出し抜けに耳元で尋ねられ、思考に没頭していたジュリアナは、びくっと肩を揺らした。小声で聞いたエリックは、ジュリアナの瞳を覗き込む。

彼女は咄嗟に、顔を背けた。彼は敏《さと》い。今、目の奥を見られたら、内実を悟られる。

「大丈夫よ、キースリング侯爵。何も問題なんてない」

問答無用とばかりに答えると、エリックは目を眇めた。

「……ふうん。じゃあ挙式はいつになったのかな？　内示は済んだはずなのに、告知されないね？」

ジュリアナはぎくりとする。挙式日の内示はほぼ王家の儀式の一環として扱われていて、諸侯貴族は実施日を承知していた。

「それは……告知に良き日を選んで、行われるわ……」

嘘ではない。半年後に予定されていた挙式を、花嫁をすげ替えて断行するか、または日を改めるかだ。議会はいずれ、式の日取りを発表する。

曖昧に答える彼女をしげしげと見つめ、エリックは身を離す。

「そんなものかもしれないね」

追及から逃れられ、ジュリアナは顔には出さずとも胸の内で酷く安堵した。エリックは煌めく水面を遠く見やり、穏やかに言う。

「……でも、何かあったら言うんだよ、アナ。君が一番に頼りにしているのはオルコット侯爵だろうけど、彼では務められない役割もあるだろうから」

ジュリアナは友人を見上げる。彼は横目でこちらを見下ろし、そっと頬にかかる髪を耳にかけ直してくれながら、目を細めた。

「いつでも俺は、君を助けるよ、ジュリアナ。……覚えておいて」

何かあると悟っても、無理強いはせず、頼る道も残してくれる。

懐深い友人に、ジュリアナは柔らかく微笑み返した。

「ありがとう。貴方は優しい人ね」

「君にだけだよ、可愛い人」

いつもの軽口が返ってきて、ジュリアナはまた淡く頬を染め、ふふっと声を漏らして笑った。

二章

一

レーゼル侯爵の宴に参加して三日後の昼下がり、ジュリアナは硬い表情でオルコット侯爵の書斎にいた。

先ほどまで二階の居室にいた彼女は、開け放たれた窓から馬が出入りする音を聞いた。どこかから使いが来たのだとわかったが、その後すぐにオルコット侯爵に呼び出され、緊張と期待を持って彼の書斎に来たところだ。バーニーとの婚約に関する報せが届いたのだ。

書斎机を挟んだ向こうの椅子に腰掛けるオルコット侯爵は、王家の紋章が入った手紙を片手に、ジュリアナを見上げる。

「……いい報せではない」

低い声で告げられ、ジュリアナは落胆した。腹の前で掌を重ね、覚悟して頷く。

「……はい。どのような報せでしょうか」

オルコット侯爵はため息を吐き、パサッと手紙を机の上に落として言った。

「王家よりお前に、四日後に王宮にて開かれる宴への招待状が届いた。バーニー殿下の社交界デビューの宴だ。バーニー殿下の婚約者として共にあれと、陛下からのお言葉が添えられている」

ジュリアナは驚き、目を見開く。以前、国王はジュリアナに協力してくれると父が話していたのは、嘘だったのか。

「お……お父様は、私がバーニー殿下との婚約解消を望んでいると、王家の皆様にお伝えくださっているのですよね？」

オルコット侯爵は頷いた。

「伝えている」

「では、なぜ陛下は私をバーニー殿下のパートナーにしようとお考えなのですか……？　記録に残る大切な日です。バーニー殿下とて、ビアンカ嬢と共に過ごしたいでしょう。どんなに手続きが煩雑であろうと、王家の要請があれば作業は早められるはずです……っ」

よもや父は自分を謀《たばか》り、婚約破棄をしない方向で話を進めているのではないかとジュリアナは疑う。

そうでなければ、常識的に考えてもおかしい。婚約を解消する予定の令嬢を伴って王太子に晴れの舞台を踏ませるなど、どんな臣下も良案だとは考えないだろう。

ジュリアナの問いに、オルコット侯爵は眉を顰めた。机の上に肘をつき、拳をこめかみに押し当てる。王家からの手紙を見下ろしてしばらく何かを思案し、ため息交じりに答えた。

「……お前を不安にさせたくなくて、伝えるのは控えていたが……バーニー殿下は、いまだお前との婚姻を望んでおられる」

「――え……?」

ジュリアナは、すうっと全身の血の気が引いていくのを感じた。

オルコット侯爵は机の上で手を組み、顔を上げる。

「陛下はバーニー殿下の行いにお怒りになり、お前をサポートするとはおっしゃった。しかし陛下が王太子妃に望んでおられるのは、ジュリアナ――お前だ。バーニー殿下の希望を退けはしない」

ビアンカを愛している王子と形ばかりの夫婦になる未来は、知らぬ間に現実味を帯びていた。

王家に反対する者がいないなら、ジュリアナは予定通り、バーニーと結婚せねばならなくなる。

――自害するしかないの……? いいえ、その前に逃げてみる? どうせ死ぬなら、何もかも捨てて、他国へ出奔したっていい。

ジュリアナはいかにしてバーニーとの婚姻から逃げるかに思考を巡らせ始めた。

オルコット侯爵は手紙を封筒に戻し、机の隅に除《よ》ける。

「だが私はもう、バーニー殿下にお前をやろうとは考えていない。王家がどう望もうと、私の爵位や土地を盾に脅そうと、お前とバーニー殿下の婚姻届にサインはしない。お父様は必ず、あの方とお前の婚約を解消させる」

オルコット侯爵の言葉は、驚くべき内容だった。王家に背けば、爵位や土地を盾に脅されるどころか、全てを没収される。一家は路頭に迷い、悪ければ投獄されるだろう。

自分一人で済む話ならいい。でも一家を巻き込むのは違う。

「それは、おやめください……っ」

ジュリアナはすぐに首を振ったが、オルコット侯爵は穏やかに聞き返した。

「お前はもう、バーニー殿下のことはよいのだろう？　それとも、お心を取り戻して妃になりたいのか？」

ジュリアナは言葉に詰まる。ごまかしようもなく、心は明確にバーニーとの未来はないと否定した。けれどどう答えればいいいか、迷う。

オルコット侯爵は、落ち着いた声音で問いを重ねた。

「お前はバーニー殿下と結婚したいのか、ジュリアナ？」

ジュリアナはきゅっと拳を握る。自分の返答が家族の命運を握っていると自覚しながら、しかし嘘でもそうだとは答えられず、再び首を振った。

「いいえ……。私は……バーニー殿下と結婚したくはありません……」

オルコット侯爵は鷹揚《おうよう》に頷いた。

「では、私も方針は変えない。なに、この国で爵位や土地を失おうと、お父様は近隣諸国にたくさん伝手《つて》がある。いかようにもできるから、安心しておきなさい」

「……お父様」

ジュリアナは心配を隠せず、瞳を揺らす。

オルコット侯爵は微笑み、小首を傾げた。

「だが我が家に仕える者たちのために、私も可能な限りは穏便に進めたい。お前にはすまないが、今回の宴には参加してくれないだろうか？」

気遣わしく宴への参加を促され、ジュリアナは眉尻を下げた。

この国を追われ、他国へ住まいを移すのは、彼が言うほど容易ではない。娘を不安にさせまいと、わざと簡単そうに言ってくれているのだ。

全てを失っても守ると言われ、ジュリアナの胸は感謝の気持ちで満たされた。瞳に涙が溜まり、それを零さぬように堪《こら》えて、深く腰を折る。

「……承知致しました……。ありがとうございます、お父様」

娘の礼に、オルコット侯爵は苦笑した。

「……お前には苦労をさせてばかりで、すまないな。恐らく多くの家が殿下に娘や息子を紹介するだろうから、入場と最初のダンスをすませれば、あとは共に過ごさずとも大丈夫だろう」

王族のもとには、名を覚えてもらおうと沢山《たくさん》の人が集《つど》う。最初だけ一緒に過ごし、さりげなく離れればいいと言われ、ジュリアナは幾分ほっとして頷いた。

「……ただ私はお前のお母様と出席するし、宴の始まりは陛下のお傍にあらねばならない。王宮までのお前のエスコートは、他の者に頼んでおくよ」

公式行事などでは、オルコット侯爵は宰相として、王の傍近くにある。次の宴でも彼は王の最初の挨拶時に傍に控え、その後は母と共に客人と交流する予定だと、ジュリアナも承知していた。

王宮には何度となく出向いている彼女は、特にエスコートの必要性を感じなかったものの、父の厚意だろうと思い直し、礼を返すにとどめた。

アメテュスト王国の王太子の誕生日と社交界デビューを祝う宴は、王宮の迎賓館が会場となった。

空が橙色に染まり、参加客の入場時間となって、正面扉が開放される。

国中の諸侯貴族とその家族が招かれ、館の中は多くの人のざわめきで満ちていた。

クリスタルのシャンデリアが煌びやかに会場を照らし、この日のために純白のドレスを新調したのだろうデビュタントも数多く見受けられる。

今夜は、今年成人する全ての貴族子女も招かれ、王太子と共に祝福されるのだ。

年若いデビュタントたちをエスコートするのは、多くが家族や親戚。

アメテュスト王国では、大多数の者が成人してから婚約する。未成年の頃から婚約者がいるのは、よほどの家柄の貴族に限られていた。

会場の扉前を通り過ぎたエリックが、薄く笑う。

「……王太子殿下の誕生日兼社交界デビューの宴は、さすがに客の入りが違うね。王太子殿下とお近づきになれる貴重な日だから、皆なんとしても予定を空けていたのだろうな」

オルコット侯爵が王宮までジュリアナのエスコートをするよう頼んだのは、エリックだった。社交の場はお手の物で、婚約者もおらず、ジュリアナとも知己《ちき》。考え得る限りの、最適任者だ。

彼に手を取られたジュリアナは、このあと自身もバーニーと入場する会場を見るともなしに見て、頷く。

「……そうね。素敵ね」

心ここにあらずの返事に、会場前の回廊を共に移動していたエリックは、彼女を見下ろした。

気安い友人に同伴してもらえて嬉しかったが、その分、考える余裕ができてしまい、ジュリアナは不安に苛《さいな》まれていた。

――これから行くバーニー殿下の控え室に、当然のようにビアンカ嬢がいたらどうしよう。笑顔でお祝いを言わなくちゃいけないのかしら……？　言わなくてはいけないわよね。

「……白粉《おしろい》、よれてるよ」

「えぇ……!?」

ぼそっと呟かれた言葉に、ジュリアナは勢いよく顔を上げた。例により昨夜もよく眠れず、今日も厚化粧だった。

「ど、どこ……!?　手で直せそう？　侍女を連れてこなくてはいけないかしら……っ？」

化粧を施してくれたエレンは、既に下がらせていた。自分で直せる程度かどうか、両手で頬を覆い隠して聞き返す。

今日の彼女は、いつもより一層美しく見えるよう仕上げられていた。白粉は丹念に塗り込められ、口紅は白い肌を映えさせる淡い紅。目尻は色香が滲み出るように計算された、美しいグラデーションで彩られている。

ジュリアナは目立たないくらいでいいと言ったのだが、母が許さなかったのだ。

いずれ婚約を解消する相手のパートナーだろうと、今宵の宴はアメテュスト王国中の諸侯貴族が参加する。ジュリアナからバーニーを掠め取ったビアンカも、デビュタントとして招かれている。

齢三十七の母は、落ち込むジュリアナの頬を両手で包み、気持ちで屈するなと強く言い聞かせた。

「いいこと、ジュリアナ。貴女は誰よりも美しく聡明なの。自らを誇り、何者にも侮られてはならないわ。最高に美しく着飾って参加し、王太子殿下など袖にして帰っていらっしゃい！」

随分な言いようだが、オルコット侯爵同様、全力で娘を支える気概を感じる応援の言葉だった。

心の傷はいまだ癒やされず、夜もよく寝られない状態でも、両親に報いることのできる娘でありたい。だから今日は、誰よりも美しくあらねばならない。

そんな気持ちで来ていたジュリアナは、真剣に化粧の崩れ具合を尋ね、それを指摘したエリックは、目を瞬く。

「……キースリング侯爵？」

どこがよれているのか教えて、と戸惑いながら再度尋ねると、彼は振り返った際に僅かに乱れた彼女の前髪をちょいちょいと指先で整えて、にこっと笑った。

「はい、直ったよ」

「え……？」

わけがわからない。彼が指摘したのは化粧であって、髪ではない。ぽかんとしていると、彼は彼女の珍しい表情に頬を緩め、顔を背けてふはっと笑った。

「いや、ごめん……。馬車の中からずっと君が俺の話を聞いていないから、ちょっと意地悪をしたんだ。化粧は崩れてないし、今日も君は美しい……ああ、いや。いつもより一段と艶があって、女神のように美しいよ。……とても綺麗だ。花飾りも似合ってる」

言いながら今度は横髪を指先で梳かれる。彼女の髪は、ピンクのバラと白い小花で彩られていた。

ジュリアナはぽっと頬を染め、俯く。

「ご、ごめんなさい……失礼をしていたのね。貴方と一緒だと思うと気が緩んで……考え事ばかりしてしまっていたわ」

思い返してみれば、迎えに来てくれた彼は、ジュリアナを見るなり華やかなドレスや化粧を手放しで褒めてくれていた。しかし彼の顔を見て安心してしまったジュリアナは、あっさり礼を言って馬車に乗り込んだきり、生返事《なまへんじ》を繰り返していた気がする。

衣装を褒められたら、相手の出で立ちも褒めるのが礼儀。

ジュリアナは改めてエリックを見やり、その美丈夫ぶりに感心を通り越して呆れてしまった。

今夜の宴は白を纏うデビュタントたちを引き立てるため、男性は黒を纏うのが通例だ。彼も黒を纏っていたが、使う仕立屋が確実に他の者とは違うとわかる、スタイリッシュなデザインの上下だった。袖口や裾からは豪奢《ごうしゃ》なレースが覗き、アメジストのカフスが目を惹く素晴らしい装いだ。その衣装の上には、見事に整った顔があるのだから、普通の令嬢なら顔を合わせた瞬間、時も忘れて見蕩《みと》れただろう。

それを素通りされた挙げ句、生返事のオンパレードでは、エリックも物足りなかったに違いない。

「貴方は本当に、神様にえこ贔屓《ひいき》されたみたいに素敵ね」

思ったままを口にすると、エリックはきょとんとし、ははっと声を出して笑った。

「……ありがとう、ジュリアナ。その言葉通り、君が俺を魅力的だと思ってくれたらどんなにいいかと、いつも思うよ」

「……貴方は魅力的な人だと、いつも思っているけれど」

ジュリアナは訝しく聞き返す。エリックが多くの令嬢に取り囲まれる姿は恒例のもので、外見、内面共に誰もが認める好青年だ。魅力的ではないなんて言った覚えはないと首を傾げると、彼はおかしそうにまた笑い、改めてエスコートの手を差し伸べる。

「うん。俺が言ってるのは、そういう意味じゃないんだけど、それでいいよ。……君は出会った時から、バーニー殿下ただお一人の花だった」

彼の手に自らのそれを重ねようとして、ジュリアナは中途半端な恰好のまま硬直した。

頭から消えていたバーニーとの問題が、一気に蘇った。

「……ジュリアナ、やっぱり何かあるんじゃないのか?」

エリックがぐっと手を握り、顔を覗き込んでくる。その手の力強さと、常にはない真剣な眼差しに、ジュリアナの胸がドキリと跳ねた。けれど人通りの多い回廊で何を言えるはずもなく、彼女は首を振り、作り物じみた笑みを顔に張り付けた。

「……何も問題はないわ、キースリング侯爵。私は大丈夫」

ジュリアナたちが迎賓館の奥にあるバーニーの控え室を訪れると、中から客人が出てくるところだった。ビアンカではと身構えたが、姿形から青年だとわかり、ジュリアナはほっとする。

「では失礼致します、兄上」

礼儀正しく頭を下げてバーニーの控え室から下がったのは、彼の弟——ディルク王子だ。

ジュリアナの弟と同い年の彼は、さらりとした癖のない金色の髪に、青葉色の瞳をしている。身長はもうジュリアナを超えているものの、胸板などは薄く、体つきはまだ少年に近かった。

宴前に兄に会いに来ていたらしいディルクは、扉を閉めてからこちらに気づいた。王族の一人として兄のしたことは知らされているのだろう。ジュリアナと目が合うと、僅かにすまなそうに眉尻を下げた。

「こんばんは、ジュリアナ嬢。キースリング侯爵」

大人しげな笑みを浮かべる彼は、兄とは正反対の、物静かな人だった。気弱なのではなく、寡黙なのだ。時折マリウスに会いにオルコット侯爵邸を訪れる彼を見ていると、思慮深い人なのだと感じる。誤った発言をしないよう、ゆっくりと考えて言葉を選ぶ。そんな印象だった。

「ごきげんよう、ディルク殿下」

「こんばんは、ディルク殿下。先日面白い化石の本を手に入れたので、よかったら今度お持ちしますよ」

ジュリアナに続き、ディルクとも交流のあるエリックが気さくに話しかける。

化石収集が趣味のディルクは、嬉しそうに笑った。

「それは楽しみだ。王宮に来られそうな日ができたら、連絡してほしい。キースリング侯爵は、あらゆる人の趣味に話を合わせられて凄いね。僕も見習わなくては」

「皆さんと仲良くするために、広く浅く知っているだけですよ。敵は作りたくないもので」

エリックは肩を竦めておどけてみせ、ディルクは笑って手を振った。

「それでは、またね。ジュリアナ嬢、キースリング侯爵」

事情を知らないエリックの前では、完璧に普段通りに振る舞ってみせる弟王子に、ジュリアナは膝を折って敬服の気持ちを伝えた。

ジュリアナたちは改めてバーニーの控え室の扉をノックし、来訪を報せる。中から侍女が扉を開け、ジュリアナの顔を見るとすぐに中に通した。

ジュリアナはさっと室内に視線を走らせる。

部屋の奥にある窓を右手に大きな姿見が置かれ、その前にバーニーが立っていた。彼の背後には衣装が入っていた円形や長方形の箱があり、扉脇にある向かい合って置かれた長椅子の上には、彼がここまで着ていたのだろう、新緑色の上着が引っかけられているだけだ。

今年のデビュタントの一人であるビアンカの姿はなく、少し安堵した。

「来てくれて嬉しいよ、ジュリー。もしかしたら来てくれないんじゃないかと不安だったんだ」

ジュリアナの訪れを侍女に耳打ちされ、今日の衣装を着付けられていたバーニーが機嫌よく鏡越しに背後を見る。そして彼女の隣に立つエリックの姿に、ピクリと眉を跳ね上げた。

「……あれ、キースリング侯爵も一緒なんだ？　どうして？」

扉前のやりとりは聞こえていなかったらしい彼の反応に、ジュリアナは背中に緊張を走らせた。

「キースリング侯爵は、ここまで私をエスコートしてくださったのです」

今日の宴においてエリックは最適の人選だと考えていたけれど、そうでもなかった。あまりにも驚きの出来事が起こりすぎて失念していたが、父もわかっていて、わざとこうしたのだろうか。

バーニーは元来人懐こく、誰とでも仲良くできる人だ。でもなぜか、エリックに対してだけは違うのである。何が気に入らないのか、エリックが視界に入るだけで不機嫌になり、会話となれば必ず好戦的になるのが常だった。

エリックの方はといえば、彼も不可思議な人で、バーニーの攻撃的な言動もどこ吹く風。何を言われても気にとめず、やりにくさも感じていない様子だった。

今日もこうして、バーニーに会うとわかっている役目を平気で引き受けている。

エリックは柔和な笑みを浮かべ、恭《うやうや》しく頭を垂れた。

「このたびは、ご成人おめでとうございますバーニー王太子殿下。アメテュスト王国王家の末永き繁栄を、心よりお祈り申し上げます」

礼儀正しい挨拶に、ジュリアナははっとして彼に続く。

「ご成人、お祝い申し上げますバーニー殿下。この良き日に共にあれる誉れ、感謝申し上げます」

皺一つない漆黒の衣装に身を包んだ彼の胸ポケットに、王家に仕える侍女が社交界デビューを意味する白いバラを挿した。

バーニーはこちらを振り返り、にこっと笑う。

「そう。ジュリアナも嬉しいみたいで、よかったよ。オルコット侯爵が最近小煩《こうるさ》いから、君の本心を知りたかったんだ」

社交辞令を口にしたに過ぎないジュリアナは、目を見開いて彼を見返す。

「……それは……」

こんな場所で話していい内容ではない。隣には事情を知らないエリックがおり、この場は今も多くの使用人が出入りしている。誰に聞かれるともわからない状態だ。よく教育された侍女たちは聞こえぬ振りを貫いているが、微かに瞳を揺らし、動揺を隠し切れていなかった。

エリックの眼差しが、侍女たちに注がれている。

ジュリアナはどう切り返せばいいのかと思考を巡らせ、細く息を吸って、笑みを浮かべた。

「今宵は殿下の成人を祝う宴でございます。無粋な話はまた日を改めて致しましょう」

バーニーはジュリアナを見下ろし、殊更に明るく笑い返した。

「そうだね。また会う日を決めなくちゃいけないね。君のウェディングドレスのデザインを一緒に考えないといけないもの」

理解しがたいセリフに、ジュリアナの顔から笑みが脆《もろ》くも崩れ落ちた。エリックの視線が、今度は自分に向けられたのを感じたが、表情を繕う余裕はない。

「……殿下、それは……」

バーニーはジュリアナの返答には耳を傾けず、エリックをちらりと見やって幾分居丈高に命じた。

「下がっていいよ、キースリング侯爵。ジュリアナの案内、ご苦労だった。もうすぐ会場の扉も一旦、閉ざされる。君はあちらで僕たちの入場を待っていてくれる？」

会場は指定の時間になると扉が閉ざされ、バーニーの入場に合わせて再度開かれる予定だった。

エリックは数秒何かを推し量る眼差しをバーニーに注いだが、頭を垂れ、部屋を出て行った。

「……失礼致します」

「……殿下。事情も知らぬキースリング侯爵の前でなさるお話ではございません」

エリックが退室するのを待って、ジュリアナはバーニーを諌《いさ》めた。

彼は上着の袖口を軽く自身で整え、にこっと笑う。

「そう？　だけどオルコット侯爵が僕に君との婚約解消をしつこく願い出なければ、そもそも話題にせずにすんだんだよ。悪いのは僕かな？」

ジュリアナは言葉に詰まり、視線を逸らした。

彼はいまだ、次の相手の当てのないジュリアナのために結婚してやろうと考えているのだ。その必要はないとジュリアナの口から聞かないと、信じられないのだろう。

ジュリアナは胸一杯に息を吸い、ゆっくりと応じた。

「ですがそれこそが、私の望みでございます、殿下。私とご結婚なさる必要はございません。どうぞビアンカ嬢を娶られませ」

侍女たちが一斉に大きく緊張を纏い、ジュリアナは申し訳なく感じる。しかし誤った判断は、早期に正さねばならない。

彼は王太子であり、過《あやま》ちは可能な限り踏んではならない王の一族だ。

ジュリアナの意向を理解すれば、彼も考えを改めるだろう。この事態は、今からでも修正できる。

今日同伴する女性とて、ビアンカは無理でも、王家の親戚筋なら多数宴に招かれている。今夜はジュリアナが体調を悪くして、急遽他の親戚女性に代役を担ってもらったとでも言えばよい。

ジュリアナは代替案までも脳裏に用意し、バーニーの判断を待った。

彼は鏡に視線を戻し、前髪を掻き上げつつさらりと応じた。

「……そう。でも僕は君と結婚したいから、オルコット侯爵の要望は退け続けるよ。諦めて僕の奥さんになってね、ジュリー」

ジュリアナは、目を瞬く。聞き間違いかとも思ったが、確かにこの耳は、バーニーは婚約解消をしないつもりだと聞き取った。

「……何をおっしゃっているのですか……？　ビアンカ嬢を、愛していらっしゃるのでしょう？　議事堂でだって、愛妾に甘んじると言うビアンカ嬢を見ながら、殿下は苦しそうになさっておられたではないですか……っ」

愛した女性とは結ばれたい、夫婦になりたいと考えるのが普通だ。なぜ愛してもいないジュリアナと頑なに結婚しようとしているのか、わからない。

バーニーは鏡の中の己を見ながら、微笑む。

「うん、愛しているよ。妃にしてあげられたらよかったのにと思って、議事堂ではあんな顔をしたけど、僕の正妃は君じゃないとダメなんだよ、ジュリー。あの子には妃の仕事はとてもじゃないけどできないから。無理にあの子に妃をやらせて、苦しめたくもないしね。……それに君のことも不幸にさせたくはないんだ。僕と婚約解消なんてしたら、君は社交界に顔も出せなくなるでしょう？」

いつかと同じ哀れみの眼差しを鏡越しに向けられ、ジュリアナはカッと胸に怒りを滾《たぎ》らせた。

ジュリアナを貶《おとし》めると知りながら恋する気持ちを優先し、憐憫の情をもよおしている王太子は、もはや憎らしくすらあった。

ジュリアナは視線を床に落とし、怒りで震える息を吐き出す。理性が「感情的になるな」と、彼女自身を窘めた。

どこまでも——善意なのだ。

全ては愛するビアンカと、可哀想なジュリアナのため。彼は己の判断が誤っているとは考えていない。

——落ち着いて。わかってもらえればそれでいい。私は汚名を厭《いと》わず婚約破棄を望んでいると、理解して頂くの。

ジュリアナは己を落ち着かせ、顔を上げた。口を開こうとした時、横目にこちらを見たバーニーが、ぼそっとつけ足した。

「……安心していいよ。お飾りの正妃にはしないから。君もちゃんと、愛してあげる」

「え……？」

彼が何を言っているのか、咄嗟に本能が理解を拒んだ。

バーニーはジュリアナをもう一度振り返り、天使のような甘い笑みを浮かべた。

「ジュリー、君は美しいもの。僕と君の子は、きっととても可愛いよ。二人くらい作れば満足かな？ああでも、相性がよければ何人だって作ってあげるよ」

「——……」

想像を絶する、残酷な提案だった。

目の前でビアンカと真実の愛を築いたと告白した初恋の人は、ジュリアナには口先の愛を——否、肉体的な愛をやろうと明言したのだ。

——形ばかりの妃にするのは可哀想だから、子種も君に分けてあげる。

彼は、善意の皮を被った独善的な思考で、醜悪な未来をさも良案であるかのように提示した。

潔癖なジュリアナには到底受け入れられず、彼女は吐き気を覚えた。瞳には涙が浮かび、冷静になれと警鐘を鳴らす理性を押しのけ、感情的に叫んだ。

「私は……っ、殿下との婚約破棄を望んでおります……！　そのような未来、決して受け入れられません……！」

初めて晒されたジュリアナの狼狽する姿を、バーニーは不思議そうに見つめ、柔らかく笑った。

「ちゃんと君も大事にするよ、ジュリー。怖がらないで大丈夫」

己の気持ちが全く届かず、ジュリアナは絶句するしかなかった。

二

参加客が会場に揃い、一旦迎賓館の扉は閉ざされた。それからしばらく、参加客たちは静まり返って今日の主役の登場を待った。しかし一向に扉が開かれず、訝しむざわめきが生まれ始めた時だった。

扉前の騎士たちが身じろぎ、そしてその内の一人が王太子の入場を声高らかに報せた。

扉が開かれると同時に、会場前方に配されていた楽団がファンファーレを奏で出す。そして華やかな楽曲の中で登場したバーニーと、彼がエスコートするジュリアナの姿に、参加客たちは一斉に歓声をあげた。

「ご成人おめでとうございます、バーニー王太子殿下！」

「アメテュスト王国の未来に幸多からんことを！」

シャンデリアの光が二人に降り注ぎ、癖のあるバーニーの髪と、ストレートのジュリアナのそれを目映《まばゆ》く煌めかせる。

バーニーが纏う漆黒の衣装は、光を弾く糸を織り込んだ珍しい布で、キラキラと星明かりのように光を反射した。胸元には先だって中将に昇格した証である国王軍の勲章が輝き、また襟首や袖口にはふんだんに宝石がちりばめられている。

彼のエメラルドの瞳はいつもと変わらぬ優しげな光を宿し、拍手する参加客らに柔和な笑みを返し続けた。

隣に立つジュリアナの装いは、祝意も込め、デビュタントの色である白い布地を織り込んだ桃色のドレス。肘の辺りで鈴の形に広がった袖口はレースで彩られ、胸元やスカート部分には目立たないながら上品な色の宝石がちりばめられている。

背中に流れる髪は艶やかであり、淡く微笑んだ美麗な横顔は、大人の女性を意識した化粧が施され、色香が滲んでいた。

前方にある一段高い場に設けられた玉座へと向けて、バーニーと共に会場の中央をゆっくりと歩くジュリアナの耳に、洪水のような参加客たちの声が届く。

「ジュリアナ様も、やっとバーニー殿下とご一緒に社交の場に出られるようになるわ」

「お二人が並ぶと、まるで一枚の絵画のよう」

「本当に。天界にお住まいの天使がお二人、舞い降りたよう。ご結婚が待ち遠しいわ」

つい先ほどまで婚約解消を訴えていたジュリアナの頬は、我知らず強ばった。覚悟はしていたが、誰もが疑いなく彼女こそが王太子の未来の伴侶と信じ、結婚を待ち望んでいる。

彼女の手を取り優雅に隣を歩くバーニーは、ジュリアナの変化を見逃さず、耳元で囁いた。

「……ジュリー、君はどんな顔も美しいけれど、皆のために微笑んであげて」

ジュリアナはバーニーの方は見ずに、微笑みを浮かべ直した。

それはいかにも睦まじげなやりとりに見え、周囲がわっと囃《はや》し立てる。

ジュリアナは、まるで悪夢を見ているようだった。

隣に立つ王太子が、得体の知れない見知らぬ他人に感じられる。出会った時、彼は確かに穢《けが》れなき純真無垢な少年だった。それがいつの間にか、笑顔で民を欺ける青年に成長していた。

彼は自らの恋を円満に全うするために、愛してもいない女性と結婚しようとしている。

――なぜ、こんなことになったの。

ジュリアナが心の中で独白した時、会場前方に到着し、二人は玉座前の階段下に跪いた。喝采を上げていた人々は静まり返り、共に床に膝をつく。楽曲がやみ、壇上に国王が現れた。

床を撫でる深紅のマントを羽織った国王は、まず足元の二人を見下ろし、そして会場全体を見渡した。

「――皆、よく来てくれた。頭を上げよ」

国王の命令で皆が顔を上げ、ジュリアナもそれに倣う。玉座の傍近くに、オルコット侯爵が控えていた。オルコット侯爵の目は彼女ではなく会場全体に注がれていたが、父親の姿を見た瞬間、ジュリアナの瞳に涙が込み上げかけた。

このような場でなんの前触れもなく泣きそうになるなど初めてで、彼女は自分自身の異変に驚く。なんとか感情をコントロールし、涙は呑み込んだが、ジュリアナは己の心が限界に近いのだと悟った。

平静を装うのは得意な方だ。しかし彼女は今まさに、王太子により人生の全てを弄《もてあそ》ばれようとしている。独善的な思考で受け入れがたい未来を押しつけられかけ、ぎりぎりのところで精神の均衡を保っているのだ。

「献身的に王家を支える皆のおかげで、王太子は無事、この日を迎えられた。またこの良き日に王太子と共に成人を迎える若き子女には、その前途に神の祝福が与えられんことを――」

国王の祝辞もまともに聞き取れず、ジュリアナは呆然とただ壇上を眺め続け、気がつけば、ダンスの時間になっていた。

何度も共に踊ってきた二人は、流れるように楽曲に合わせてステップを踏んだ。それは優美以外の何ものでもなく、誰もが感嘆のため息を漏らす。

称賛の声が聞こえる中、バーニーはうつろな目をしているジュリアナに眉尻を下げた。

「楽しくなさそうだね、ジュリー。いつもは優しく僕を見つめてくれていたのに」

自らの背を優に追い越し、胸板も腕も鍛えた筋肉で覆われた青年は、少年の顔で悲しそうにジュリアナを詰った。

昔なら可愛らしいと思えたその表情に焦点を合わせ、ジュリアナは繕った笑みを浮かべる。

「そんなことはございません。殿下と踊れる誉れに感謝しております」

「……僕が王族だから、感謝してるってこと？」

――さようでございます。

心の中で頷き、ジュリアナは曖昧に微笑んだ。そして視線を逸らし、観客の中に一人、目を惹く少女を見つける。純白のドレスを着たその少女は、切なそうな、それでいてうっとりとした眼差しでバーニーを見つめていた。

ふわふわと波打つ栗色の髪に、大きな青い瞳を持つオールポート伯爵家の次女――ビアンカだ。

父オルコット侯爵によれば、オールポート伯爵は彼女を領地へ連れ帰る意向を示したはずだが、恐らくバーニーが手を回して留《とど》めているのだろう。議員らの前で真実の愛を宣言したからには、恋人を王都から下がらせるわけもない。

他のデビュタントと変わらぬ装いの彼女に目が吸い寄せられた理由に、ジュリアナはすぐ気づいた。

社交経験のない未熟なデビュタントたちは、通常会場の下手《しもて》に控えるのがマナーだ。彼らはダンスが始まってやっと、中央に出ることを許される。

今はまだ、ジュリアナとバーニー二人だけのために設けられた、始まりを報せるダンスの最中。それなのにビアンカは前方付近に立っていて、大人たちの華やかな衣装の中、彼女の白いドレスは酷く目立った。

ほどなくしてバーニーも彼女に気づき、甘い微笑みを向ける。それだけでビアンカは頬を可愛らしく紅潮させ、彼はくすっと笑った。

「二曲目は彼女と踊るから、前方に案内するよう臣下に伝えておいたんだ。君と踊ったあと、多くの令嬢が僕と踊りたがるだろう？　あの子が押し出されてしまっては、可哀想だからね」

バーニーは、よい采配だったでしょうとでも言いたげにこちらを見下ろし、ジュリアナは戸惑う。

なぜ彼が、こんなにも堂々と愛人を人目に晒そうとしているのか、理解に苦しむ。

既にビアンカは多くの人目に触れ、なぜ彼女だけが前方に、と訝しく思われているだろう。そしてジュリアナの次にバーニーと踊れば、よからぬ憶測を生む。

確かにアメテュスト王国の歴史上、真実の愛と称して愛人を囲った王の話もある。だがそれは、決して美談ではなかった。王家にあってはならぬ醜聞の一つとして知れ渡り、多くの非難を集めたのだ。

アメテュスト王国民の多くが信仰しているアルヒェ神は、不義を許さない。

王家もまた同じ神を信仰しており、当時の王は信徒であることを辞めて、愛人を王宮へ召し上げた。だが民と信心を共にせぬ王は長く支持されず、在位は僅か五年だった。

愛人に溺れ、政《まつりごと》に関心を示さなくなった王を臣下が弑《しい》し、王弟を次代の王に祭り上げたのだ。

ジュリアナは彼の今後を考え、そっと言う。

「……もしも彼女を愛人とされるお心づもりなら、目立たせぬようになさいませ。事実はどうあろうと、民は第二の愛を決して美しいものと捉えぬでしょう」

第二の愛とは、浮気心を意味する。民に容認されないと言われたバーニーは、眉をつり上げた。

だがすぐに表情を取り繕い、苦笑する。

「考えすぎだよ、ジュリー。一曲目以外は、誰と踊ろうと皆気にしないよ。……もしかして僕を取られて、彼女に怒ってるの？」

たとえその通りだったとしても、無粋極まりない質問だ。そして、本当にジュリアナの気持ちには気づいていなかったのだと知れる問いでもあった。

胸にツキッと痛みが走り、ジュリアナは己を不思議に思う。

もうこの方を想ってなどいないのに――どうしてかしら。

八年もの間、バーニーしか見てこなかった心は、まだ自身の感情を把握しきれていないようだ。

矛盾を抱えた自らに呆れ、ジュリアナは悲しく笑った。

「……では、お好きになさいませ。ご成人、お喜び申しあげます。バーニー王太子殿下」

これ以上は――もう何も言わない。

ジュリアナはこの時、彼の補佐役を降りる決意をした。

バーニーは不満そうに口元を歪め、彼女から手を離す。丁度、楽曲が終わったところだった。彼はジュリアナに背を向け、会場前方にいたビアンカに声をかける。

「――ビアンカ、おいで」

その顔は大げさなほどに甘い微笑みを湛えていて、ビアンカは瞳を潤ませ、恋する乙女そのものの顔で彼のもとへ駆け寄った。

王太子のダンスを国王と共に眺めていたオルコット侯爵は、即座に指示を出し、楽団に次の曲を始めさせる。

デビュタントたちが中央へと一斉に集《つど》い、二人のやりとりはさほど目立たぬようにカバーできていた。だがジュリアナが会場中央から一旦外れるためのエスコートをしなかった王太子に、高齢の貴族たちは顔をしかめる。

社交デビューをしたばかりの未熟な青年といえども、名門であるオルコット侯爵家長女への振る舞いとしては、あり得ぬ態度だった。

たとえそれが王太子であろうと、紳士としてあるまじき行いである。

ジュリアナは一人、ダンスを始める真実の愛で結ばれた二人の横を通り過ぎ、人波を抜けていった。なぜだか、悲しくもないのに泣いてしまいそうだった。バーニーの態度が、愛らしく従順にしないなら屑《くず》同然に扱ってやる、と語っていたからかもしれない。

――今すぐ、ここではないどこかに行ってしまいたい。

ジュリアナは真顔で会場の外へと向かい、そしてテラスに出たところで、後ろから声をかけられた。

「——ジュリアナ」

聞き慣れた声に、彼女はゆっくりと振り返る。

急いで人波をかき分けてきたのだろう。いつもは整いすぎているくらい完璧な装いなのに、彼の上着は少しよれ、前髪も乱れていた。そしてその青い瞳は心からジュリアナを心配する色に染まっていて、目を合わせた瞬間、彼女の顔は無様に歪んだ。

彼はジュリアナの表情にぎょっとし、足早に近づく。会場側から彼女が見えないよう、目の前に立ち塞がって尋ねた。

「どうしたんだ。バーニー殿下と、何かあったんだろう？　話してくれ。必ず俺が、なんとかするから」

彼の優しさを感じ、ジュリアナは今しも零れそうになる涙を必死に堪《こら》えながら、震える声で答えた。

「——私……もうどうしたらいいのか、わからないの……キースリング侯爵……」

寄る辺なくテラスへ出た彼女に声をかけたのは、王宮までエスコートをしてくれた友人——エリック・キースリングだった。

三

異変に気づいて声をかけてきた彼は、ジュリアナをテラスの一角までエスコートした。宴は始まったばかりで、テラスには二人以外いない。しかし会場から人が出てきてもすぐには人目につかない、テラスの柱裏にある席を選んでくれた。

吐き気を覚えるほどの未来が自身に降りかかろうとしているだけでなく、心ないバーニーの振る舞いに、ジュリアナは怯えていた。

万が一結婚することになれば、バーニーの気に入るように振る舞わないと、どんな残酷な目に遭わされるかわからない。何より宴前に聞かされた生々しい話が、処理しきれていなかった。

――『二人くらい作れば満足かな？　ああでも、相性がよければ何人だって作ってあげるよ』

ジュリアナは長くバーニーの婚約者を務めたが、キス一つした経験もない。それはバーニーだって変わらないはずだったけれど、彼には一年半も前から恋人がいた。

キスの一つ、もしかしたらそれ以上も経験していて、だからこそビアンカを王宮に召し上げようとしている可能性は高かった。

結婚するまで純潔は守るというのが古くからの教えでも、婚約者同士なら早くから結ばれている者たちも少なくないと、貴婦人の茶会で聞いていた。

真実の愛を見つけたと豪語するくらいだ。覚悟があるならそれもいい。

でもジュリアナは違う。望まぬ結婚を強いられた挙げ句、愛してもいない王太子に哀れみで抱かれなくてはいけない。

――その上、相性がよければだなんて――。

彼はジュリアナが嫌がるとは考えていなかった。ジュリアナはもちろん感謝してバーニーに抱かれ、心地よければ温情で何度でも抱いてあげると言われたのだ。

矜持あるジュリアナにとっては屈辱を感じさせる発言であり、また恋人であるビアンカにとっても酷い考えだった。

責務であろうと、愛している人が自分以外の女性と肌を重ねれば辛《つら》いだろう。それなのに彼は、その相手と快楽を得られれば関係を継続すると約束した。

これは、ビアンカにとっても裏切りだ。

いつの間にあんな思考になったのか、それとも元々そんな人だったのかと混乱し、ジュリアナはショックと恐怖に震えていた。

考えれば考えるほど未来は暗く、彼女はエリックの前で涙を零し、ぽつりぽつりと事実を話していった。一人では到底、抱えきれなかった。

オルコット侯爵はなんとかすると話したが、バーニーがジュリアナと子まで作り、表面上は完全に王太子の役目を果たすつもりでは、それもどうなるかわからない。

このまま地獄のような未来がくるなら、せめて家族以外でも誰か一人くらい、ジュリアナの苦しみを知っていてほしかった。そしてあわよくば、逃げ出す術《すべ》を教えてほしい。

絶望を隠しきれずに吐露したジュリアナの告白は、エリックを絶句させた。

隣に座り、真摯に耳を傾けてくれた彼に、ジュリアナはしゃくり上げながら謝る。

「……ごめんなさい……、こんな話を、聞かせて……っ。だけど私……もう、どうしたらいいのかわからなくて……っ自害する前に、誰かに聞いてほしかったの……」

彼はぴくりを肩を揺らし、俯いて涙を零す彼女の顔を覗き込む。

「……自害だなんて、どうして。命令を聞かぬなら死ねと、脅されているのか？」

やんわりと手首を摑み、顔を覆っていた手を外された。

彼は真剣な面持ちでジュリアナを見つめ、彼女は光を失った目で答える。

「……いいえ。精神を病み、自死もできぬほど壊れてしまう前に、自ら命を絶つの」

今の時点でも彼女は、自らの精神が着実に削られているのを感じていた。宴も終わらぬ内に、誰の目にとまるとも知れない場所で泣いてしまうなど、今までの人生でならあり得なかった。

このままバーニーの妻となって心を病み、自覚もないまま人々に醜態を晒すくらいなら——その前に死ぬ。ジュリアナの瞳は、生気はないのに覚悟だけは宿し、らんらんとしていた。

エリックは言葉を失い、ジュリアナの手を温かな自らのそれで握り込む。こくりと唾を嚥下《えんげ》し、俯いた。彼女の美しく磨き上げられた爪先を眺めて数秒、彼はすうっと息を吸うと、顔を上げた。

「それでは君は、もうバーニー殿下のことはいいんだな？」

「……？」

ジュリアナは質問の意味がわからず、首を傾げる。彼は視線を逸らさず、はっきりと尋ねた。

「バーニー殿下の妃に、ならなくていいんだな？」

「——ええ」

即答だった。——あのような心なき人の妻には、絶対にならない。

ジュリアナの返答にエリックは瞳を僅かに揺らし、そして頷いた。

「俺が君を助ける方法はある。だけど、多少なりとも君は汚名を被るだろう。君はどうしたい？」

ジュリアナは薄く口を開け、エリックを凝視した。頭の中で彼の言葉を繰り返し、震える吐息を零す。彼の中に光を見いだし、ぐっと繋いだ手に力を込めた。

「……構わない。どんな汚名も厭わないわ。どうすれば、バーニー殿下から逃れられるの……？」

これ以上、失うものなどない。

ジュリアナはエリックをまっすぐに見つめ、助かる術《すべ》を尋ねた。

エリックは彼女を見つめ返し、そこに迷いがないのを確認すると、青い瞳を細めて優しく笑った。

「――俺と交際しようか、ジュリアナ」

「……え？」

意味がわからず、ジュリアナはきょとんとする。エリックは明るく言った。

「要は君が可哀想じゃなくなればいいだけの話だ。王太子の婚約者でなくなり、次の縁談もないだろう君を哀れむからこそ、バーニー殿下は結婚を強行しようとしている。でも君にちゃんと爵位も領地もある恋人がいたらどうだろう？　お互い恋人がいて幸せですね、それじゃあサヨウナラ――となるはずだ。偶然にも俺は今、婚約者もいなければ恋人もいない。万事解決だよ」

「……えっと……そ……そう、かな？　……そう？」

考えてもいなかった提案に、ジュリアナはやや混乱する。エリックの掌の温かさに安心感を覚えながら、考え込んだ。

「……だけどバーニー殿下は、ビアンカ嬢を苦しめたくないから私を妃に置くともおっしゃっていたわ」

万事解決とは行かない要素を挙げると、エリックは鼻で笑った。

「王太子の寵愛を得るなら、ビアンカ嬢は勉強くらいしないといけないと思うよ。……恐らく陛下がバーニー殿下の意向を退けないのは、論拠に筋が通っているからだ。バーニー殿下は陛下に対し、婚約を解消すれば、ジュリアナの名誉は傷つき、その後の嫁ぎ先も見つけにくくなる。そんな目に遭わせるくらいなら、予定通り娶った方がよほど彼女のためだ——と言っているはずだ」

ジュリアナはまあそうだろうなと頷く。

「そしてそこに恋人の話は差し挟んでいないだろう。端《はな》から自分の恋人が可愛いからジュリアナに面倒な仕事を全部丸投げしたいなんて言えば、あの国王陛下がお許しになるわけがない。怒り心頭で、彼を世継ぎの座から外してしまう可能性だってある。なにせアメテュスト王国の王家には、もう一人優秀な王子がいるからね」

エリックの想定を聞き、ジュリアナはオルコット侯爵との会話を思い出した。

確か父は〝陛下は愛人の方を諦めさせようとしている〟と話していた。ビアンカの話をしないで、ジュリアナのために結婚したいとだけ述べれば、国王もそんな方向へ舵《かじ》を切るだろう。

ジュリアナはエリックを見返す。

「でも、貴方は？　今の状態で私と恋人だなんて公言したら、王太子から婚約者を掠め取ろうとしている悪者扱いになるのじゃないかしら。ヘタをしたら、王家に楯突く者として罰せられるかも」

そうだ。エリックの立場が酷く危うくなる。ジュリアナは眉根を寄せ、首を振った。

「やっぱりダメ……」

エリックは彼女が断ろうとするのを、握った手に力を込めてとめる。

「そこは大丈夫かな。誰も俺を咎め立てはしないだろう。……色々とあるから」

さらっと返され、ジュリアナはどうして――？　と思った。だけど彼の顔には、聞き返してはいけないと書かれていて、口を閉じる。

もしや、以前戯れに考えた、〝裏で悪い仕事をしている〟説が濃厚なのだろうか。

聞きたいような、聞きたくないような、それでもやはり聞きたいと顔に書いてある彼女に、エリックは苦笑し、その目尻を指の背で拭《ぬぐ》った。

「泣きやんだね、よかった。……うん、エレンはいい腕をしてる。化粧、全然崩れてないよ」

言いながら、言葉とは裏腹に指の腹で目の下辺りを整え、涙の痕を消してくれる。

宴の始まりから化粧を気にしていたジュリアナのため、崩れを指摘せずに直してくれた彼の優しさに、頬が染まった。

「……ありがとう……」

「――何してるの？」

エリックのおかげで凍えきった心が再び温かさを取り戻しかけた時――彼女を再び凍りつかせる、不機嫌な声がその場に響き渡った。

ジュリアナは反射的に立ち上がり、エリックと繋いでいた方の手を離そうとする。だが彼は、逆に手に力を込めてそれを許さなかった。

真っ青になって見返すも、一拍遅れて立ち上がった彼は、ジュリアナではなく、現れた人物に目を向ける。そしてそのまま、普段通りの柔和な笑みを浮かべた。

「これはこれは、バーニー王太子殿下とビアンカ嬢。ダンスはいかがでしたか？」

ジュリアナは恐る恐る背後を振り返る。

エリックが人目を忍ぶために選んだ柱の脇に、凍《い》てついた眼差しで自分たちを見る、バーニーが立っていた。ビアンカは彼の斜め後ろに、遠慮がちに控えている。

彼はエリックを無視し、ジュリアナを睨みつけて問いただした。

「ジュリアナ。こんな人目も届かない場所で、男と二人、何をしていたの？」

先ほどはジュリアナを心ない振る舞いで放り出したのに、不貞は許さないと言わんばかりの態度だった。

「わ……私は……」

彼と結婚しないといけないなら、言うことを聞かなくてはいけない。エリックと共に解決策を見いだしたはずなのに、先だって抱いた恐怖が心を色濃く染めていて、ジュリアナは狼狽《ろうばい》した。

「ジュリアナは私と逢瀬を交わしていたのですよ、バーニー殿下」

前置きもなくエリックが爆弾発言をし、ジュリアナはひゅっと息を呑んだ。今し方《がた》そうしようと話したばかりだけれど、即実行するとは聞いていない。

額に汗を滲ませて見上げれば、エリックは実に平然と微笑んでいる。

バーニーは目尻を痙攣《けいれん》させ、鋭い眼差しでエリックを睨みつけた。

「……何を言っているのか、わかっているのか？　冗談ではすまされないぞ、キースリング侯爵」

エリックの家名を敢えて強く呼び、バーニーは暗に、王家より爵位を賜《たまわ》った臣下の分際で、過ぎた行いだと彼を咎めていた。同時に、全てを取り上げるぞと脅してもいる。

——やっぱり、誰も咎めないなんてあり得ないじゃない……っ。

大丈夫だと請け負ったあの言葉は気休めだったのだ。ジュリアアナは青ざめたが、エリックは、ははっと爽やかに笑った。

「冗談でこのような話は致しません。実を言うと、ジュリアナと私の間には愛が生まれていたのです。殿下ならば、私たちの気持ちはよくおわかり頂けるのではないでしょうか？　……そちらのご令嬢と、真実の愛を育んでいらっしゃるそうですから」

エリックが視線でビアンカを指し示すと、彼女はまんざらでもなさそうに頬を染める。しかしバーニーはビアンカの方は見ずに、ジュリアナに目を向けた。

「……そうなの？　僕を欺いて、この男と通じていたの、ジュリアナ？」

バーニーの反応に、ジュリアナは戸惑う。ちらっとエリックを窺えば、彼は大丈夫だと視線で応じて頷く。

ジュリアナは、自身の心を叱咤した。エリックは立場を懸けて協力してくれている。自分の問題に自身で立ち向かわずにどうする。

——もう、この方とは添い遂げないと決めた。どんな汚名を被ろうと、私はバーニー殿下と別れて、自由になるのよ……！

ジュリアナは、エリックと繋いだ手をぎゅっと握り、その顔に優美な微笑みを浮かべた。

「……さようでございます。私を慮り、責任を取ろうと奔走してくださった殿下には、感謝の言葉もございません。ですが私は、キースリング侯爵が迎え入れてくださいます。どうぞもう、形ばかりの婚約者など気になさらず、ビアンカ嬢を正式に娶られ、お幸せになられませ」

バーニーはショックを受けたように目を見開き、しばし硬直した。ジュリアナはまたも、想定外の反応を訝しく感じる。ビアンカの方もまた、表情を曇らせていた。

ビアンカはバーニーを気にかけつつ、ジュリアナに非難がましい視線を注いだ。

「……ジュリアナ様は、バーニー殿下のご厚意を無下になさるおつもりですか……？」

ジュリアナは、何を言っているのだと眉根を寄せた。だけど考えてみれば、議事堂で交際を公にした時から、ビアンカはバーニーを独り占めしたいとは言っていなかった。ジュリアナに共にバーニーを支えてほしいと願い出ていた。

彼女自身がそう思っているのか、バーニーが上手く丸め込んでいるのか知らないが、ジュリアナには同調できない考えだ。

疑わしく視線を向けると、バーニーは我に返り、苛立ちを滲ませて口角をつり上げる。

「……そう。僕には聖女みたいな顔をして、清廉潔白に見せていたくせに、裏では男を誑《たぶら》かしてたんだ？」

ジュリアナは目を見開く。――それはバーニーだ。ジュリアナはバーニーに恋をし、結婚を待ち望んでいた。だけど彼は他の女性と恋をして、裏切り続けていた。

失恋の傷は今もじくじくと胸で血を流し、自分を棚に上げて詰るバーニーには、困惑しか感じない。だが、とジュリアナは思う。

どう罵られようと構わない。ジュリアナは、新しい人生を始めると決めた。

彼女は胸一杯に息を吸い込み、その顔に敢えて清らかな笑みを湛えた。

「――はい。私のような不心得者など、もうお捨て置きください。今までありがとうございました、バーニー王太子殿下」

これまでの感謝を込め、エリックからそっと手を離して膝を折り、深く頭を下げる。さらりと肩口から艶やかな金色の髪が一束垂れ落ち、バーニーはその美しい所作を、しばらく無言で見つめた。

彼女がゆっくり顔を上げると、彼は静かに応じる。

「それは、許さない」

「え？」

ジュリアナは目を丸くした。彼は感情の読み取れない眼差しをジュリアナに注ぎ、抑揚のない声で言う。

「……ジュリアナ、君は僕のものだ。君は僕と結婚するために、人生の全てを捧げてきた人だ。だから君を娶るのは、僕でなくてはいけない」

「……バーニー殿下。もう、責任を果たされる必要はないのです！」

ジュリアナは胸に手を置き、身を乗り出して訴えたが、彼は顔を背ける。

「……その男と通じるのは、許してあげる。だけど君は僕のものだから、結婚はさせてあげない。正妃として、君は必ず僕の妻にする」

ジュリアナは免れるはずだった運命をなぜかまた目の前で提示され、頭が真っ白になった。

エリックが不快げに息を吐き、彼女を抱き寄せる。頬が彼の胸に押しつけられ、ジュリアナの鼓動が跳ねた。その様《さま》を横目に見たバーニーが、カッとなり声を荒らげた。

「――キースリング侯爵！　僕の目の前で、彼女に触れるのは許さない……っ」

初めて見たバーニーの怒りに、ジュリアナはびくりと肩を震わせる。だがエリックは彼女の腰に手を添え、平然と笑い返した。

「殿下は堂々と、諸侯貴族の前で恋人と仲睦まじくダンスをなさっていたではありませんか。貴方はよくて、ジュリアナはいけないだなんて法はないでしょう。私と通じるのを許すとおっしゃるなら、これくらい寛容にならねばいけませんよ――王太子殿下」

バーニーはぐっと言葉に詰まる。

何がどうなっているのか、わけがわからなかった。ジュリアナはエリックに促されるまま、かつりと床を踏み、歩き始める。

バーニーの横を通り過ぎざま、エリックは優雅に別れの挨拶を口にした。

「それでは、またお会いするのを楽しみにしております。バーニー殿下、ビアンカ嬢」

バーニーはジュリアナたちを振り返って見ようとはせず、その場に立ち尽くしていた。

三章

一

陽は沈みきり、空には無数の星々が煌めいていた。剣と二頭の獅子の紋章が掲げられているオルコット侯爵邸の玄関先は、燭台が灯され、暖かな色の光に包まれている。

そこに一台の馬車がゆっくりと入り、とまった。

星明かりと一角獣を模した紋章が入る黒光りしたその馬車は、キースリング侯爵家のものだ。

門番から報せを受けた執事と使用人たちが出迎えのために玄関扉を開け、馬車へと歩み寄る。

最初に馬車から出てきたのは、漆黒の上下を身に纏ったエリックだった。ステップを降りた彼は馬車に向き直り、手を差し伸べる。そして彼のエスコートで、オルコット侯爵家の令嬢がゆっくりと姿を見せ、彼女の顔にさっと視線を走らせた執事は、僅かに眉尻を下げた。

「お帰りなさいませ、ジュリアナお嬢様。……お着替えをなさいますか？」

いつもなら宴はいかがでしたと聞くのに、執事は着替えを促した。予定よりも早く、更には泣いたとわかる赤い目で帰ったせいだろう。オルコット侯爵夫妻はまだ宴の場に残っており、世話をする主人がいない他の使用人たちも出迎えに来たため、玄関先は随分と人が多い。

バーニーとやりとりしたあと、すぐに迎賓館をあとにしたジュリアナは、大人しく頷く。

「ええ、そうする。……キースリング侯爵、ここまで送ってくださってありがとう。このあと貴方はどうなさるの？」

今日のお礼にお酒を振る舞うわと言うと、彼は気安く応じた。

「それじゃあ、オルコット侯爵夫妻が戻るまで、図書室で待たせてもらおうかな。君は疲れただろうから、先に休んでくれて構わないよ」

オルコット侯爵家をよく訪れている彼は、勝手知ったる他人の家とばかりに、一人でも気兼ねなく過ごせる。しかしジュリアナは少し考えて、首を振った。

「いいえ。そうしたら、着替えたあとに私も図書室へ行くわ。……今日の話をお父様たちになさるのでしょう？」

礼節は弁える人だ。王子にジュリアナとの交際を宣言し、その後オルコット侯爵に何も言わないはずはない。

エリックは柔らかく笑った。

「ああ。君のご両親に、正式にご挨拶しないとね」

まだエリックに手を取られたままだったジュリアナは、その言いように照れくさい気分になる。

まるで本当に交際をし始めたばかりの恋人が、親に挨拶をしに来たみたいだ。

「……でも、大丈夫かしら。お父様にご相談もなく、バーニー殿下に喧嘩を売ってしまったわ。お叱りを受けるかもしれない……」

　ジュリアナの憂いを帯びた呟きに、執事がぎょっと目を瞠った。

　エリックは、顔見知りの彼の肩を気安くぽんと叩く。

「大丈夫だよ。王太子殿下に喧嘩を売ったのは君の大事なお嬢様じゃなくて、俺だから」

「……まあ、私だってちゃんと啖呵《たんか》を切ったわ」

　恋する気持ちを吹っ切り、はっきりバーニーに別れを切り出した。エリックに責任を負わせるつもりはないジュリアナは、口を尖らせて言い返す。

　エリックはおかしそうに、ははっと笑った。

「そうだね。だけど最後は言いくるめられそうになってて、危なっかしかったよ。今後バーニー殿下とは、二人きりにならないようにね。彼は君が思っているよりもずっと、大人の青年だから」

「……」

　ジュリアナは目を瞬く。エリックに言われて初めて、バーニーをまだ子供として見ていた自分に気づいた。青年らしくなったと心ときめかせていても、根底にある彼へのイメージは、無邪気に庭園を駆け回り、笑顔を振りまいていた天使のような姿のままだ。

「さて、それじゃあしばらく図書室にいさせてもらいたいんだけど、あとで何か飲み物を運んでくれると嬉しいな、アダム」

　名指しで飲み物を頼まれた執事は、ことの成り行きを理解しきれない様子ながら、恭しく頷く。

　ジュリアナはエリックと一旦別れ、着替えと化粧直しのために自室へと下がった。

衣装を脱ぐのを手伝いながら、ジュリアナから宴での出来事を聞いたエレンは、再度完璧な出で立ちに仕上げようとしてくれた。髪も化粧も直すと言うので、エリックと一緒に両親に会うだけだから大丈夫よと、ジュリアナは不思議な気分で断った。

部屋着のワンピースへと着替え、一度落とした化粧は、軽く白粉と淡い口紅をぬり直しただけ。髪の花飾りも全て取ってしまった。髪を背中に流すのみの簡素な出で立ちだが、よく家を訪れているエリックには見慣れた姿だ。

「お待たせしたかしら、キースリング侯爵」

扉をノックして、屋敷の一階にある図書室へ入ると、部屋の奥にある書架の前で本を立ち読みしていたエリックが顔を上げた。

オルコット侯爵邸の図書室は、窓以外の壁面全体を木製の書架で覆っている。その他にも横並びに背の低い書架がまばらに置かれ、その間にソファと机が数セットずつ並んでいた。各自居心地のよい場所で本を読める仕様だ。

夏は大きな窓を開放して風を通し、冬は一角にある暖炉が部屋を十分に暖める。落ち着いた雰囲気のそこは、家族の団らんの場としても頻繁に使われていた。

「やあ、すっきりしたね、アナ。そのワンピースも似合ってるよ。君の瞳に合うね」

薄いラベンダーとクリーム色を合わせたワンピースは、簡素といえども、リボンやレースで彩られている。

ジュリアナはにこっと笑って彼に歩み寄った。

「ありがとう。なんの本を読んでいたの？」

「ん？　ああ、いや……いい加減に取っただけだから」

エリックは本を書架に戻し、こちらに近づく。彼が立っていたのは、歴史書を扱っている棚の前だった。

「最近新しく入った歴史書かしら？　陛下の在位十年目まで記載されているのよね」

彼が持っていた本の背表紙を見て、ジュリアナはあっさり何を読んでいたのか言い当てる。アメテュスト王国の現国王は在位十四年だが、その十年目までの歴史を新しく追加した歴史書だ。

エリックは頷いた。

「オルコット侯爵の、宰相就任についても書かれてたよ。……八年前か。つくづく君のお父上は、能吏だと思う」

「ありがとう」

父を尊敬しているジュリアナは、深く考えず賛辞に礼を言う。エリックはその反応に少し眉尻を下げて笑い、目の前に立った。瞳の充血も幾分マシになった彼女に安堵した顔をして、頬にかかる髪を耳にかけ直してくれる。

「……出会った時、君はまだ十一歳だったね……。お父様が大好きな、明るくてお転婆《てんば》な女の子だった。俺の馬に乗ると言って聞かなくて、しかたなく一緒に乗って庭園を散歩したのを覚えてる？」

ジュリアナは急に始まった思い出話に戸惑い、そういえば父が宰相に就任した頃にエリックと出会ったのだったと思い出す。

記憶が蘇り、気恥ずかしくなって笑った。

「ええ、もちろんよ。貴方と出会ったばかりの頃は、お父様もまだ厳しくなかったから、少しお転婆だったかしら。でも馬に乗せてくれて、とても嬉しかったわ」

アメテュスト王国では、女性は主に馬車を使い、馬には直接乗らない。足を開いて乗らなくてはいけないので、はしたないと考えられているのだ。

だけど馬を駆って屋敷に来たエリックを偶然見かけた彼女は、実に様《さま》になっていたその姿に見惚れ、自分も乗ってみたくなった。オルコット家に到着すると同時に声をかけられ、馬に乗せてとねだられた彼は弱り切り、わざわざオルコット侯爵に確認しに行って許可を得てくれた。

乗るのを手伝ってもらった際、彼はジュリアナの腰を掴んでひょいっと馬の背に持ち上げてくれ、酷く驚いたのを覚えている。まだ少年っぽさの残る外見をしていたのに、エリックは力持ちだった。

「バーニー殿下との婚約が決まったあとは、お淑《しと》やかになったでしょう?」

昔はやんちゃだろうと、今や王宮へ上がれるほどの作法を身につけている。

彼と出会って数ヶ月後にバーニーとの婚約が決まり、勉強漬けの毎日を送ってきた彼女は、今は立派な淑女よと胸を張った。

彼はそれに、なぜか悲しげに微笑んだ。

「……そうだね。君はどんどん淑女になっていった。バーニー殿下と君が並ぶと、天真爛漫なままでいられる王太子とは対照的で、俺はつい、君を甘やかしたい気分になったよ。……君のお父上は、すっかり教育第一の頑固親父になってしまっていたしね」

初めて聞いた言葉に、ジュリアナはきょとんとした。

「……まあ、本当？　でも私も、お父様がお優しさで厳しくなさっているのだとは、わかっていたのよ。……そう気づけたのは、三、四年経った頃だったけれど」

幼さ故に、しばらくは親の愛に気づいていなかった。ちょっと気まずく身を竦めると、エリックはただ頷いた。

「……うん。最初の数年は、君は泣きそうなのを一生懸命堪《こら》えて過ごしていた。だから俺は、君に会う時は必ず、一度は笑わせようとあれこれ冗談を言い続けた」

単純に陽気な人なのだと思っていたジュリアナは、目を見開く。あの面白おかしい会話が思いやりだったとは、全然気づいていなかった。

ジュリアナははっとして、口を押さえる。

「そ、それじゃあ、私が社交界デビューをして以来、会うたびに一度は口説いてくるのも、私を思いやってしてくれていたの……!?」

あらゆる女性を同じように口説いているのだと思い込んでいたが、誰にも本気で口説かれない自分を気の毒に思っての振る舞いだったのか。

申し訳なさいっぱいに尋ねると、エリックは目を瞬き、にこっと笑った。

「いや。君が成人してからは、毎回本気で口説いているから、思いやりとかではないかな」

「……」

ジュリアナは彼と見つめ合ったまま、黙り込んだ。冗談と取るべきなのか、それとも真に受けたらいいのか、まったくわからない。

答えはわからないけれど、頬がじわじわと赤く染まっていくのを感じ始めた時、背後で図書室の入り口をノックする音がした。

話し込んでいる内に、時が流れていたらしい。宴から戻ったばかりの恰好をした両親が、執事に案内されて部屋に入ってくるところだった。


エリックは、オルコット侯爵夫妻が戻ったら話がしたいと執事に伝えていたそうで、宴に最後まで出席して戻った両親は、すぐ顔を見せてくれた。二人はまず座ろうとジュリアナたちを促し、窓辺近くに設けられた揃いの長椅子を勧めた。

両親が横並びに座り、その向かいにジュリアナとエリックも腰かける。両親は執事が運んできた紅茶を、優雅に口に含んだ。

グレーがかった金色の髪を油で撫でつけた父と、白銀の髪を結い上げた母の顔には、一見して疲れはなかった。宴のために用意した、上等な衣装が二人を見栄えよく見せる。

漆黒の上下に身を包んだ父はきりりとしており、藍色の瞳によく似合う空色のドレスを纏った母は、化粧崩れもなく美しかった。

やや険しい表情で紅茶を飲んだオルコット侯爵は、ティーカップを机に戻し、視線を上げる。椅子に背を預け、指を太ももの上でゆったりと組むと、落ち着いた声音で言った。

「さて……話があるそうだな、エリック。聞こう」

夜はとっぷりと更けている。早く終わらせるためか、それともどんな話かわかっているからか、オルコット侯爵は単刀直入だった。

世間話の一つもあるだろうと踏んでいたジュリアナは、ぴくっと肩を揺らし、同じように考えていただろう母も、訝しむ目をオルコット侯爵に向けた。

エリックは真剣な面持ちで頷き、口を開く。

「はい。急な話で大変申し訳ないのですが、ジュリアナ嬢と私の交際をお許し頂きたいのです」

エリックの方も単調直入すぎて、二人で話し合って決めたのに、ジュリアナはびっくりしてしまった。小さく口を開けて彼を見返し、自分が驚いてはいけないと慌てて表情を引き締める。

正面の両親に視線を戻すと、やはりいきなりすぎて、母は話についていけないという顔をしていた。

父はどうだろうかと確認し、ジュリアナは戸惑う。

オルコット侯爵は、驚き一つ顔にのせていなかった。エリックをまっすぐに見据え、疑わしそうに目を眇める。

「……本気で言っているのだろうな？」

オルコット侯爵の声は低く、脅すような響きがあった。

対するエリックは、愚直なまでに即、頷き返す。

「もちろんです。未来永劫、彼女を蔑ろにせず、大切に慈しむとお約束致します」

ジュリアナはまたも驚いて、エリックを見返した。未来永劫だなんて、言い過ぎだ。そこまで責任を持ってもらわずとも、ひとまずバーニーとの婚約が解消になればいいだけである。

ジュリアナは父の目を気にしつつ、エリックの上着の裾を目立たぬように引っ張った。

彼はこちらを振り返り、優しく微笑む。それは今まで見たどれよりも愛情深い眼差しに感じられ、ジュリアナの心臓が跳ねた。

「……どうかした？」

声まで甘い気がして、ジュリアナの頬は朱を帯びる。彼はいつだって優しいけれど、今夜は拍車がかって砂糖菓子のようだ。気のせいかしらと戸惑いつつ、小声で訂正する。

「そ……そんなに重く考えなくても、大丈夫よ。バーニー殿下との婚約解消までで十分だわ。お父様だって詳しく話せばご理解くださると思う。貴方だって、恋人の一人も作りたいでしょうし……」

言ってから、ジュリアナははたと気づいた。

ジュリアナと恋人同士だと噂を流して、その後、彼はどうなる。

迎賓館のテラスでは誰も咎めないと請け負ってくれたけれど、バーニーは怒ってエリックを脅していた。

特に根拠もなくジュリアナへの思いやりで大丈夫と言っただけなら、今後彼の立場は悪くなるだろう。恋人を作るどころか、土地や爵位も守れるか定かでない。

それに、バーニーはジュリアナがエリックと通じていたと聞いても、結婚を譲らなかった。

彼と恋人の振りをする意味もあるのかどうか、曖昧だ。

バーニーから逃げ出したい一心で、エリックについて考えきれていなかったジュリアナは、微かに震える指先で自らの唇に触れる。そしてゆっくりと首を振った。

「……やっぱり、この話は辞めた方がいいわ、キースリング侯爵……。私一人で、なんとかしないといけない。……そうしないと、今度は貴方の人生が台無しになる……」

バーニーが結婚すると言って聞かなければ、他国へ逃げよう。

頭の中で別の道を模索し始めた彼女の頬を、大きな掌が撫でた。血の気を失った彼女は、その温かさに緊張が緩むのを感じ、エリックを見上げる。彼はジュリアナの顎先に指を添え、甘く笑った。

「……君に俺の一生を捧げる覚悟だから、台無しになるとは思っていないけど?」

「……」

ジュリアナはぽかんと彼を見つめる。

——どうして、そんな覚悟ができるの？

聞き返したかったが、二人のやりとりを聞いていたオルコット侯爵が口を挟んだ。

「つまりお前たちは、私の許しを得た後に交際を公にし、ジュリアナとバーニー殿下の婚約を解消させたいのだな？」

エリックはジュリアナから指を離し、オルコット侯爵に向き直った。

「はい。聞けば、バーニー殿下は慈悲によりジュリアナ嬢を娶ろうとお考えだとか。ですがジュリアナ嬢に恋人がいれば、責任を取る必要もなくなります。自ら申し上げるのは恐縮ですが、幸いにも私は身分も財力も持ち合わせた、独身貴族。ジュリアナ嬢の恋人として、遜色ないかと存じます」

己の胸に手を当て、エリックは柔和に微笑む。

オルコット侯爵は腕を組み、片手で顎を撫でた。思案するその素振りは悪くない反応に見え、ジュリアナは慌てる。

「で、でも……っ、今日の宴で彼と交際していると伝えても、殿下は私を娶るとおっしゃったから」

エリックに自分を背負わせるのはあまりに申し訳なく、この案は無しにしたかった。しかしオルコット侯爵はこちらを見返すだけで、考え続ける。

反応したのは、母だった。

「まあ、責任だなんだと言いながら、ジュリアナを手放す勇気はないのね。バーニー殿下は、どこまでも我欲が強くていらっしゃる」

彼女は膝の上に置いていた漆黒の扇子を開いて口元を隠し、ころころと可笑《おか》しそうに笑う。

ジュリアナは目を瞬いた。オルコット侯爵同様、どんな時も王家には敬意を払うものと言動で示し続けた母の言葉とは思えなかった。

「お母様……？」

ジュリアナが声をかけると、オルコット侯爵が眉尻を下げて母を窘める。

「……やめなさい、ローザ」

名を呼ばれた母は、微笑んだままオルコット侯爵を見返し、ぱちりと扇子を閉じた。そして不意に真顔になった。

「いいえ、やめないわ。貴方だって見たでしょう。――今宵の宴での、王太子殿下のなさりようを……！」

オルコット侯爵は、声を大きくした妻から視線を逸らし、黙り込む。

母は扇子を握り締め、すくっと立ち上がった。

「私たちの娘が何をしたというのです……っ。ジュリアナは王太子殿下の妃となるために、小さな頃から他の子供たちと遊びたいのも堪《こら》えて、必死に勉学に立ち居振る舞いにと取り組んできたのですよ……！　公式行事や外交の場では、目立たぬよう王太子殿下にご助言し、彼の不足を補い続けてもきました……っ。ジュリアナは誰もが認める淑女となり、さあ式を挙げようという時に――あの方は、他の小娘と恋をしたと恥ずかしげもなく公言した！」

ジュリアナは初めて見た感情的な母の姿に、呆然とした。

母は震えるほど拳に力を込め、ぱきりと扇子が割れる音が響く。

「それも、相手はジュリアナの侍女……！　よくもぬけぬけと、真実の愛などと言えたものです！婚約者の侍女に手を出すなんて、分別も何もない、愚か者のすることではありませんか……!!」

母の声が揺れ始め、ジュリアナは彼女の横顔に目をこらす。母は悔しそうに唇を震わせ、瞳に涙を浮かべていた。

「……私は、ここまで私たちの娘を軽んじ、蔑ろにするあの方が嫌いです！　今宵のダンスは何です？　あんなにも美しく、誰もが目を奪われる見事なダンスを舞ってみせたジュリアナを、放り出したのですよ……！　未熟だからと、許される振る舞いではないでしょう……!?」

母はぎり、と歯を嚙み締め、殺意でも籠もっていそうな眼差しで、四人の傍らに置かれたカートを睨みつける。

エリックがすっと目の前に腕を伸ばしてくる。ジュリアナが戸惑った刹那、母は叫んだ。

「――一国の王太子が、自らの婚約者のエスコート一つまともにせず……っ、愛人を優先するとは何事です‼」

同時に手にしていた扇子を投げつけ、カートの上に置かれていた予備の茶器が高い音を立てて砕けた。

ジュリアナは身を竦め、破片が当たらぬよう、エリックがその腕で彼女を庇《かば》う。

オルコット侯爵はさっと立ち上がり、母を自らの胸に抱き竦めた。

父の腕の中、母が声をあげて泣く。

「酷すぎるではないですか……っ。ジュリアナは何も、悪くないでしょう……！」

室内の空気は張り詰め、胸が苦しくなるほど、母の怒りと悲しみが肌で感じられた。

ジュリアナはじわりと瞳に涙を滲ませ、皆が幸福になる未来に導けなかった自分をふがいなく思う。

オルコット侯爵は母の頭を撫で、ため息を漏らした。

「……部屋に下がって、休みなさいローザ。お前もこのところよく眠れていないだろう。疲れているんだよ……」

「……眠れるわけがないわ……。私のジュリアナが、苦しんでいるのに……っ」

くぐもった声で文句を言われ、オルコット侯爵は頷く。

「……そうだね」

茶器が割れる音を聞き、席を外していた執事が顔を覗かせた。オルコット侯爵は執事にガラス片の片づけを頼み、自らは母を寝室へ連れて行くため、また戻ると言い置いて席を外した。

茶器を片づける執事をぼうっと見ていたジュリアナの頭を、隣から大きな掌がポンポンと撫でる。

子供の頃くらいしかされていなかったなと、懐かしく感じながら振り仰ぐと、エリックが温かく微笑んでいた。

「皆、君をとても愛しているよ、ジュリアナ。……いいことだ」

もう疲れ果てた心地だったジュリアナは、穏やかな表情で言われ、なぜだかほっとした。バーニーの愛を得られず、母を泣かせてしまったと落ち込んでいたところに、彼以外の愛は十分に得られているよと教えてもらった気がしたからかもしれない。

彼女は頬を緩ませ、頷く。

「そうね。お父様もお母様も、私を目いっぱい愛してくださっているわね」

間接的だったり感情いっぱいだったり、それぞれ表現は異なるけれど、愛されているのは確かだ。

エリックもふっと笑い、二人して目を合わせて笑っていると、図書室の扉が開いた。

さすがに疲労が隠せない顔をして入ってきたオルコット侯爵は、笑顔の娘とエリックを見て、眉尻を下げる。

振り返った二人と目が合うと、彼は笑みを浮かべ、あっさりと言った。

「……エリック。ジュリアナとの交際を認めよう」

「……え⁉」

「ありがとうございます、オルコット侯爵」

ジュリアナは驚くも、エリックは即立ち上がり、腰を折って深く頭を下げる。

オルコット侯爵は軽く手を振り、エリックに頭を上げさせると、やれやれと言って二人の前に戻った。長椅子に再び腰を下ろし、エリックに言う。

「よい案だと思う。先ほど君が言った通り、バーニー殿下は〝ジュリアナの名誉のために娶る〟の一点張りでね。その上、此度のお振る舞いは王家にとっては不祥事。臣下の中には、予定通りジュリアナを娶った方が、波風が立たぬと陛下に進言する者もあり、やはり国を出る覚悟で婚約破棄を断行するかと考えていたところだった」

ジュリアナはすうっと青ざめた。想像以上に、父は苦心していたらしい。

「だが〝ジュリアナの方が他に愛する男ができ、王家はそれを寛大にも許したという形にすれば、バーニー殿下の非道な行いも隠せる〟と申し入れれば、話を進められるだろう」

つまり、非道な扱いを受けたジュリアナ側が泥を被り、バーニーの行いを隠すことを条件に、婚約破棄を呑んでほしいと申し出るのだ。そうすれば道も開《ひら》けると言われ、ジュリアナの心は幾分軽くなった。もとより、婚約を解消できれば汚名など厭わない覚悟はあった。

オルコット侯爵は嘆息し、苦く笑う。

「……陛下もお気に入りのジュリアナをなかなか諦めきれないご様子で、難儀していてね」

「陛下にとっては、ジュリアナほど理想の妃もいないでしょうからね」

エリックの同意に、ジュリアナは首を振った。

「私はただ、勉強をしていただけよ」

理想と言われるほど、何か凄いことをした記憶はない。結婚直前に、他の女性に目移りされてしまう、魅力に欠けた王太子妃候補だった。

自嘲気味に否定するとエリックは、ははっと笑う。

「生まれた時から英才教育を受けている王太子殿下でも対処できないことを、後ろから耳打ちしてカバーしてくれる人っていうのは、そうそういないものだよ、アナ」

「それにお前は、社交界でも人気のある子だ。王家にとっても、より多くの支持を得られると見込める、よくできた未来の王太子妃だったよ」

立て続けに二人から褒められ、ジュリアナはますます懐疑的になった。

バーニーのサポートはしてきたが、それはジュリアナが年長者で、多少知識量が多かっただけだ。それに社交界での扱いは、宰相の娘であり、王太子の婚約者でもあるという立ち位置のおかげに過ぎない。

信じていない娘の表情に薄く笑い、オルコット侯爵は話を戻した。

「ともあれ、二人の交際は私から陛下に伝えておこう。そもそも陛下がジュリアナを王太子の妃に望んだのは、私をよそへ行かせぬためだった。それが思った以上の娘になったから、ジュリアナ自身をも手放したくなくなったご様子だけれどもね。娘を想い人と結婚させてくれたら恩義を感じると言えば、陛下もご承諾くださろう」

ジュリアナは目を見開いた。

「……あの噂は、本当だったのですか……？」

以前から、バーニーとジュリアナの婚約は、国王が能吏であるオルコット侯爵を手放さぬために打った政略だと噂されていた。だけどついこの間、オルコット侯爵の親心での婚約だったと聞いて、政略ではなかったのだと思っていたのだが。

国王の思惑を退けて大丈夫かと慌てるも、オルコット侯爵は困った顔はしなかった。

「先代の国王陛下が崩御されたあと、若くして王位を継いだ陛下はご苦労なさっていてね。信用のおける臣下は、可能な限り傍に置いておきたかったのだろう。私が外務省に籍を置いていた頃は、よく他国から引き抜きの声がかかっていて、少しばかりご不安になったんだよ。私がこの国に留まればいいだけの話だから、何も心配はいらない」

こともなげに話す父親を、ジュリアナは憧れと羨望の入り交じる眼差しで見つめた。

「……まあ……。お父様はやっぱり、凄い方なのね」

要するに彼は、国王が絶対に他国に譲りたくなかった臣下なのだ。改めて父親の凄さを実感する。

オルコット侯爵は優しく目を細め、エリックに視線を戻した。

「遠くない内に婚約解消は認められると思うが、交際は偽りだなどと誰かが言い出しては、話がこじれる。ジュリアナの新たな恋は事実として伝えるつもりだが、本気で交際するのだろうね？」

交際すると一時的に偽るだけのつもりだったジュリアナは、ひやっと背筋を凍らせる。

エリックは和やかに頷いた。

「ええ、ご安心ください。お嬢様は、何よりも大切に致します」

「――」

ジュリアナは先だってと同じく、呆気にとられて彼を見上げた。こちらを見下ろしたエリックは、首を傾げる。

「どうかした?」

「……ど、どうして……そこまでしてくれるの……?」

本気で交際するつもりに聞こえた。

ジュリアナが事情を話したのは今日だ。そして彼は僅かな時間で打開策を出してくれた。

このたった数時間の間に、人生が大きく変わる決断をしていいのか。

後悔しても、元通りにはならない。

「――本当に、わかってる……? 交際していると公になったら……貴方も色々な目に」

ジュリアナはエリックが心配で、今後起こるであろう散々な未来を挙げていこうとした。しかし彼はにこやかに微笑み、ジュリアナの頬をそっと撫でた。

「大丈夫。君が思うほど、酷い事態にはならないと思うよ。覚悟もできているしね。……何より、君には悪いが、これは俺にとっては好機なんだ」

「……好機……?」

悪くなどない。彼にとって利点があるなら、その方が却ってありがたかった。でも何がよかったのか。聞き返すと、彼はジュリアナをまっすぐ見つめ、静かに答えた。

「……十一歳で婚約した時から、君はバーニー殿下ただお一人のものだった。君は王太子の伴侶となる未来を受け入れ、他のどんな異性にも興味を持たない。俺がどう口説こうと、君にとってそれはただの冗談だ。……強引に奪う気はなかったけれど、それでも君の潔く清らかな振る舞いは、残酷だったよ。……俺はずっと、君を愛していたから」

「——……。えっ……あ、え⁉」

ジュリアナは数秒の間突然の告白を理解できず、目をぱちくりさせた。それから驚き、オルコット侯爵がまだそこにいることに気づくと目を泳がせて狼狽《うろた》える。

「……では、私もそろそろ下がろう。今日はさすがに疲れてしまったからね。ジュリアナを頼むよ、エリック」

「はい、承知致しました」

オルコット侯爵が微笑みながら席を立ち、エリックは平然と彼を見送った。

ぱたんと図書室の扉が閉じる音がして、エリックはまたジュリアナに向き直る。

二人きりにされ、どんな顔をしたらいいのかわからなかった。ジュリアナは真っ赤になって視線を彷徨《さまよ》わせ、彼はふっと笑う。

「すぐにとは言わない。ゆっくりでいい。だけどこれからは、俺のことも見てほしい。友人ではなく、男として」

予想もしていなかった展開で、ジュリアナは声も出せなかった。

社交の場に出れば、多くの令嬢が群がって交際を望み、それをそつなくあしらう手慣れた青年。神に贔屓されているとしか思えない美麗な外見と鍛え上げた肉体に、礼儀正しさまで加わって、人気は留まるところを知らない。

友人として認めていた彼のその魅力は、ジュリアナにとって他人事だった。エリックの言う通り、彼女はバーニーの婚約者で、それ以外の人に恋をするなどあり得なかったからだ。

無意識に他の異性との恋の可能性に蓋をして生きてきた彼女は、エリックの想いに全く気づいていなかった。

毎回本気で口説いていると言っていた、少し前の言葉は事実だったらしい。

どう答えたものか、目も合わせられずに俯くジュリアナの顔を、エリックは覗き込む。吐息も触れそうな距離に顔を寄せられ、びくっと震えると、彼は悪戯っぽく瞳を輝かせて言った。

「……今後はキースリング侯爵ではなく、昔のように名前で俺を呼んでくれるかな、アナ。恋人同士らしく」

ジュリアナは口から心臓が飛び出てしまいそうに、鼓動を激しく乱した。この交際は、彼にとっては最初から本気だったのだ。覚悟が足りなかったのは、ジュリアナだけ。

ゆっくりでいいと言うからには、ジュリアナの想いが近づくのを待ってくれるのだろう。

けれど——本当にこれでいいのか。彼に恋ができる保証なんて、どこにもないのに——。

エリックはにこっと笑う。

「ああ、大丈夫だよ。絶対に口説き落とすつもりだけど、万が一にも君が俺に恋できなければ、無理に娶ろうとはしない。……だけど妻になってくれたら、この世界の誰よりも君を甘やかして愛し尽くすから、期待してくれていいよ」

何も言わずとも、長年共に過ごしてきたエリックは、表情でジュリアナの不安を読み取った。情熱的すぎる睦言《むつごと》に、ジュリアナはこれ以上ないくらい真っ赤になる。同時に、先ほど以上に心がすっと軽くなるのも感じた。

王太子の婚約者になってから、彼女は変な疑いを抱かれぬよう、全ての異性を家名で呼んだ。それを出会った頃の呼び方に戻そうと言われ、もうバーニーの婚約者として過ごさなくていいのだと安心した。

肩肘を張り、神経を尖らせ、自分やバーニーの振る舞いに誤りがないか気にかける必要はない。普通の令嬢として過ごせる。それが、とても嬉しい。

終始緊張し通しで、いつの間にか硬直していた心に血が巡り始める感覚を味わいながら、ジュリアナはぎこちなく応じた。

「そ……それじゃあ、呼び方は元に戻すわ……エリック」

数年ぶりに彼の名を呼ぶと、自由に振る舞えていた幼い頃に戻れた心地になった。ジュリアナは知らず、エリックに向けてはにかんだ笑顔を見せる。瞬間、彼の瞳の奥が妖しく光った。見つめ続ければ魂まで吸い取られてしまいそうな熱い眼差しに、体の芯がぞくっと震える。

身を竦めると、彼ははっとして、掌で己の口を覆った。彼女から身を離し、顔を背ける。

「……待て、ゆっくり、時間をかけるんだ……。我慢だ……」

「……あの、エリック？」

ぼそぼそと何事か呟いているので、こわごわと声をかけると、彼は口元から掌を下ろし、いつもの大人びた笑みを浮かべた。

「……なんでもないよ、ジュリアナ。一刻も早く結婚したいと思っただけだから、気にしないで」

「――え？」

聞き慣れない言葉に目を瞬かせると、彼はぱしっと額を押さえる。

「――ああ……っ。いや、違うんだ。……これも気にしないで。ちょっと本音が漏れただけだから」

「え？」

「いや、そうじゃない。や、間違いなく本音だけど、聞かなかったことにしていいから」

立て続けにエリックが言ったとは思えぬセリフが繰り返され、ジュリアナは耳まで赤くした。どうにも信じ切れないが、彼がジュリアナを想っていたのは、事実のようだ。零れ続ける気恥ずかしい言葉に、居たたまれないような、くすぐったいような気分になる。

彼はまた顔を背けてぶつぶつと何か自分に言い聞かせ、珍しくも人間くさいその様子に気が抜けた。

今夜は驚くことがたくさんだ。人生をかけてジュリアナを救おうとしてくれる人が、こんなに間近にいたなんて知らなかった。

彼の想いに応えられるか今はまだわからないけれど、巡り会わせてくれた神と彼自身には感謝しかない。

ジュリアナは静かに立ち上がり、エリックに手を差し出す。

「……今夜はありがとう、エリック。貴方の優しさに、私はいつも救われるわ。……これから、どうぞよろしく」

彼となら、自分らしく自然に向き合っていけそう――そんな気持ちで、同志としての握手を求めると、エリックはジュリアナを見上げて瞬く。目の前に差し出された美しい掌に目をやり、ふと、いつもの彼らしい、艶っぽい笑みを浮かべた。

「……こちらこそ、どうぞよろしく」

彼はジュリアナの手を恭しくすくい取り、前触れもなく、その指先に甘い口づけを落とす。

「貴女の騎士となり、生涯大切にするとお約束する」

予期していなかったジュリアナは小さく悲鳴を上げ、手慣れた彼の振る舞いに、また頬を真っ赤に染めた。

――先ほどはそうでもなさそうだったけれど、正気に戻ると、やはり彼は一枚上手《うわて》のようだった。

二

「お帰りなさいませ、旦那様」

「ああ、遅くまで待たせてすまなかった」

月が中天から西へ傾き始めた深夜、王都パトリオートにあるキースリング侯爵邸の正面扉が開き、唯一帰りを待っていた執事が主人を出迎えた。

エリックはため息と共に上着を脱ぎ、ホール右手にある階段を上る。執事はそっと上着を受け取り、静かに後ろをついてきた。

エリックは帰りが遅くなる場合、事前に連絡を入れ、使用人たちには先に寝るよう伝える主人だった。家によっては、夜中であろうと主人が帰れば寝ている使用人も全員叩き起こされ、出迎えに並ばねばならない。しかし彼は、そういった慣習は全く無意味だと考えていた。

着替えも一人でできるため、正直言えば誰一人出迎えなくていい。けれど主人としての威厳が保てないとかで、執事だけは必ず彼を待っていた。

「今宵はいかがでございましたか？」

銀灰色の髪に黒い瞳を持つ執事に問われ、エリックは随分と長く感じられた今夜の出来事を思い出す。

王太子の成人を祝う宴に行くために、ジュリアナのエスコートをしてほしいとオルコット侯爵に頼まれた時点で、きな臭く感じていた。王太子の婚約者になって以来、頻繁に王宮に出向いているジュリアナには、エスコートなど必要ない。

それなのにわざわざエスコート役を求めるからには、何かあるのだろうとは思っていた。

彼女に同伴して宴に向かい、そして目の前で繰り広げられたその成り行きには、愕然とする以外なかった。

何も予感していなかったわけではない。

エリックは、バーニーが何をしているのか承知していた。

バーニーの近侍であるフリードとは友人関係にあり、以前から頻繁に彼の相談を受け続けていたのだ。


――それは、一年半ほど前だった。

キースリング侯爵邸を訪れたフリードは、エリックと酒を酌み交わすと、決まってバーニーの愚《ぐ》痴《ち》を吐くようになっていた。

「なぜあんなにも美しく優しい婚約者がいるのに、他の令嬢に目が行くのだろう。君はわかるか、エリック」

ベーレンス侯爵家の次男であり、クレフ伯爵を名乗るフリードは、王太子の目付役を兼ねた近侍となって二年目だった。弱冠二十一歳でその座を手に入れた優秀な彼は、己の主《あるじ》が理解できずに苦しんでいた。

ジュリアナと婚約して以来、前途洋々の将来を嘱望されていた王太子――バーニー。

未成年ながら、彼はアメテュスト王国を訪れた他国の高官らとも対等に渡り合い、時に機転の利いた返しもする。誰もが聡明な王太子だと褒めそやし、評判になった。

冷静に観察すれば、彼の敏い発言は全て傍に控えているジュリアナが耳打ちしたあとに発せられているとわかる。それでも皆、彼を祭り上げた。

ジュリアナは一貫してバーニーの影であろうとし、大人たちもその意志を汲んだのだ。

それに彼女は、いずれバーニーの妻となる。バーニーは今後も永続的に彼女の助力を得られ、変わらず聡明な王太子として、ひいては賢君として玉座に収まる。

誰もがそう判断し、敢えてバーニーを持ち上げた。

フリードは、その事実を痛いほど理解していた。だからこそ、あと二年もすれば結婚という時期に始まった、主人の恋路を認められない。ジュリアナの侍女と通じたバーニーは、人目を忍んで逢瀬を交わす手助けまでフリードにさせ、彼はうんざりしていた。

二階にある居室で彼と向かい合って座っていたエリックは、苦笑する。

「……ただの浮気心だろう。殿下はお若いからね。色々と楽しみたい時期なんじゃないか？　その内、別れるさ」

ジュリアナを長く傍で見守り、成人した彼女に友人以上の感情を抱いていた彼は酷く苛立っていたが、感情は欠片も表に出さなかった。

——何が不満だ？　他の女がいいというなら、早く婚約を解消すればいいだろう。そうすれば、すぐにも俺が彼女をもらう。

王太子の婚約者である彼女に、手を伸ばすわけにはいかない。漫然と想い人が他の男のものになる様《さま》を眺めるしかないエリックは、嫉妬と苛立ちで沸き立つ腹の熱を、酒を飲み下して鎮めた。

フリードは、窓の外に上った月を見上げるエリックの横顔を凝視し、眉を顰める。

「そんなものだろうか」

納得のいかない様子の友人に、エリックは慎重に声音をコントロールして応じた。

「そんなものだよ。……お前だって数年前までは、落ち着きなかったんじゃないか？」

優秀な近侍であろうと、十代の頃は女性に興味を持ち、それなりに経験を積んだだろう。目を向けて聞き返すと、彼は眉根を寄せた。頬杖をついてしばし考え込み、ぼそっと答える。

「……俺が殿下なら、自分の婚約者に触れる」

エリックは失笑した。フリードは身を乗り出し、真剣な面持ちで言う。

「だってそうだろう？　殿下の婚約者はジュリアナ嬢だ。殿下より二つほど年上だが、あれほど美しい令嬢はこの国に二人といない。それが物心つくかどうかの頃から傍にいるんだ。女性に興味を持つのは結構だよ。それも健全なご成長だ。だけどそれならどうして、その興味をジュリアナ嬢に向けないんだ？　将来の伴侶なんだから、オルコット侯爵だって多少は許してくれるはずだよ」

バーニーがジュリアナに触れる様《さま》を想像すると、エリックは歯ぎしりしたい心地になった。それが今、バーニーはジュリアナではなく、他の令嬢に現《うつつ》を抜かしているという。

ジュリアナを蔑ろにする不誠実な振る舞いは許し難《がた》いのに、安堵している自分もいて、彼は複雑な心地で足を組んだ。

「殿下は今、十六歳だったか？」

「ああ。あと二ヶ月で十七歳になられる」

「若いな」

「……まあ、そうだな」

フリードは、エリックの言わんとするところがわからないと言いたげな顔をする。

エリックは手にしたグラスを見つめ、低い声で呟いた。

「……俺には他人の心など知れないが、殿下がジュリアナに興味を持っていないとは思わない」

エリックはバーニーが時折、男としてジュリアナを見ているのに気づいていた。

彼自身が男としてジュリアナを見ているからこそ、わかる眼差しだった。
十四、五歳あたりでジュリアナの身長を追い越した頃からだ。彼は、何気ない彼女の仕草に目を奪われ始めていた。伏せた瞼を彩る長い睫、優しく笑う艶のある唇、襟ぐりから覗く美しい鎖骨。
若い彼は、それがどういう感情なのか理解もしていないのか、ただじっと見つめるだけで、特に態度を変えなかった。知識はあるだろうに、経験不足でタイミングに気づけず、エスコートもまともにできない青二才。

エリックは、ジュリアナと上手く距離を詰められないバーニーを、助ける気にはならなかった。

友人関係でもなく、相談されたわけでもない。何より、彼は時間さえ過ぎれば、自動的にジュリアナを手に入れられる。

自らの助言で彼らの仲を深めてやろうなどとは、到底考えられなかった。

――彼女に恋情を抱いたのは、いつだったか。

エリックは、ジュリアナを愛し始めた頃を思い出そうと、視線を彼方《かなた》へ向ける。

彼女が幼い頃は、そんな感情はなかった。

王太子と婚約して以降、朝から晩まで勉強を強いられて、苦しげな横顔が不憫だった。出会った頃の、明るく無邪気に笑う少女があっという間に消え去り、その代わりのように、バーニーが彼女の傍らではしゃぐ姿をよく見るようになった。

ジュリアナの笑顔が失われたのを物寂しく感じていたエリックは、バーニーが悪いわけではないと知りながら、苛立った。

——将来お前と共にあるために、彼女は今苦しんでいる。それをわかっているのか——？　と、能天気そうに全ての者から注がれる愛を甘受するバーニーを、面白くない気分で眺めていた。

かつての彼女が完全に消えてしまうのが名残惜しく、エリックはジュリアナと顔を合わせるたび、冗談を言って笑わせた。上手い話をすれば、淑女然としている彼女の仮面が取れる。時に腹を抱えて笑い崩れる。その瞬間だけは、完璧に振る舞わねばと張り詰めている彼女の気が緩むのがわかった。

日頃の努力の結果か、ジュリアナはエリックにだけは気を許していた。年を経て成人し、社交界デビューをした時もそうだ。

腰に届く見事な黄金の髪に、魔性じみた美しい紫水晶の瞳。白い肌に、指先まで完璧に整えられた美少女。

王太子の未来の妃として社交場に出た彼女は、多くの者の目を奪った。微笑みは聖女が如く清らかで、振る舞いはため息が出るほど優美。

誰もに心優しく接し、欠点など見当たらない。

彼女に憧れる男はごまんと増えたが、誰一人、口説けなかった。

彼女自身が、全身で王太子以外の男を拒んでいたからだ。

ダンスを求められれば快く応じても、心の内に踏み込むのは許さない。プライベートな会話は笑顔で拒み、形式的な関係を望むと態度で伝える。

男たちは、彼女が纏う柔らかそうでいて強固なベールに、指をくわえて遠巻きに見るしかできなかった。

けれど、エリックだけは違った。

彼女はエリックが声をかけると、社交用に被った聖女の薄布を取り払う。王太子の婚約者として、どんな失敗もできないと緊張した空気が、一気に和らぐ。

初めての社交の場で、声をかけたエリックを振り返った彼女を見た時が、きっと全ての始まりだった。

彼女は安堵と信頼を顔にのせて、エリックを見上げた。気取った物言いでダンスに誘うと、幼い頃と変わらない、くすぐったそうな笑顔で応じる。

警戒心一つなくエリックの手を取ってダンスを舞う、彼女の輝く瞳を見つめた時、エリックの心に火が灯った。

彼はあの日――決して許されず、叶うはずもない、一人きりの恋に身を焦がす人生を受け入れたのだ。

それからの日々は、生易《なまやさ》しくはなかった。自らのものにできそうな距離にいるのに、彼女は決して手に入らない。その紫水晶の瞳は、目の前にエリックがいても、王太子だけを見つめ続ける。

その残酷な清らかさすら、エリックには愛しかった。

しかしふとした瞬間、我に返り、苛立ちと虚しさが襲う。

——そんなガキのどこがいいんだ、ジュリアナ。俺ならもっと、君を大切に慈しむ——。

考えても意味のない嫉妬を滾らせては、見つめるのをやめられない自分に呆れた。

恋情など捨てれば楽になる。わかっているのに、会えば笑顔に心を掴まれた。笑顔を見てしまえば、自分といる間だけは、彼女を取り巻くしがらみの一切を忘れさせ、楽にしてやりたくなる。

彼女に恋をして以来、エリックは他のどんな女性にも興味を失い、全く浮名を流さない男になった。

愛らしく笑うジュリアナの唇を奪いたい衝動を抑え、長い間、道化として傍にあり続けた。

だからこそ、彼女が他の男に穢される様《さま》を見たくはなく、バーニーの感情に気づいていても素知らぬ振りを貫いたのである。

バーニーはジュリアナを女として見ている。

そう聞いたフリードは、小首を傾げつつ同意した。

「まあ、それはそうかな……。最近はジュリアナ嬢への扱いも熟《こな》れてきているし……」

「……ジュリアナは高嶺の花だから、手を伸ばしづらいだけだろう。間近に愛らしく自分を慕う年下の女の子がいて、魔が差したんだよ」

エリックは、今回の浮気は本命に手を出す前の予行演習にすぎないと考えていた。

十六歳の小僧など、肉感的な女性に可愛らしく言い寄られれば、コロリと傾ぐ。そして最後にはジュリアナのもとへ戻るのだ。

――多少年上だろうと、間近にあれほど美しい婚約者がいるのに、他の娘に手を出すなど愚かの極みだが……そのおかげでエスコートもできるようになってきているなら、それもいい。

腹の内で冷淡に罵り、エリックは穏やかな表情で友人をなだめる。

「そう深刻になるなよ。ご自身の立場をわかっていれば、結婚までには交際を終わらせるさ」

高を括る彼に、しかしフリードは不安そうに顔を歪めた。

「……本当に、別れてくださるだろうか……。俺はいつか、殿下が愚かな真似をするのではないかと恐ろしいんだよ、エリック」

エリックは友人を見返した。空になったグラスを机の上に戻し、傍に置いていたボトルを掴んで自ら酒を注《つ》ぎ足しながら、さらりと言う。

「そうなれば、主人を捨てるんだな」

フリードはぎくっと肩を揺らした。

「それは……」

「近侍として、お前は散々殿下を諫めているんだろう？　それでも聞いて頂けないから、こうして俺に愚痴っている」

怯えた眼差しがこちらに向けられ、エリックは微笑む。

言われた通りだった彼は、手にしたグラスを両手で包み込み、項垂《うなだ》れた。エリックは酒を注いだグラスを手にし、椅子に背を預ける。

「フリード。王は道を誤ってはいけない。臣下の忠言に耳を貸さず、己《おの》が判断こそ正しいと我が道を貫かれるもいい。だがそれが間違っていれば、遠からず国を滅ぼすか、臣下や民に弑される運命を背負っている。お前が仕えているのは、将来そういう責任を負う人間だ。王となるためにまずもって必要な判断を過《あやま》る者など、仕える価値はない」

――バーニーが王となるために、ジュリアナは必要不可欠だ。それがわからないようなら、主として仰ぐ必要はない。

冷然と言い切られ、フリードは重苦しいため息を吐いた。

「君がそう言うなら……そうなのだろう。……王族に生まれた人々は、難儀な人生を背負うね……」

「その対価として皆によくしてもらえるのだから、文句はないだろう」

エリックの冷笑に、フリードは眉尻を下げて人のよさそうな笑みを返した。

それから一年と少し――フリードの恐れは現実になった。

バーニーは愛人にのめり込み、ジュリアナとの挙式日が内示される議会で、自らの恋路を公にした。

迎賓館の宴で、バーニーとのダンスを終えたジュリアナから、初めてことの成り行きを聞いたエリックは、体の芯が震えるほどの怒りを覚えた。箝口令が布かれていたため、フリードからは議会でのやりとりを報されていなかった。

生まれながらに王太子として育てられたバーニーは、自身に何が必要なのか、よく理解していた。

ジュリアナは手放せない。そう判断した彼は、彼女と愛人の両方を手に入れる道を選択した。

ジュリアナは、王が王太子妃にと望み、幼い頃から徹底した教育を受けてきた令嬢だ。

そんな娘を手放し、愛人を妻に望む阿呆なら、さっさと廃嫡されればいい。そう斜に構えていたところを、横から殴りつけられた心地だった。

涙を零すジュリアナを前に、エリックはなぜだか、自らが謝罪したかった。

ジュリアナの初恋には、とうの昔に気づいていた。

彼女の顔を曇らせるのが嫌で、バーニーの浮気については黙っていた。それが間違いだったのだと、頭を下げたくなった。しかしすぐに、それも違うと気づく。

話したところで、何も変わらなかったろう。

バーニーの浮気を聞かされたジュリアナは、どうする。同じように涙し、失恋を受け入れるに違いない。

そしてバーニーは、ジュリアナや周囲を言いくるめ、現在と変わりない状況へと持っていったはずだ。この身勝手な振る舞いは、一日やそこらで身につけられる所業ではない。利己的な思考は、恐らく随分前から、彼の中で育っていたのだろう。

宴で泣くジュリアナをなだめていた時、バーニーと共に現れたビアンカの反応がいい証拠だ。

彼女は、ジュリアナが婚約解消を望んでいると知って、顔を曇らせた。

両想いになった恋人は、独り占めしたいと考えるのが普通だろう。それも、主人の婚約者と通じるような、考えなしの少女だ。

それが喜ぶどころか、バーニーの厚意を無下にするのかとジュリアナを詰った。

あれは既に、バーニーに何か刷り込まれている。彼はいつの間にか、あたかも自身が正しいかのように思い込ませる話運びを習得し、駆使しているのだ。

ジュリアナが幸福になるなら、それでいいと考えていた。オルコット侯爵も、それだけを願い、厳しく振る舞ってきた。

その結末が――これ。

とめどなく涙を零していたジュリアナは、もはやバーニーとは結婚したくないと言った。

その答えを聞いて、エリックは自らの心にかけた鍵を外した。思考はあっという間に打開策を提示し、彼は即断した。

――では、俺がその望みを叶える。

オルコット侯爵邸から戻り、執事に今宵の感想を尋ねられたエリックは、一年以上前のフリードとの会話まで思い返してから、答えた。

「……そうだな。なんとも言えない夜だった。オルコット侯爵にジュリアナとの交際を許されたことだけは、最良だったが」

執事は目を瞬き、首を傾げる。

「……それでは、ジュリアナ様は王太子殿下とのご婚約を破棄されたのですか？」

エリックと交際ができるならば、そういう状況であると考えるのが普通だ。頭の回転がよい執事に目を細め、エリックは首を振る。

「いや、まだ婚約解消はすんでいない。王太子殿下はジュリアナにご執心で、手放そうとしないから、俺との交際を理由に婚約破棄を進めることになった」

執事は首を傾げたまま、また尋ねた。

「……略奪愛でしょうか？」

エリックは、ははっと笑う。

「それならば楽しいが、少し違うな。ジュリアナが王太子との婚約解消を望んでいる。だから俺が間に入ることにした。まあ、世間から見れば略奪には違いない」

今後社交界では、エリックがジュリアナを王太子から掠め取ったと認識される。

主人が一国の王太子から婚約者を奪うと言っているのに、執事は驚き一つ見せず、頷いた。

「さようでございますか。……ジュリアナ様に見限られてしまっては、バーニー殿下の将来が案じられますが、幸いまだお若くていらっしゃいます。これからなんとでもなりましょう」

飄々《ひょうひょう》と受け入れた執事を振り返り、エリックはにやっとする。

「……その通りだが、一度くらいお前の焦った顔が見てみたいものだよ」

バーニーは今後、ジュリアナが補ってきたものを自力でなんとかしなくてはならない。今から更に知識を増やすのは苦労するだろうが、一国を統べるならばそれくらいできて然《しか》るべきだ。

普段から表情に乏しい執事は、エリックに揶揄されると、口元に微かな笑みを浮かべた。

「これでも大変驚いておりますよ。ですが旦那様には、ようございました。長くジュリアナ様を想われ、使用人ながらご不憫に感じておりましたので」

「……なんの話だ？」

自分の恋情を執事に話した記憶のないエリックは、片眉を上げてとぼける。

「……絵描きにジュリアナ様の肖像画を作らせようとなさっていたのは、存じておりますよ」

黒い瞳を細め、見透かすように突っ込まれた彼は、ぎくりとした。

数年前、彼は一生手に入らない高嶺の花の絵を、自分の部屋に飾ろうかと考えていた。それなら実際に彼女に手を出すわけでもないし、誰も被害を受けない。エリック自身も慰められる。

よい案だと判断し、絵師に発注しようとしたところで、彼はたまにオルコット侯爵一家を自宅に招いているのを思い出した。

——ジュリアナ本人に絵を見られたら、結構な確率で嫌われやしないか？　いや、彼女は案外抜けているから、自分の絵を作ってくれてありがとうとすら言いそうだ。しかし弟のマリウスの方は敏い。絵に気づいたら、遠からず彼女にその意味を伝えるのでは——。

などと自問自答を繰り返し、結局気味悪がられたら嫌だなと思って取りやめたのだった。

エリックをよく見ている執事は、おかしそうに助言する。

「どうぞ慎重になられませ。ジュリアナ様は〝オルコット侯爵の宝珠〟。恩義あるオルコット侯爵の勘気に触れれば、この国で怖いものなどない旦那様とて、どうなるかわかりませぬ」

含みのある執事の言葉に、エリックは苦く笑った。

「そうだな……。だがそれとは関係なく、彼女は大切にするつもりだよ」

——この世界の誰よりも。

心の中でつけ加え、彼は自室へ入っていった。

三

バーニーの成人を祝う宴が開かれてから十日、ジュリアナはオルコット侯爵邸の裏にある、広大な庭園の一角を歩いていた。

オルコット侯爵邸では、客人を招いて茶会や宴を開ける、薔薇園や芝の庭園などが整備されている。しかし彼女が向かう先にあるその庭だけは、いつも無法地帯だった。

ガラス張りのごく小さな温室とその手前の畑で、緑の植物たちがのびのびと枝葉を伸ばす。雑草はないと聞いているけれど、どれも同じ緑色。よく目を凝らさないと、違いもわからない。

彼女の弟――マリウスが管理する、ハーブ園。

春や夏に花を咲かせる株もあるが、どれもとても小さく、地味。そして独特の香りは、以前ジュリアナに仕えていた年若い侍女たちなどに敬遠されていた。

幸い、ジュリアナはその変わった匂いが嫌いではなく、時折足を運んで散策を楽しんでいる。

長い髪を緩く三つ編みにして肩から胸元へ垂らし、部屋着のシュミーズドレスを纏ってのんびり歩いていた彼女は、茂ったハーブの向こうでごそごそと動く人影を見つけた。

背恰好から当たりをつけ、声をかける。

「マリウス？　何をしているの？」

名を呼ばれ、彼はひょいっと顔を上げた。

アメテュスト王国でも一、二を争う歴史ある名家、オルコット侯爵家の嫡男は、土で薄汚れた白シャツと黒いスラックス姿で作業をしていた。首には庭師と見まごう汗拭き用の白い布までかけている。

一切己の見てくれを気にしない彼は、母そっくりの白銀の髪に穏やかな性格が滲む藍色の瞳をしていた。十五歳ながら剣術や馬術は大人と比肩する腕前で、勉強も苦手分野はない。ジュリアナよりも余裕を持った時間配分で家庭教師をつけられている彼は、割とのびのびと生活し、性格も大らかで優しかった。

「あれ、姉様。どうしたの。何かハーブが欲しい？　今、葉についた青虫を取ってたところだから、こっちには来ない方がいいよ。虫を入れた籠《かご》があるから」

「……じゃあ、そっちに行くのはやめておく」

額に滲んだ汗を布で拭いながら注意され、ジュリアナは足をとめる。

以前、虫を取っている彼の傍に行き、ぽいぽいと投げ入れていた籠の中を見て呻いたことがある。

植物は美しくとも、その管理は生易しくないのを如実に感じられた経験だった。

マリウスはおかしそうに笑って、畝《うね》の向こうからこちらへ歩み寄る。

「最近はどう？　眠れるようになった？」

彼は姉に降りかかった散々な出来事を、オルコット侯爵から聞いていた。他人から変に伝え聞かされるより、直接話した方がいいと判断したそうだ。

先日父からその旨を教えられたジュリアナは、姉として情けない気もするけれど、家族に見栄を張っても仕方ないと了承した。

去年ジュリアナの背を追い越してしまった彼は、軽く姉の顔を覗き込み、にこっと笑った。

「うん、目の下に隈はないね。よかった、僕のハーブが効いたんだね！　って言いたいところだけど、多分違うよね。……あーあ。エリックって、本当に昔から姉様の扱いが上手いなあ」

つまらなそうに言われ、ジュリアナはぎょっとする。

「……扱いが上手いだなんて、そ、そんなことはないでしょう？　取り立てて、エリックと何かあったわけじゃ、なかったし……っ」

――バーニー殿下との一件以外は……。

内心だけで例外について呟き、ジュリアナは訂正を求めるも、マリウスはきょとんとする。

「え、いっぱいあるでしょ。姉様が調子悪いのに無理に王宮の茶会に参加しようとしてたら、めざとく気づいてとめてくれたし、父上に貰ったお気に入りの髪飾りをいつの間にか落として泣きそうになってた時だって、姉様を落ち着かせて、代わりに探してきてくれたじゃない。あ、でも多分あれ、見つけたんじゃなくて、同じやつを買ってきてくれたんだと思うよ。エリックは聞いても認めないけど、植物園につけていった髪飾りを一日やそこらで見つけられるはずないもん。あとほら、図書室の貴重書が入った箱の鍵をなくした時だってさ……」

「――ぜ、全部私が小さい頃の話だわ……っ」

つらつらと自分の粗忽《そこつ》な過去を並べ立てられ、ジュリアナは慌てて口を挟んでとめた。

どれも彼女が十二、三歳くらいの時の話だ。エリックはジュリアナより四つも年上で、子供の頃に上手くあしらわれていたのは致し方ない。

マリウスは目を瞬き、首を傾げた。

「あ、うん。昔から順番に言っていったんだ。最近だと、初めてエリックとデートに行く日、緊張して全然眠れてない顔した姉様のために、外出を取りやめてうちの庭の散歩に変更してくれたよね。姉様は散歩の休憩中に木陰で寝ちゃって、エリックに寝室まで運んでもらってた。あれ多分、最初から普段通りの散歩で姉様を安心させて、休ませてあげるつもりだったんだと思うよ。姉様は完全に寝入ってて、抱き上げられても起きなかったくらい疲れてたし。あとこの間、姉様はエリックが家に来てるの知らなくて、屋敷の中ですれ違ってすごく驚いてた時も。姉様が妙に意識して距離取りかけた瞬間、さりげなく冗談言って、いつも通りの雰囲気に戻してた。それに――」

「――マリウス。貴方の記憶力がとてもいいことは、わかったわ」

ジュリアナは頬を赤らめ、延々と続きそうな話に割って入った。

エリックとの交際が決まって三日後、ジュリアナは初めてのデートに誘われていた。エリックと家で会うのは日常でも、一緒に出かけることはあまりない。今まで友人と思って接していた人と、恋人として過ごすと思うと、どう振る舞えばいいのか混乱してしまい、前夜は一睡もできなかった。

そして翌朝顔を合わせた彼は、ジュリアナと目が合うなり顔を背《そむ》けて笑い、行き先を庭に変更してくれたのだ。

庭はよく一緒に歩いていたところなので、ジュリアナは肩の力が抜けた。エリックは恋人らしい特別な触れ合いも求めず、普段通り他愛ない話をして笑わせる。途中木陰で休もうと声をかけられ、腰を下ろした直後、ジュリアナの意識は飛んだ。

ぽかぽかと暖かな日射しが降り注ぎ、エリックは平生《へいぜい》通りの雰囲気で隣に座っている。彼とは昔から黙っていても気まずさを感じず、ジュリアナは心地よさにほう、と息を吐いて瞼を閉じた。そして再び瞼を開けた時には、ベッドの上で朝を迎えていた。

初デートであれはなかったと思う。しかしながら、ジュリアナは疲労がピークだったのだ。

エリックとデートをするずっと前から、彼女は寝不足が続いていた。夜になれば議事堂での出来事が脳裏を過《よぎ》り、苦しくて悲しくて涙がとまらない。それに加えてエリックとの交際が決まり、緊張は最高潮。それが当日になってみれば、肩透かしを食らうくらいに和やかなデートで、一気に気が緩んで爆睡する結果となったのである。

屋敷の中でエリックとすれ違って、思わず逃げかけた時の話は、言い訳のしようもない事実だが。今までは、屋敷ですれ違っても「あら、キースリング公爵」と気軽に声をかけられた。でも交際していると思うと、どんな態度が普通なのかわからず、反射的に逃げそうになってしまったのだ。

エリックはそんなジュリアナにいつも通り話しかけ、気がつけば変な自意識も薄れていた。

思い返すと、マリウスの言う通り、上手く扱われている感は否めない。

エリックと交際すると決めてから今日まで、僅か十日。

たったこれだけの間に、ジュリアナは幾度となく自分が彼に大事にされていると感じた。

ジュリアナが寝て終わってしまった初回以降も、二人は二度ほどデートしている。

行き先はエリックが決めてくれ、薔薇園や湖のある丘といった、人目をあまり気にしないでいい所だ。

バーニーと外出する時は、ジュリアナがいつも行き先を提案し、彼の近侍がルートを決めていたから、新鮮な気分だった。相手が心地よく過ごせる場所を考え、下調べをして出かけるのもよいが、他の人に任せて過ごすのも楽しいのだと初めて知った。

歩くルートはエリック自身が考えてくれていて、休憩のタイミングも驚くほどジュリアナの体調に合わせてくれる。エスコートはスマートで、疲れ知らずの外出に感動すら覚えた。

それに、エリックは隣を歩いてたまに甘いセリフを言うだけで、庭園での散策同様、特に触れてこない。

性急でない彼の態度はジュリアナを安心させ、近頃は夜も失恋を思い起こさず、眠れるようになっていた。

マリウスは揶揄い半分の笑みを浮かべ、ジュリアナの瞳を覗き込む。

「そうだね。僕の記憶力もいいけど、姉様が結構抜けてるってこともわかるよね」

「ええ、それもよくわかっ……」

思わず同意しかけて、彼女は弟をじとっと睨んだ。マリウスは、ははは っと明るく笑う。

「姉様には、エリックの方が合ってると思うよ。バーニー殿下の婚約者だった時は、家でも外でも常に気を張ってる感じだったけど、最近は凄く穏やかな表情だもん。包容力が違うのかな？　エリックは色々上手いんだろうね」

含みのある言い方に、ジュリアナは頬を真っ赤に染めた。

これまでなら、彼女はうたた寝をするバーニーに自らのショールをかけ、起きるまで見守る側だった。彼女が人前で気を抜くなどあり得ず、横抱きにされて運ばれるような失態も犯さなかった。

だがエリックと過ごしていると、居心地が良く、無意識に気を抜いてしまう。

以前より気分が落ち着いているのは確かだったが、ジュリアナは人目を憚《はばか》り、口の前に人差し指を立てた。

「そんなこと、人前で言っちゃダメよ。マリウス」

ジュリアナはまだ、書類の上ではバーニーと婚約中だ。そう言うと、マリウスはきょとんとする。

「え、でもこれから社交の場でも見せつけていくんでしょ？」

「それは……そうなのだけれど」

婚約解消を申し入れる理由として、エリックとの交際を提示するため、今後はそれが事実であると周囲にも示していかねばならなかった。

彼女はふと心配になり、眉尻を下げる。

「……ごめんね、マリウス。お姉様、バーニー殿下と結婚できなくて……」

今後ジュリアナは、バーニーからエリックへと気移りした悪女の誹りを受けるだろう。

マリウスが成人する頃には社交界から退いているとしても、相手は王太子。噂が残り、弟の立場を悪くさせていたら申し訳ない。

マリウスは姉の謝罪に目を瞬かせ、あっけらかんと応じた。

「気にしなくていいよ。姉様、僕たちの父上は宰相様だよ。しかも血筋はアメテュスト王国でも一、二を争う歴史あるオルコット侯爵家。昔の文献が焼失してるから、一位か二位かは定かじゃないけど、数々の功績を残してきた名家なのは事実だ。その嫡男に嫌がらせできる奴《やつ》って、相当バカだよ。僕はこれからも勉強して、有能な人間になる予定だし、そういう奴は逆に潰していくから心配いらない」

「……そ、そう……？」

——意外に強気だわ……。

ジュリアナは弟の知られざる一面に驚かされながらも、ほっとした。

自分の将来は特に気にならないらしいマリウスは、頭の後ろで手を組み、話を変える。

「だけど、エリックって謎な人だね。昔から肝が据わってる人だなーと思ってはいたけど」

「……？　どうして？」

聞き返すと、彼は王宮のある北へ目を向けた。

「だって一貴族が王太子の婚約者を掠め取ろうなんて、なかなか決断できないよ。王家を怒らせたら、地位なんかあっという間に失いかねない。キースリング侯爵領って、国にとっての要衝でもないしさ。なのにエリックは全然平気そうだし、父上もその辺を心配してるご様子じゃない」

ジュリアナは自分も抱いていた疑念を弟が口にしたので、内心頷く。エリックは覚悟があると言ったが、マリウスの言う通り、この選択はかなり危険な橋だった。

マリウスは小首を傾げる。

「……僕は父上の態度が一番不思議なんだよね。エリックはやせ我慢かもしれないけど、父上は違うでしょ。何か確信でもないと、姉様を任せないと思うんだ。姉様は、何か理由を知ってる？」

交際を許すからには、オルコット侯爵も彼の地位について少なからず憂いを感じてもおかしくない。それなのに、気にしている気配は全くない。変でしょと聞かれ、ジュリアナも首を傾げた。

「……やっぱり、彼は裏で悪い仕事をしていて、各家の弱みを握っているとかかしら……」

「何それ」

怪訝そうな弟に、ジュリアナが胸に秘めていた仮説を披露しようとした時、背後でぷはっと笑い声が上がった。姉弟はびくっと肩を揺らし、勢いよく振り返る。いつの間にか館の方から歩いてきていた噂の主が、朗らかに声をかけた。

「こんにちは、ジュリアナにマリウス。相変わらず、オルコット侯爵家の姉弟は仲がいいね」

「「――エリック」」

ジュリアナとマリウスは、同時に彼の名を呼んだ。

銀糸の刺繍が入るシルバーグレーの上下を纏った彼は、片手に花束を持ち、酷くおかしそうに笑って近づく。漆黒の髪が光を弾き、さらさらと風に揺れた。

「失礼。アナは庭にいると聞いたからこちらへ来たのだが、少し会話を聞いてしまった。裏で悪い仕事をしているかもしれない恋人も、謎めいていていいと思うけど、どうかな？」

今日、彼と会う約束はしていなかったジュリアナは、驚きと話を聞かれた気まずさで、言葉をなくす。エリックは彼女に花束を差し出し、青い瞳を悪戯っぽく輝かせて顔を覗き込んできた。

「花屋の前を通りかかったら、君に似合いそうな花があったから、つい買ってしまったんだ。貰ってくれるかな、ジュリアナ?」

見るからに可愛らしい、色鮮やかなピンクのチューリップだった。誕生日や記念日でもないのに突然人から花を贈られるのは初めてで、ジュリアナは嬉しくなる。

「あ……ありがとう」

淡く頬を染め、弟の目を気にしつつ花束を受け取ると、マリウスは気にいらないとばかりにエリックを一瞥した。

「……ふうん、そうやって女の人を口説くといいんだ。経験豊富な大人の言動は、勉強になるなあ」

さらっと言い放たれた嫌みを聞き、ジュリアナはそうか、と納得する。経験値が違うから、彼はこういう振る舞いを自然とできるのだ。

「つまりエリックは、今までもこんな風に、いろんな女の人にお花を贈ってきたということ……」

考えが口から漏れ、エリックは額に汗を滲ませた。けれどふっと瞳を細め、覗き込んでいた顔を更に寄せる。ジュリアナがどきっと驚いた隙に、彼は間近で甘く囁いた。

「……俺がこうして花を贈るのは、未来永劫君一人だよ、ジュリアナ」

彼が想うのはジュリアナ一人だと言っているのに気づき、また頬がぽっと染まる。

「まあ、過去はどうしようもないから、未来を約束するしかないよね」

マリウスがへっと可愛げなく横やりを入れ、エリックは背筋を伸ばした。笑顔で弟に向き直り、逃げる間も与えず彼の耳をつねり上げる。

「……マリウス。お前は俺が義兄になるのが、そんなに嫌なのか……？」

「いでででで……っ。や、嫌じゃないけど、なんか難なく姉様を口説き落としそうだから、ちょっと邪魔したくなって……！」

気の早い弟に、ジュリアナは驚いた。エリックと過ごすのは心地よいが、そうすぐに次の恋を始められるほど、心は回復していない。

エリックは眉根を寄せ、何を言っているんだとため息を吐いた。

「そんなに簡単に、人の心を動かせるわけないだろう。俺も必死なんだから、協力しろよ」

ジュリアナは居たたまれず、話を変えようと、しどろもどろに声をかける。

「あ、えっと、その……っ、エ、エリックは、今日はどうしたの？　お父様にお会いするご用事があったの？」

彼と家で顔を合わせる時は、大抵オルコット侯爵に用がある時だ。それで話題を振ったところ、弟を羽交い締めにして戯れ始めていた彼は、首を振った。

「いや、今日は特に用はないよ。君に花を贈ろうかなと思って来ただけだから」

「――……」

平然と答えられ、ジュリアナはかあっと顔を真っ赤にする。咄嗟に花束で隠し、身を小さくした。

――用事もないのに会いに来るなんて、なんだかとても想われている気がした。

「ジュリアナ？」

どうしたの、とエリックに声をかけられ、無視もできずそのまま答える。

「……あ、ありがとう……。とても、嬉しいわ」

「そう。よかったよ」

エリックはほっと息を吐き、彼の腕の中で、マリウスがぼそっと低い声で呟いた。

「……姉様って、口説かれ慣れてないよね。エリックが本気出したら、大変そう……」

ジュリアナは訝しく感じ、花束を下げて弟を見る。姉と目が合った彼は、半目になった。

「……姉様。花を贈るのなんて、初歩の初歩だよ。これから口説くのでよろしくねっていう、ご挨拶みたいなもので、本当の口説きはこれからだよ」

十分口説かれていると感じていたジュリアナは、内心驚愕の声をあげた。本当なの、と聞きたくて目を向ければ、エリックは弟から手を離し、鮮やかに微笑む。

「花を喜んでもらえたみたいで、俺も凄く嬉しいよジュリアナ。今日の予定がないなら、これからどこかに出かけようか？　もっと楽しませてあげるよ」

——出かけたら、これ以上の何かがあるの……⁉

ジュリアナは動物的に危険を察知し、身構えた。

動揺した彼女の表情に、エリックは口を押さえ、俯く。しばらく肩を震わせ、ため息と共に顔を上げた彼を見て、ジュリアナは眉根を寄せた。随分と笑ったらしく、目尻に涙まで浮かべている。

「……いや、そんなに警戒しなくても大丈夫だよ。ひとまず君から恋人になるお許しをもらうのが目標だし、紳士的に振る舞うとお約束する。まあ、恋人になれても君のことは一生大切にするから、怯えなくていいよ。この世の誰よりも、大事にするから」

結構な時間笑っていた割に、するすると甘い言葉が繰り出され、怒ろうかなと思っていたジュリアナは固まった。ものすごく恥ずかしいセリフを紡がれた気がするが、彼は平然としている。

これは気恥ずかしく感じるジュリアナが初心《うぶ》すぎるのか、エリックが手慣れすぎているのか、どちらなのだろう――。

答えを求めて視線を向けた弟は、姉の意図を悟り、にこっと笑い返した。

「――エリックは超口説き慣れてるっぽいから、姉様はすぐ手玉に取られること間違いなしだよ。もう変に焦らさずに、今すぐ恋人になればいいと思……痛っ」

ジュリアナが驚きとも恐れとも取れない感情に見舞われると同時に、エリックがマリウスの頭にげんこつを落とした。

「……マリウス。お前は余計な口しか利かないな……」

「いや、僕は最大限協力したつもりなんだけど……」

エリックは忌々しげにマリウスを睨《ね》めつけ、弟は意味不明だと言いたげに眉根を寄せる。

自分の恋路について話していると思うと気まずく、ジュリアナは視線を逸らした。そしてあら、と声を漏らす。

「……ディルク殿下だわ。今日お越しになる予定はなかったと思うけれど……」

「――え？」

「うん？」

ジュリアナの視線を追って、マリウスとエリックが母屋《おもや》へと目を向ける。

上等そうな金糸の刺繍が入る濃紺の衣装に身を包んだディルクが、貴人らしくその斜め後ろに近侍を一人侍《はべ》らせ、こちらへ歩いてきていた。

癖のないさらりとした金色の髪に、青葉色の瞳。いつも優しげな笑みを浮かべている第二王子は、マリウスとは親友で、時折家を訪ねてくる間柄だった。

でもジュリアナがバーニーとこじれて以来、彼の来訪はこれが初めてである。

ジュリアナは、僅かに体を緊張させた。

エリックと彼女の交際は、父から既に国王に伝えられているものの、即婚約解消とはなっていない。対応を調整しているとかで、まだどうなるかわからなかった。

三人のもとまで歩み寄ったディルクは、薄い笑みを浮かべる。

「こんにちは、ジュリアナ嬢にマリウス。それにキースリング侯爵。……二人が交際しているというのは、本当のようだね」

彼はジュリアナとエリックを見て、返答は求めていない調子で呟く。

ジュリアナが何か言った方がいいのかしらと躊躇っていると、マリウスが呑気な調子で話しかけた。

「どうしたの、ディルク？　今日、僕たち会う約束してないよね。今日はハーブの手入れの日なんだけど、遊びに来たなら一緒にする？」

姉と親友の兄が微妙な関係だというのに、マリウスはいつもの気軽なノリで王子を虫取りに誘う。

ディルクはマリウスを見返し、肩を竦めた。

「今日は陛下の使いで、オルコット侯爵に会いに来たんだ。残念だけど、遊べない」

「……ディルクが使いなの？　王子なのに扱い悪くない？」

歯に衣着《きぬき》せぬ弟に、ジュリアナはヒヤッとする。

「マリウス……っ、失礼でしょう」

通常、使いと言えば従者などが担う。王家からの場合は、近衛騎士や近侍がする場合もある。つまり王子が使い走りさせられるのは異例で、マリウスの言い分はもっともだ。けれど、聞き方があまりに直球すぎる。

親友であろうと立場は違うのだからと叱責すると、ディルクがふふっと笑った。

「……本当だよね。でも今日の用件は、陛下もあまり他の者に聞かせたくないから、僕じゃないといけないんだ。兄上は癇癪《かんしゃく》を起こしていて、使い物にならないし。……まあ昔から兄上が使い走りを承諾したのを見たことないから、どちらにせよ僕が使いになっただろうけど」

ジュリアナがディルクの口からバーニーに関する内輪話を聞いたのは、これが初めてだった。意外に感じるも、マリウスにとっては普段通りらしく、彼は驚きもせず応じる。

「そうなんだ。それなら父上の休みの日じゃなくて、勤務日だとよかったね。王宮の中の方が、時間かからないし」

今日は、生憎《あいにく》オルコット侯爵は休みで、屋敷に留まっていた。わざわざ王宮から出向いた労をねぎらわれ、ディルクは視線を屋敷へ向ける。

「ううん、こちらの方が都合はいいんだ。オルコット侯爵邸の方が、王宮に比べれば使用人の数も少なくて、変な間諜が潜んでいる心配もさほどないから」

彼の言葉に、エリックが目を眇めた。

ディルクは青葉色の瞳をエリックへと移す。

「……キースリング侯爵は、これからジュリアナ嬢とデートでもする予定かな？」

「いえ、そういうわけではありませんが」

エリックが首を振ると、彼は頷いた。

「そう。それじゃあ丁度いいから、僕と一緒に来てくれるかな？　貴方にも伝えないといけない用件だったんだ。……一度ですむなら、その方がいい」

エリックは微かに肩を揺らした。動揺したように見え、ジュリアナが振り仰ぐと、彼はすぐに笑みを浮かべ直して、こちらを見下ろす。

「それじゃあ、ディルク殿下と一緒にオルコット侯爵に会ってこよう。……そうだ、一週間後にバルテル伯爵家の宴に招かれているから、一緒に参加しようか、アナ？」

ジュリアナはドキッと鼓動を跳ね上げた。恋人として宴に参加するお誘いだ。表情を強ばらせると、彼は眉尻を下げる。

「俺の友人の宴だから、そんなに怖がらなくて大丈夫だよ。ダンスをして、酒を飲んで終わりだ」

落ち着かせるような笑みに、ジュリアナは我に返った。エリックに甘やかされっぱなしで、無意識にバーニー以外の者からの攻撃さえ彼に任せようとしていた。

——これは私が始めた反乱よ。エリックに頼りすぎてはダメ。

バーニーを拒むと決めたのは、ジュリアナ本人だ。今後起こるだろう困難も全て、自ら受けて立たないでどうする。

ジュリアナは臆病になりかけた気持ちを叱咤し、意志の強い眼差しでエリックに頷き返した。

「ご一緒するわ」

横目に二人のやりとりを眺めていたディルクが、するりと背を向けた。そのままエリックを待たず、歩き出す。

エリックはジュリアナに何か言いたげだったが、短く息を吐き、二人に手を振ってディルクを追った。

何も言わず去ろうとする親友に、マリウスが声をかける。

「あ、ディルク。暇になったらまた遊びに来てね！」

ディルクはぴたっと立ちどまり、振り返った。

「……うん、ありがとう。来月、僕の誕生日を祝う宴があるから、君もジュリアナ嬢たちと来てね」

「もちろんだよ。招待状も届いてるから、大丈夫！」

マリウスが頷くと、彼は嬉しそうに笑い、また背を向けた。

母屋へと向かう友人を見送りながら、マリウスは不思議そうに零す。

「……間諜を気にするなんて、どんな用事だろう」

オルコット侯爵は仕事柄、機密事項を多く扱うが、王子が使いにされる類《たぐい》の報せは、ジュリアナも想像できなかった。エリックが呼ばれたのを見ると、自分の婚約に関する話かとも思われたが、間諜を気にするほどではない。

「……何かしらね」

ジュリアナも弟と一緒に、不思議そうにディルクたちの背を見送った。

四

エリックに宴に誘われてから一週間後、ジュリアナは居室に設けられた鏡の前で、身支度を整えていた。着付けられたドレスの前後を自ら確認しては、エレンに尋ねる。

「どこもおかしくない？　綺麗に着られている？」

「大変お綺麗です。髪もお美しく仕上がっているかと」

エレンは彼女の背後に立ち、巻いて編み込みにし肩口辺りでひとまとめにした髪を胸元に垂らす。髪飾りは生花で、襟足辺りには複数の薔薇を、それ以外の場所には小花を彩り、随分と可愛らしい仕上がりだ。

彼女が纏うドレスは紅色の糸で緻密な薔薇を刺繍された、クリーム地のドレスだ。袖口は肘から鈴の形に広がって波打ち、腹から足元にかけて広がる布地はレースが愛らしく彩る。胸元や肘には豪奢に宝石がちりばめられ、随分と高価そうな品だった。

そのドレスは、数日前、今夜の宴に合わせてエリックから贈られた。

アメテュスト王国では、家族以外の男性が女性に衣服を贈るのは、恋人にだけ許された行為だった。自身の色に染めるという意味があり、相手への独占欲を示すからだ。

ジュリアナはバーニーからドレスを贈られた経験もあったが、王家の紋章つきの箱に入ったそれらは、彼のお付きが選んでいた。公式行事などで贈られたドレスを着て行くと、彼は礼を言うジュリアナに決まって「ああ、そういうの贈ったんだ。うん、いいと思うよ」と言うのだ。

十六歳になって以降は、ジュリアナへの誕生日プレゼントだけは自ら選んでくれるようになったが、その他の場面では変わらずお付きに選ばせていた。

贈られた事実には感謝しながらも、ジュリアナはいつも、選んでくれる人にすまなく感じた。センスが悪いものを贈っては、主人の顔に泥を塗る。毎回、大変な気苦労だったろう。

エレンは鏡越しにジュリアナを見つめ、満足そうに頷く。

「とても趣味のよいドレスでございますね。キースリング侯爵は、お嬢様をよくご承知です」

ジュリアナは自分の姿を改めて見て、淡く頬を染めた。ジュリアナの好みを考えて作らせたとわかる品で、まるで初めて異性からドレスを贈ってもらったような、落ち着かない心地だった。

「近頃はよくお眠りになられているご様子ですし、お化粧ののりもようございます。楽しい宴となればよいですね」

エレンに微笑んで言われ、ジュリアナはこれから向かう先を思い出す。そわそわと騒がせていた胸が、すっと緊張した。今日出向くのは、身内だけがいる屋敷や庭園ではなく、不特定多数の人々が招かれた宴だ。ジュリアナは表情を引き締め、冷静な眼差しになって鏡の中の自分を見つめた。

「……どうかしら。楽しいかどうかはわからないけれど、せっかくエリックが協力してくれるのだもの。精一杯、悪女を務めるわ」

多くの令嬢に好意を寄せられ、その気になればなんの支障もない恋愛と結婚を果たせたはずの彼が、わざわざ手を差し伸べてくれたのだ。恩に報いるためにも、ジュリアナはエリックとの浮名を流す悪女となり、確実に婚約を解消へ向かわせる。

そう考えると、いまだ婚約解消に至っていない状況に、ため息が漏れた。

「……バーニー殿下も、すぐにご了承くださればいいのに。ビアンカ嬢だって、勉強すれば妃としてやっていけるはずだわ」

オルコット侯爵は、順調に話が進まない理由を詳しくは言わない。だがジュリアナは、バーニーが頷いてくれないのだと想像できた。

——そんなにビアンカ嬢を甘やかしたいのかしら。

妃としての務めを免除すると、彼女はただ人形のように王宮で可愛らしく着飾り、バーニーの来訪を待ちわびるだけの存在になる。そんなの退屈じゃないかしら、と思う。

ジュリアナのぼやきに、エレンは首を傾げた。

「……ビアンカ嬢は、色恋に興味はありましたが、貴婦人として何不自由なく、気ままに過ごすことを望んでいたようでした。彼女は本当に、妃にはなりたくないのかもしれません」

「……まあ」

エレンはビアンカと数年共に働いている。当人から聞いたと思《おぼ》しき話に、ジュリアナは眉尻を下げた。

「それなら、バーニー殿下ではなく、普通のご令息に恋ができたらよかったわね……。恋心は、ままならないものなのね」

恋をした相手がバーニーだったなんて、彼女も気の毒だ。王太子妃は、夫と共に多くの場に出向く必要があり、高い社交性を求められる。貴婦人として家に留まるだけを望む女性には、あまり向かない地位だった。

バーニー当人から散々な仕打ちを受け、未練などすっかり持ち合わせていないジュリアナは、遺恨なくさらりと言う。

しかしエレンは、むっと眉根を寄せた。

「そうでしょうか。ビアンカ嬢にとって、バーニー殿下は最初から主人の婚約者でした。通常は恋心すら抱こうと思えぬお相手です。彼女は以前から、他人の髪飾りや衣装を欲しがる傾向にありましたから、私は単純に悪い癖が出たのだと考えております」

「悪い癖って？」

「ジュリアナ様が想いを寄せる王太子殿下が、欲しくなっただけでございましょう。だから妃となる覚悟はなく、愛人でよいと甘えている。大変申し訳ないことに、彼女の裏切りには気づいておりませんでしたが、日頃の振る舞いはよく見ておりました。私の見立ては的外れでもないと思います」

はっきりと言い切り、彼女はふん、と鼻を鳴らした。

ジュリアナは目をぱちくりさせる。

「……だけど、私が殿下に惹かれ出したのは、ビアンカ嬢との交際が始まった頃だったわ。他人のものを欲しがると言っても、人はおもちゃでもないし、ただ恋をしただけじゃないかしら……」

ジュリアナは、バーニーがビアンカとの交際で身につけた所作に惹かれていたのだ。

交際は知らなかったが、ビアンカにとってジュリアナの態度は、とても嫌なものだったろう。恋人が自分との交際でできるようになった振る舞いを見て、恋心を膨らませていたのだから。

エレンは納得がいかない顔をするも、ジュリアナはふふっと笑った。

「いいのよ、エレン。二人がどんな理由で恋に落ちたのか、そんなに興味はないわ」

ジュリアナの気持ちは、もうバーニーから離れている。初恋は終わったのだ。

はっきりと言うと、エレンははたと主人を見返した。

「……さようでございますね。お嬢様にはもう、次の恋が用意されております」

エリックとの恋のことを匂わされ、ジュリアナはドキッとする。

正直なところ、八年もの苦労が水の泡となり、精根尽き果てている状態だった。バーニーとの婚約を解消する前に、誰かと恋をする気にもならない。

それではは浮気をしたバーニーと変わらないと、潔癖な自分が異を唱える。

「……それは……まだ、わからないけれど……」

言い淀む彼女に、エレンは穏やかに目を細めた。

「はい。どうぞごゆっくり、お考えください。……一つだけ申し上げますと、デートへ行くためにお嬢様をお迎えにいらっしゃるキースリング侯爵は、心から嬉しそうでいらっしゃいます」

ジュリアナは鏡越しに侍女を見返し、何度かデートした彼の表情を脳裏に蘇らせる。

正面ホールでジュリアナが歩み寄ると、エリックは優しく微笑み、必ず手を差し伸べてくれた。

その眼差しは甘く、溺愛していると言っても過言ではないほどに愛情深い。

視線が合うだけでジュリアナの鼓動は速まり、会うたび、気恥ずかしく頬が染まった。

「あれだけの美丈夫が、ずっと独身でいらっしゃったのも奇跡でございますね」

エレンは思い出しただけで薄く頬を染めたジュリアナに微笑み、次いで口を押さえる。

「――ああ、いえ……。そういえば、キースリング侯爵への縁談は、どのご令嬢も打診できなかったのでしたか。確か、どちらのお家《うち》でも、ご当主が許さなかったとか」

ジュリアナはエリックに纏《まつ》わる不思議な現象を思い出し、頷いた。

「……やっぱり、マリウスの言う通り、エリックって謎が多い人ね」

一緒にいて楽しいし、頼りになる人だけれど、肝の据わりようは尋常でなく、多くの当主らと親交はあるのに、娘の結婚相手には選ばれない。

――だけどお父様は、私の交際相手としてお認めになった……。

他家とオルコット侯爵家で判断が異なるのもまた、よくわからない。それに、一週間前には父と一緒に、ディルクから何か機密事項の話を聞いていたようだった。

政治的な機関にはどこにも所属していない彼に、どんな話があったというのか。

考え込んでいると、エレンがなだめるように言った。

「……旦那様が信頼を置いていらっしゃるお方ですから、ご心配はないでしょう。今宵の宴も、きっと問題ございませんよ。さあ、そろそろキースリング侯爵がお迎えにいらっしゃるお時間です。

エントランスへ参りましょうか、お嬢様」

楽観的に言って、エレンは居室の扉を開けに行った。タイミングよく屋敷の外から馬車が敷地へ入る音が聞こえ、ジュリアナは考えを巡らせながらも、正面ホールへと向かった。


ドアベルが鳴り、待ち構えていた執事が扉を開く。正面ホールへと続く中央階段を降りているところだったジュリアナは、迎え入れられた青年を見下ろした。

彼は、ジュリアナのドレスと揃いの色のベストに、金糸の刺繍が入る深緑色の上着を羽織っていた。すらりとしていながらも鍛えた肢体は、上から見下ろしても見事だ。手足は長く、コツリと床を叩く革靴の艶が美しい。

鼻筋はすっと通り、凜々《りり》しい眉に切れ長の瞳はどの角度から見ても色香が滲んでいた。艶のある漆黒の髪が外気に攫われて揺れ、彼は前髪を掻き上げる。中指にはめたアメジストの指輪が、照明の光を弾いて輝いた。

ジュリアナの見送りのために揃った使用人たちを一通り見渡した彼は、視線を上げ、階段の中ほどにいるジュリアナに気づく。

「やあ、ジュリアナ。ドレスの着心地はどうかな？」

甘く微笑んだ彼の青い瞳には、今夜も愛情が滲んでいた。ジュリアナは胸を温かくして、足を進める。

「……とてもよいわ。こんなに素敵なドレスを贈ってくれてありがとう、エリック」

階段を降りきると、エリックは歩み寄って手を取る。

「うん。緊張して眠れないかなと思っていたけど、大丈夫そうだね。——今夜も綺麗だよ、アナ」

顔色を確認してから、流れるように賛辞を贈られ、ジュリアナは頬を染めた。エリックのキザな言葉は何度となく聞いてきたのに、なぜだかこれまでのように平気な顔でいられない。彼の眼差しが、以前と少し違うからだろうか。

「あ、ありがとう……」

「姉様、出かけるの?」

ドギマギしかけたところで背後から声がかかり、ジュリアナは振り返る。白いシャツに明るい青のベストを着た弟が、階段上に立ってこちらを見下ろしていた。

「ええ、そうよ」

今夜はオルコット侯爵は仕事でまだ戻っておらず、母は他家に招かれていた。一人家に留まるマリウスは、姉が微笑んで応じると、その手を取るエリックに向かって口を開いた。

「……姉様をよろしくね、エリック。できるだけ、悲しい目には遭わせないで」

ジュリアナは、目をぱちくりさせる。先日同様、冗談半分の嫌みでも言うのかと思ったら、弟は神妙な顔つきだ。彼も、今後ジュリアナが置かれる立場を重々理解しているのだろう。

エリックは、ジュリアナをそっと抱き寄せ、笑みを浮かべる。

「ああ、もちろん。どんな辛《つら》い目にも遭わせないよ」

彼との距離が近づいて、ジュリアナはドキッとした。動揺する姉の顔を見たマリウスは、半目になる。

「……そう。それは頼りになるけど、おいたはしないでね。姉様は年齢の割に初心だから、無理強いしたら逆に嫌われると思うよ」

姉を頼むと言ったかと思えば、びしっと釘も刺され、エリックは頬を引きつらせる。

年齢の割にと言われてしまったジュリアナは、顔を真っ赤にした。

「もう、マリウス。お姉様はこれから遊びに行くのじゃないのよ。変な心配しないの！」

宴への参加は、バーニーとの婚約を破棄し、彼女自身が自由を手にするための戦《いくさ》だ。浮かれた気分で行くわけではない。

弟を窘めると、エリックがあれ、とこちらを見下ろした。

「……俺はデートだと思ってたけど、違った？」

きょとんと尋ねられ、ジュリアナは目を丸くする。

本気で言っているのかと見上げれば、彼の瞳は揶揄い交じりに輝いていて、ジュリアナは口元を歪めた。

その冗談半分の態度すら、彼の優しさだとは知っていたが、ジュリアナは一度目を閉じ、すぅっと息を吸う。

今夜は戦始めの日だ。

瞼を開けると、頬を引き締めて彼を見返した。

「……エリック。今夜は、私とご一緒してくれてありがとう。これから何があっても、私は決して挫《くじ》けないわ。大人の女性として、どんな厳しい場面にも立ち向かう。ちゃんと心づもりはあるから、貴方も心配しないでね」

八年もの間、王太子妃となるための教育を受け続けたジュリアナの心は、脆くはない。浮気者と揶揄され、非難を浴びる覚悟はできている。

意志を持った眼差しで決意を告げると、エリックは小首を傾げ、やんわりと笑った。

「……そう。強気な君も、魅力的だね」

甘いセリフと共に、彼は青い瞳を細めて顔を寄せる。存外に長い睫がよく見える距離まで近づかれて、ジュリアナの心臓が高く跳ね上がった。

「エ、エリック……っ？」

意図がわからず名を呼ぶと、間近まで迫った彼は、唇に弧を描き、艶っぽく囁いた。

「……ジュリアナ。その強さごと、俺は何者からも君を守ろう。誰にも君を傷つけさせはしないから、どうか俺の前では、心穏やかに微笑んでいてくれ」

差し込んだ外の光を弾いて、彼の睫がキラキラと輝いていた。澄んだ青い瞳は宝玉のように美しく、微笑みは比較する対象も思い浮かばないほどに甘く雅《みやび》。おまけに砂糖菓子が如きセリフを間近で聞かされ、ジュリアナの全身の血がぶわっと逆流した。隠しようもなく首元まで真っ赤に染まり、使用人たちの視線が集中するのを感じる。

主人として、平静な顔をせねばならないと思うのに、鼓動はドクドクと乱れ、気の利いた返答も思い浮かばなかった。しかし無言のままでもいられず、ジュリアナは視線を泳がせ、たどたどしく応じた。

「あの、その……は、はい……」

――こんな返事じゃ、威厳も何もないわ……っ。

周囲の目を気にして、情けなく思う彼女をじっと見つめ、エリックはぼそっと零す。

「――うん。可愛い」

余裕すら感じる呟きに、心臓がまた高く跳ねた。ジュリアナは眉をつり上げ、エリックを睨む。

「そ……っ、そんなに恥ずかしい言葉ばかり、言わないで……っ」

こうも立て続けに動揺させられては、淑女らしい振る舞いもできない。弟も見ているのに、姉としての立場が――！　と皆まで言わず目で訴えると、彼はにこっと笑った。

「お気に召さなかったかな？　俺は愛する人への称賛は、全て口にする主義なんだけど」

「――っ」

追い打ちをかけるセリフに、圧倒的な経験値の差を感じ、ジュリアナはもはや涙目になるしかない。エリックは口をパクパクさせる彼女を愛しげに見つめ、その髪に手を伸ばした。

「……まあでも、そういう顔を他の男に見せるのはもったいないかな。馬車の中でいつも通りに戻そうね」

独占欲まで見せられ、ジュリアナは言葉もなく俯いた。

開放された正面扉から入り込んだ風で、彼女の前髪が少し乱れる。それを甲斐甲斐しく指先で整えると、エリックは満足そうに手を引いた。

「よし、綺麗になった。じゃあ行こうか、アナ?」

「……ええ……そうね……」

彼に対抗できる恋愛経験値などないジュリアナは、文句を言う気力も失い、手慣れたエスコートに従った。ホールを横切って行く彼女の背に、執事が声をかける。

「――お気をつけて、行ってらっしゃいませ」

不慣れなやりとりを見せてしまったものの、主人としての体裁を保つため、ジュリアナは取り澄ました顔を作って振り返る。

「ありがとう。行ってきます」

普段通りに振る舞おうとした彼女は、自分を見送る弟や使用人たちの表情を見て、また頬を赤く染めた。

執事をはじめ、見送りに並んだ使用人たちは全員がにこにこと微笑ましそうに笑い、階段上のマリウスは呆れた顔で手を振っていた。

傍らに立つエリックを恨めしく見れば、彼もまた笑みを浮かべている。

愛情深い眼差しの大洪水に、ジュリアナは何も言えず、すごすごと家をあとにしたのだった。


今宵の宴を開くバルテル伯爵家は、養蚕工場と絹織物の工房を多数所有する、アメテュスト王国内でも屈指の経済力がある家だった。仕事柄、多くの諸侯貴族と交流があり、オルコット侯爵家も絹織物を発注する顧客の一つだ。以前ドレスに使う布地を頼んだ時に、最近結婚した長男が家督を継ぎ、先代の当主は領地へ下がって隠居したと聞いていた。

エリックが友人関係にあるのは、その家を継いだ長男のライナーだ。

向かいに座るエリックからライナーに関する話を聞いていたジュリアナは、窓の外を眺め、ほう、と息を吐く。

多くの馬車が巨大な門の向こうへと呑み込まれていき、外灯に照らされた並木道の向こうに聳える館へと向かっていた。

「何度か招かれたけれど、いつ見ても大きなお屋敷ね。貴方の同伴者は私だと、事前に伝えてくださった？」

長い足をゆったりと組み、頬杖をついていたエリックは、軽く顔を上げる。

王太子の婚約者であるジュリアナが、エリックと浮気をしていると見せつけるのだ。ホストに迷惑をかけては申し訳ない。

気になって尋ねると、エリックは気軽な調子で答えた。

「うん。ジュリアナを恋人として連れて行くと伝えたら、ライナーは笑ってたよ」

「……大丈夫？」

それはつまり、信じられていないのではないか。

疑わしく聞き返されたエリックは、肩を竦めた。

「大丈夫だよ。アナと俺の交際は、最近頻繁にデートをしているせいで、そこそこ噂が広まっているし、ライナーもそれなりに認識しているだろう。それに今日は、同伴者は誰でもいい気軽な宴だ」

今日の招待状には、招待客と同伴者一名を招くと書かれていた。こういうカジュアルな形式の宴には、貴族階級ではない商人も参加でき、彼らの顔繋ぎのためによく利用されている。参加者がそれぞれ目的を異《こと》にしているので、上流階級だけで開かれる宴よりも賑やかで、雑然とした印象になりがちだった。

「それなら、平気かしら」

ジュリアナは頷き、近づく荘厳な館をじっと見つめた。

現バルテル伯爵・ライナーは、会場の出入り口に立ち、来訪する客人たちを一人一人丁寧に出迎えていた。

「やあ、こんばんはアメル伯爵。よくお越しくださいました。今夜は伯爵が以前お好みだとおっしゃったワインをご用意しておりますよ、どうぞごゆっくり。モーラー夫人、今夜もお美しいご衣装ですね。空色のリボンが大変華やかだ」

淀みなく客人全員の名を呼び、歓迎している。商売人らしい接客上手な態度だった。

白地に緑と萌黄《もえぎ》色の糸で蔓草《つるくさ》の文様を入れた彼の衣装は、襟首や胸元に宝石が煌めき、袖口は派手なレースで彩られている。シルバーブロンドの髪は七三に分け、油できりりと整えられていた。

館に到着後、使用人に案内されて、無数の燭台が照らす外回廊を渡ってここまで来たジュリアナたちは、他の客同様、挨拶のため彼に近づく。

事業が順風満帆であることを屋敷やその装いで伝える当主ライナーは、エリックとジュリアナを目にした瞬間、笑顔で固まった。

彼女たちを案内した使用人は、折り目正しく主人に頭を下げ、また来訪する客人を出迎えるべく正面玄関へ戻る。一人にされたライナーは、強ばる頬を無理矢理動かし、歓迎の言葉を口にした。

「ようこそ……キースリング侯爵に……ジュリアナ嬢……」

先ほどまでと明らかに違う震え声は、彼の動揺を如実に表している。

エリックは満面の笑みで彼に歩み寄った。

「やあ、ライナー。お招きありがとう。ジュリアナと一緒に楽しませてもらうよ」

ライナーは張りついた笑みで握手を交わし、そのままがっと彼の肩に腕を回した。そして強引にエリックを出入り口脇まで引きずっていく。

「……どういうことだ、エリック……！　お前がジュリアナ嬢に手を出しているという噂は、本当だったのか……!?」

低い天井に反響して、小声ながらも彼らの会話はジュリアナに筒抜けだった。

エリックは平然と頷く。

「ああ。この間そう言っただろう？　本気にしてなかったのか？」

ライナーは目を見開き、声を落としたまま、まくし立てた。

「王太子殿下の婚約者に手を出すバカがあるか……！　どんな弱みを握ってジュリアナ嬢を手玉に取ったんだ!?　いやそれよりも、相手は〝オルコット侯爵の宝珠〟だぞっ。オルコット侯爵のお怒りに触れたら、お前だって無事では……っ」

「オルコット侯爵にはお許し頂いているよ、ライナー。だから問題ない」

父の許しがあるからといって、何が大丈夫なのだろうとジュリアナは思う。今時点で、ジュリアナが王太子の婚約者であることに変わりはない。

だがエリックの返答を聞いたライナーは、ぱちっと瞬いた。寄せていた顔を離し、彼の肩からも腕を解く。

「そうか。……そうか」

彼は同じ言葉を繰り返し、どこか愁《うれ》いを帯びた表情になった。エリックは眉尻を下げ、彼の肩を軽く叩く。

「そう落ち込むな。ジュリアナは王太子の妻にはならないが、王家の方々が未来永劫式を挙げないわけでもない。上手く立ち回ればまたでかいのが来るさ」

ジュリアナは、そうかと気づいた。バルテル伯爵家は、半年後に挙げる予定だった王太子の結婚式の衣装を請け負う工房の一つに内定していたのだろう。王家の挙式に製品を使ってもらえれば、その後の発注は一気に増える。見込んでいた売り上げが消えたと悟り、落ち込んだらしい。

ジュリアナは自分とバーニーの破局が、多方面に影響を与えているのを目の当たりにし、申し訳なくなった。

ライナーははあ、と大きくため息を吐く。しかし再び顔を上げた時には、明るく笑った。

「いや、すまない。まず先に友人の新たな恋を祝うべきだった。よかったな、エリック。アメテュスト王国一の美女に手を出し、王太子殿下に喧嘩を売るとは、お前もどうかしている。ジュリアナ嬢との挙式では、絶対にうちの製品を使ってくれ」

最後は真顔で言われ、エリックは半目で言い返す。

「祝っているんだか、貶《けな》しているんだかよくわからないが……ありがとう。ついでに俺とジュリアナの交際について広めておいてくれると助かる」

ライナーはにやっと笑った。

「周知徹底しようとは、本気だな」

「――当然だろう」

臆面もないエリックの返答に、ジュリアナは薄く頬を染めた。

ライナーはエリックとの擦り合わせが終わると、ジュリアナの傍近くに戻ってくる。気遣わしい笑みを浮かべ、恭しく腰を折った。

「ご挨拶が遅れて申し訳ありません、ジュリアナ嬢。お越しくださり、大変感謝しております。どうぞ今宵の宴を楽しまれますように」

ジュリアナは礼儀正しく膝を折る。

「ご迷惑をおかけして申し訳ありません、バルテル伯爵。参加させてくださり、ありがとうございます」

「迷惑など、とんでもない。ご心労は想像に余りありますが、キースリング侯爵はいい男です。貴女の選択に間違いはないかと」

ジュリアナは、目を丸くする。

王太子に刃向かうなんて、愚かな行為だ。普通の貴族ならそう思うはずなのに、ライナーは違うようだった。

そこでジュリアナは、彼が議員の一人だったと思い出す。あの議会の出来事を、ライナーは知っているのだ。

「——……ありがとうございます……」

あの日のことを知っている相手と話すのは、複雑な心地だった。しかし王家に睨まれるだろうエリックと距離を置こうとする気配もない彼は、信頼できるとも言える。

ジュリアナが眉尻を下げて微笑むと、エリックが手を引いた。

「さあ、宴に参加しようかアナ」

「え……っ」

ジュリアナは心の準備もなく、会場内へと足を踏み入れる。ちらりと振り返ると、ライナーはにこやかに微笑んで手を振った。

煌びやかなシャンデリアから光が注がれた会場内は、既に大勢の参加客で賑わっていた。

エリックにエスコートされて現れたジュリアナの姿に、一斉に視線が集中する。皆、驚いた顔で二人を見つめ、小声で話し出した。

「……まあ。あの噂、本当だったの……？」

「……あの二人は昔から親しそうだったから、可能性はあると思ったが」

「バーニー殿下とのご結婚も間近だったでしょうに……」

「――キースリング侯爵がお相手では……バーニー殿下も文句は言えそうにないな……」

眉を顰め、批判的にこそこそと話す人々もあったが、ジュリアナは気になる声に耳を傾ける。

バーニーよりもエリックの方が優位と聞こえかねない会話だった。聞き取りにくかったけれど、声がした辺りにいたのは、以前挨拶をした記憶がある、侯爵家と伯爵家の当主たちだ。

――どういう意味かしら……。

ジュリアナは当惑し、エリックを見る。さほど大変なことにはならないと豪語しただけあり、彼の横顔に不安の色はなかった。

その時、客人を出迎えていたライナーが動き、会場の一角に控えていた楽団に指示を出す。そろりとダンスの始まりを告げる音楽が奏でられ、人々は会場中央へと移動し始めた。

エリックが立ちどまり、ジュリアナを見下ろす。視線が合うと、彼は握っていたジュリアナの手を自らの胸元へ引き寄せ、腰を折った。

「――ジュリアナ嬢。貴女とのダンスを望む者はこの世に幾千とおりますが、どうぞ今宵は、この私に最初のお相手となるお許しを頂きたい。一夜の夢を、お与え願えるでしょうか?」

気取った言い回しに、ジュリアナは目を瞬かせる。次いでそれが社交デビューをした日に彼に言われた誘い文句だったと気づき、明るい笑みを浮かべた。

「ええ、もちろんよ。どうぞよろしくね、キースリング侯爵」

彼女もかつてと同じセリフで応じると、エリックは嬉しそうに笑い返した。

「ありがとう。それと、今夜以降、君と最初のダンスをする権利は他の誰にも譲らないつもりだが、それでもいいかな？」

何気ない調子で問われ、ジュリアナの心臓が大きく跳ねる。宴での最初のダンスは、決まった相手がいない人以外は、恋人や伴侶とするのが暗黙のルールだ。

「……ジュリアナ？」

エリックはジュリアナと向かい合い、目を細めて答えを待つ。

ジュリアナの鼓動はドキドキと乱れ、頬が赤く染まっていった。瞳は彷徨い、どう答えたものか迷う。しかし幾ばくかの間を置いたあと、彼女は大きく息を吸って、彼をまっすぐに見返した。淑やかに微笑み、頷く。

「……ええ。よろしくね、エリック」

まだ彼の気持ちに応えるわけにはいかないけれど、きっとジュリアナはエリックのものになる。

そんな予感を抱きながら応じると、彼は目を瞠った。真顔になり、ジュリアナの腰に大きな手を回して、強く抱き寄せる。

「きゃ……っ」

「――それは、恋人になるお許しが出たということかな？」

急に抱き寄せられて驚いた彼女は、心を読もうとしたのか青い瞳に目の奥を覗き込まれ、薄く口を開けた。直後、狙い澄ました眼差しが己の唇に注がれ、ぶわっと首元まで赤くなる。

「あ……っ」

ジュリアナはこの時、やっと察した。

あまりに余裕ある態度だから、ちっとも気づいていなかったけれど、エリックはジュリアナと恋人になるのを待ちわびているのだ。すぐにも恋人になりたいのを懸命に堪《こら》え、そして許しが出た瞬間、箍《たが》を外す。

狼に狙いを定められた小動物になった心地で、ジュリアナは慌てて首を振った。

「……ま、まだ……っ、もう少しだけ……っ、時間をくれたら、嬉しいのだけれど……！」

バーニーとの婚約解消が終わっていない。エリックには最大限、誠実でありたい彼女は、今しばらく時間が必要だと、しどろもどろになりつつお願いした。

エリックは、若干涙目の彼女を数秒見つめ、すっと身を離す。瞬きの後には、いつもの優しい顔に戻って、目を細めた。

「もちろんだよ、アナ。——ごめん、ちょっと怖がらせたかな？　いつまでも待つから、大丈夫。どんなに時間がかかろうと、たとえ君が俺を想えなくても、俺の気持ちに変わりはない。ゆっくり考えていいからね」

鷹揚な態度に、ジュリアナはほっとする。同時にドキドキと胸が逸《はや》り、俯いた。

——想いを返したら、エリックはどんな風になるのかしら……。

一瞬垣間見えた雄々しい眼差しに、まだ体中がぞくぞくしている。想いの強さが怖いほど伝わり、けれど強引にはしない彼に、ジュリアナは火照る頬を緩めた。

「ありがとう、エリック」

——貴方は本当に、優しい人ね。

胸の内で呟いて見上げると、彼は甘く笑った。

「君のためなら、なんだってするよ、ジュリアナ。俺には好きなだけ甘えていいよ」

ジュリアナはまた鼓動を乱され、真っ赤な顔で窘める。

「……そんなに甘やかしちゃダメよ」

増長して、我が儘になっても大変だ。眉尻を下げる彼女に、エリックは「そう？」とおかしそうに首を傾げ、優雅なリードで会場中央へとジュリアナを誘った。

五

ボーンボーンと時計の音が天井の高いホールに響き渡り、視線を落として執事が開けた扉から屋敷へと入ったエリックは、顔を上げた。遅く帰ると伝えた夜は、いつも必要最低限の明かりだけが灯されているのに、今夜はやけに多くの燭台に火が残されていた。

何かあったかな、と傍らにいる執事を見やると、彼は静かに答える。

「……オルコット侯爵がサロンにてお待ちです」

「……そうか……」

バルテル伯爵家での宴を終え、ジュリアナをオルコット侯爵邸へ送って帰ってきたところだ。屋敷の東にあるサロンへと足を向ける彼に、執事が一通の封筒を差し出す。

「本日届いたお手紙でございます」

エリックは封筒を見下ろし、煩わしそうに目を眇めた。深緑色のラインが彩る上質の紙を用いた封筒には、アメテュスト王国の北にある、ペルレ帝国皇室の紋章が捺《お》されている。

「……報せなどいらぬのに……」

手紙を受け取り、忌々しく封を閉じていた蠟を割って開けると、流麗な文字で綴られた手紙をさっと読んだ。そして思わずぐしゃりと片手で紙を握り潰した。

鼓動が僅かに乱れ、苛立ちを抑えるため、彼はため息を吐く。手紙を封筒に戻す気にもならず、そのまま執事に押しつけた。

「……焼いて捨ててくれ」

「承知致しました」

当主が苛立とうが、執事は平生と変わりない。落ち着いた態度で手紙を受け取り、手際よく紙を平《なら》して封筒に戻すと、自らの内ポケットへしまった。

エリックは意識して自らを落ち着かせ、サロンへと足を踏み入れる。

二階まで吹き抜けになったそこは、天井に大きな半球型の窓が設《しつら》えられ、昼夜を問わず空を楽しめた。深夜、まだ日が暮れると寒さが残る季節のため、大きな暖炉には火がくべられている。

仕事着の黒のローブに身を包んだオルコット侯爵は、暖炉の右脇にある長椅子に腰を下ろし、執事が用意したワインを飲むともなしに眺めていた。

エリックは笑みを浮かべ、彼に歩み寄る。

「オルコット侯爵、お待たせしたでしょうか。申し訳ありません」

十五歳から世話になっている彼は、エリックの中で大きな存在だった。

親から直接目をかけられることもなく、一貴族令息として凡庸な人生を送るはずだったエリックに、彼は必要以上に目をかけた。

学問では一般的な知識に加え、政治的な折衝の仕方や帝王学まで教え、自らを鍛えるのも忘れるなと厳しく指導された。

特に血縁があるわけでもなく、エリックも聞きたくなければ無視できる。しかし自分の将来のために良心で口出ししている彼を蔑ろにする気にはならず、エリックは従順に学び続けた。

オルコット侯爵一家と共に過ごす機会が増えるごとに、エリックは彼の息子として生まれたならどんなによかっただろうかと思った。

素直で明るい子供たちに、仲睦まじい夫妻。

彼の娘に恋情を抱いたのは想定外だったが、エリックは想いを悟られぬよう神経を張って、なおオルコット侯爵邸を訪れた。

あの家にいると、エリックは自らも温かな家族の一員になれた心地になった。ずっと共に過ごせたらいいのにと願い、彼らから離れずにすむ術《すべ》を探しながら生きてきたのだ。

エリックの声に振り返ったオルコット侯爵は、柔らかく微笑む。

「エリック。ジュリアナを送ってきてくれたのかな、すまないね」

今夜の予定を承知していた彼に、エリックは向かいに腰掛けながら応じた。

「いいえ。大きな問題もなく過ごせました」

「そうか……それはよかったよ。戻ったばかりのところに悪いが、君に報せたい話があってね」

執事がエリックにもワインを用意し、手前のテーブルの上に置く。エリックは執事が下がるのを待って、オルコット侯爵が用件を言うより先に口を開いた。

「……先ほど、ペルレ帝国から届いた私宛の手紙を確認しました」

オルコット侯爵はエリックを見返し、頷く。

「なんと書かれていた?」

「エルマー皇太子殿下のご容態が芳《かんば》しくないと」

つい一週間前、アメテュスト王国の王家に、ペルレ帝国から内々の報せが入っていた。

エトガル皇帝の嫡子であるエルマー皇太子が、病に伏しているという。

エルマー皇太子は現在十七歳。来年婚約者との結婚を予定していた。

アメテュスト王国国王は、すぐにオルコット侯爵にその旨を報せるため、ディルク王子を使いに出した。ジュリアナに花を贈りに行ったエリックが、居合わせたディルクに一緒に来るよう呼ばれた際の用件が、それだった。

オルコット侯爵は頬杖をつき、考える顔つきになる。

「……私のもとにも報せが届いたよ。病状が悪化していると。……皇帝陛下は君に戻れと仰せだろうか?」

エリックはキンと心臓が冷える感覚を味わいながら、内心とは裏腹に穏やかな笑みを浮かべた。

「私は卑しい愛人の子です。皇帝陛下の傍に血統を重んじるあの正妻がある限り、私に戻れとはおっしゃらないでしょう。私の存在すら、覚えていなくともおかしくはない」

「……覚えていなければ、手紙も寄越されないだろう」

オルコット侯爵は、エリックがふつふつと苛立ちを募らせているのを感じ取ったかのように、気遣わしい眼差しを向ける。

「君を失いたくはないから、皇帝陛下も私の案を呑まれたのだ」

——違う。俺はあの男を認めない。

感情的な自分が、腹の中で言い返した。だがオルコット侯爵に己の私怨を見せたところで、意味はない。激情をコントロールするため、エリックは二人の間にある机へと視線を落とした。


——アメテュスト王国に住まうようになって、八年が経った。

エリックは、先代キースリング侯爵の息子ではなかった。

先代のキースリング侯爵は、幼少の頃から病がちな人だったらしく、八年前この国に流行した伝染病に感染して亡くなっていた。彼には妻がいたが、子には恵まれず、女性に継承権のない爵位は国に返上される予定だった。彼には、男性の縁者がなかったのだ。

そこに、エリックが収まった。

彼がこの国に籍を設けられたのは——十五歳の時。

ペルレ帝国が、依然領土拡大に心血を注ぎ、次はアメテュスト王国を攻め滅ぼそうとしていた頃だ。

アメテュスト王国は、ペルレ帝国に比べ、遙かに小さく脆弱。侵略は容易いと考えられたが、戦好きのペルレ帝国皇帝は、事前に入念な戦略を練っていた。その慌ただしい情勢の裏で、皇帝の気を削ぐ出来事が起きた。

皇帝の愛妾であり、エリックの母であった、元シーゲル伯爵家の娘が暗殺されたのだ。

アメテュスト王国同様、ペルレ帝国でも女性に爵位の継承権はない。エリックの母が十四歳の時、当時のシーゲル伯爵が妻子を残して亡くなり、シーゲル伯爵位と領地は国に返還されていた。伯爵の子供は、娘一人だけだったのだ。

残された母子は慎ましく王都の片隅で暮らしたが、皇帝は幼少期から交流のあったエリックの母と通じていた。

身分の問題から、皇帝はエリックの母を妻にできず、タルナート侯爵家の娘を政略的に正妻に置いた。同時に彼はエリックの母を愛妾として王宮へ召し上げ、正妻よりも先に彼女との子——エリックを成した。

当然正妻は激怒し、爵位も持たぬ卑しい血筋の者を王宮に置くなと度々皇帝に食ってかかった。

他方では愛妾とその息子に毒を盛らせ、暗殺を試みる。

ペルレ帝国で最も重要視されるのは、皇帝の血だ。その上、正妻がいくら無位の娘だと嫌悪しようと、愛妾は潰えたとはいえ正統なシーゲル伯爵の娘。

周囲は愛妾をさほど卑しいと考えず、皇帝も正妻の要求を聞き入れなかった。

しかしある日、エリックが毒に当たって生死の境を彷徨い、それを目の当たりにしてやっと、皇帝は二人を辺境へ移した。

正妻の怒りが向かぬよう、皇太子となる子ができるまで愛妾とは逢瀬も交わさなかった。

エリックが生まれた六年後にやっと皇太子に恵まれ、それで満足すればいいものを、皇帝は再び愛妾を王都へ呼び戻す。

今度は王宮ではなく、こぢんまりとした邸宅を与え、逢瀬を重ねた。

正妻はそれを許さなかった。皇太子が生まれた途端、また自らを顧みなくなり、愛妾のもとへばかり通う夫。はらわたが煮えくり返る思いだっただろう。

またも怒りを買った愛妾のもとには、刺客が放たれるようになり、命が危うくなるたび、エリックは王都を出ようと母に訴えた。しかし彼女は、決して頷かない。皇帝をお慰めするのが自らの役目だと言い、あの男が望むまま傍にあり続けた。

エリックは母を手放さない皇帝が憎かった。

——愛しているなら、手放してくれ。

そう何度言っても、父は耳を貸さなかった。

年を経るごとにエリックの外見は皇帝に似ていき、教養と武術を身につけ壮健に育つ。一方、皇太子は病弱で、外見も正妻に似ていた。

そのせいか、皇帝の周囲ではエリックを嫡子に据えてはどうかと進言する者まで現れ始め、正妻の怒りは頂点に達した。苛立ちを募らせ続けていた彼女は、戦の準備に皇帝の目が向いた隙をついて、手を下した。

エリックの母は、ある朝ベッドの上で心臓を一突きにされてこと切れていた。

皇帝は取り乱し、母を失ったエリックは、心にどす黒い憎悪を渦巻かせた。

——手放さないから、失ったんだ。

愛しているなら、なぜ生きていてほしいと望まない。自分が慈しむほど、愛する人の命が危うくなるのに、どうして己を戒めなかった。

エリックは皇帝を愚かな男だと心の中で蔑み、呪った。

その後犯人は捕らえられるも、毒を盛られていた頃と同じく、正妻との関わりを示せる物証は何一つ見つからない。実行犯のみが処罰されて終わり、エリックは歯がみした。

その混乱に乗じたのが、オルコット侯爵だ。

宣戦布告をしてきた敵国に単身乗り込んできた彼は、どうやって手に入れたのか、機密事項であった皇室に関する不祥事の一切を承知していた。

敵国内でいつ首を取られてもおかしくない中、彼は皇帝に謁見を求め、そして提言した。

——今後愛妾の子はますます命が危ぶまれる。アメテュスト王国は彼を迎え入れ、全面的に安全を保証しよう。愛した女性の面影を持つ息子までも、失いたくはないだろう——。

最後の囁きが、鍵だった。愛妾を失い深く傷ついていた皇帝は、オルコット侯爵の案を呑んだ。

攻め滅ぼさぬ代わりに、エリックをいかなる刺客からも守るようアメテュスト王国と密約を結び、息子を隣国へ送った。

アメテュスト王国王家は密約を守り、何者も彼を脅かさぬよう警備体制に力を入れた。エリックが隣国皇帝の息子であることは、伯爵位以上の貴族家当主にのみ伝えられ、たとえ家族であろうと決して他言してはならぬと厳命する。

キースリング侯爵は、そんな情勢の折に亡くなり、エリックには彼の領地と爵位が与えられることになった。体調の問題で、社交の場にもあまり出ていなかった彼は、子があったかどうかも定かでないほど、社交界では知られていない存在だったらしい。

辺境へと下がる予定だった妻には国から少なからぬ補助金が与えられ、秘密を守る契約が結ばれた。

アメテュスト王国では、成人男子にしか爵位の継承権はなく、当時十五歳だったエリックはすぐには侯爵になれなかった。先代のキースリング侯爵の死は三年間秘匿され、エリックが十八歳になった年に公表された。

事実上、単身で国を守ったオルコット侯爵は功績を認められ、外務大臣から宰相へと昇進。情報収集能力の高さと命の危険を顧みず敵国へ向かった豪胆さを気に入られ、皇帝が彼を引き抜こうとする一幕もあったが、彼は母国へ残り、以降――エリックを目にかけるようになる。

家族の身を考えれば親しくしたくもないだろうにと、エリックは最初、奇妙に感じていた。

国が守ると定めたとしても、エリックはいつ何時、ペルレ帝国皇后に刺客を放たれるともしれない人間だ。他家の当主はエリックと友好的に過ごしても、娘の嫁ぎ先としては絶対に許可を出さない。

そんな彼を、オルコット侯爵はよく家に招いては食事などを共にとらせ、愛情を注いでくれた。

母と二人で生きてきたエリックにとって、その日々は何にも代えがたい幸福な時間だった。朗らかに笑い合う家族の温かさ。何ものにも命を脅かされない、気の安まる生活。

驚くほど心は軽くなり、エリックはいつしか、オルコット侯爵を父のように感じていた。


皇帝は君を忘れてなどいないと言うオルコット侯爵に、エリックは俯いたままぼそりと返す。

「私とあの方の縁は切れました」

皇后の年齢は現在四十一歳。結婚当初から妊娠しにくい体質だった彼女が、今後子をなせる可能性は限りなくゼロだ。世継ぎである皇太子が亡くなれば、内政が乱れるのは火を見るより明らか。

けれどエリックは、母国へ戻る気はなかった。

愛妾を失って以降、あの男は一時《いちじ》戦を休止したが、数年後からまた領土拡大に勤しみ始めている。

エリックがペルレ帝国へ戻ってしまえば、アメテュスト王国と結んだ密約は解消される。皇帝が再び牙を剝き、アメテュスト王国を我がものにするだろうことは、わかりきっていた。

アメテュスト王国を守るためにも、エリックはペルレ帝国へ戻ってはならない。

何より彼は、奇跡的にジュリアナの伴侶となれるチャンスを手に入れたところだ。この体に母を愛したあの男の血が宿っているという理由だけで、母国を背負う気には到底なれなかった。

彼が守りたいのは、あの男が築き上げた大帝国ではなく、愛する者が住まうこのアメテュスト王国なのだ。

密約の橋渡しをしたオルコット侯爵も、エリックの今後の身の振り方を懸念して、深夜にも拘《かか》わらず訪れたのだろう。

エリックは顔を上げる。

「オルコット侯爵。私はこの国を大事に思っています。私がアメテュスト王国を出ることはありません。叶うなら、ジュリアナ嬢を娶り、家庭を築きたいとも考えているのです」

オルコット侯爵はエリックを見つめ、眉尻を下げた。

「いいんだよ。あの子だって、事情を知れば理解する。もしも君に好機が巡ってきたのなら、しがらみは捨ててかまわない。可能であれば、戦は回避する方向へ仕向けてくれると助かるがね」

政治家ならではの思考に、エリックは首を振る。

「私にとっての好機は、皇帝となる道ではありません。母を守り切れなかったあの男を、私は今も許してはいない。……宰相まで上り詰めたオルコット侯爵には、愚かしく聞こえるかもしれませんが……私は、ジュリアナ嬢の心を摑み、そして彼女の夫となれれば、それだけで最上に幸福になれる男なのです」

手に入らないと眺めるばかりだった彼女を、傍近くで見つめ、愛する。それが許されるなら、これ以上の贅沢はない。

素直な気持ちを吐露すると、オルコット侯爵は柔らかく目を細めた。

「……そうか。ジュリアナは随分と、君に愛されているらしい」

「……申し訳ありません。このような気持ちのまま、ずっとお嬢様の友人をしておりました」

恋情をひた隠して傍にあり続けた己に罪悪感を抱き、エリックは頭を下げる。するとオルコット侯爵ははおかしそうに笑って、椅子に背を預けた。

「いいや、上手に隠していたけれど、君の気持ちには気づいていたよ。こちらこそすまなかったね。生殺しだと知りながら、私は君を家に招き続けた」

「……は？」

予想もしていなかった話に、エリックは目を丸くした。

オルコット侯爵は珍しく、くくっと笑う。

「君の眼差しが変わったのは、ジュリアナが成人したあとくらいからかな。気づいてはいたのだが、見て見ぬ振りをし続けた。普通の親なら、君を遠ざけたところだろう。だが君は賢い子だ。王太子の婚約者である娘に手を出すはずもないと、私はわかっていた」

エリックは額に汗を滲ませた。

まさか、恋をした時期まで悟られているとは、思ってもいなかった。感情を隠すのは得意なはずなのに、そんなにわかりやすかったのだろうかと、彼は焦る。

オルコット侯爵はエリックの顔色を見て、笑みを深めた。

「ああ、大丈夫だよ。気づいていたのは、私くらいだろう」

「そうですか……」

それ以外答えようがなく、エリックは軽く目を泳がせる。

「私は少し常識外れなところがあってね。どうしても君を見ていたかったんだ。君は一つ教えれば十ができる。そんな風に見えるほど、一つを教わったあと自身でも熱心に学ぶ子だった。だからどこまで優秀な子に育つのだろうと、見守っていたかったんだよ」

まるで父親のような愛情深い声音だった。ちらっと視線を上げれば、彼は満足そうに頷く。

「うん。どこに出しても恥ずかしくない、いい男になったと思うよ」

何もかも見抜かれている気がして、エリックはこめかみから汗を伝わせた。

「……それは、ありがとうございます……」

オルコット侯爵は、また笑う。

「私も礼を言おう。ジュリアナを想ってくれてありがとう。君がいなければ、あの子は救われぬままだった。私は国と家族のために生きてきたが、親としては実にふがいない有様だ。娘を酷く傷つける結果になり、可哀想なことをしたよ」

バーニーとの婚約についてだと察し、エリックは尋ねる。

「バーニー殿下との婚約解消は、進んでいるのでしょうか？」

微笑んでいたオルコット侯爵の瞳が、すっと冷えた。彼は視線を逸らし、そこに射殺したい相手がいるかのように、冷酷な眼差しを注いだ。

「いいや。陛下はご理解され、婚約解消となる運びだったが、ペルレ帝国からエルマー皇太子殿下に関する報せが届き、覆された。バーニー殿下はエルマー皇太子殿下に何かあれば、君がペルレ帝国へ戻る可能性があると言う。君がこの国を出れば、ジュリアナは再び一人に戻る。だから婚約解消はもう少し待つべきだとおっしゃってね……」

エリックもまた冷えた眼差しになった。

「バーニー殿下はやはり、ジュリアナも欲しいのですね」

議員らの前ではビアンカとの交際を〝真実の愛〟だと訴えたらしいが、疑わしいものだ。周りがここまでお膳立てしているにも拘わらず、ジュリアナ以外を妃に据えようとしない。

オルコット侯爵は嘆息した。

「……バーニー殿下がジュリアナを他の誰にもやりたくないのは、事実だろう。だが娘を幸福にする気概があるかと言えば、そこは疑問だ。愛人を囲いながら、ジュリアナも寄越せとは――王族といえど図々しい」

強い物言いに顔を上げると、オルコット侯爵はこちらを見返して微笑んだ。

「バーニー殿下はあの子に会わせろとしつこく要求されるのだけれどね、どうにも嫌な予感しかしないから、お断りし続けているんだ。私は国を出てでも婚約を解消させるつもりだが、あの子は生真面目だろう？　バーニー殿下が我が家を取り潰すとでも言えば、きっと従ってしまう」

「……ええ」

もしもこの状況でそんな脅しがあれば、ジュリアナは従うだろう。ジュリアナに恋人となる許しを得られていないエリックでは、彼女を引き留める材料にもなれない。

苛立った時でさえ笑みを浮かべるオルコット侯爵は、暖炉の火を眺め、静かな声で零す。

「君のためにも、早く終わらせてしまいたいのだがね。……バーニー殿下との婚約解消がすまねば、あの子は君との恋路に前向きにはならぬだろう。あれは少々、潔癖に過ぎるところがある」

エリックは俯き、ふっと自嘲気味に笑った。

「私の魅力不足でしょう。冷静さを失い、正しい道ではないと知りながらも恋に溺れさせる、ということができていないのです」

ジュリアナは、エリックが口説けば頬を染め、愛らしくまごつく。徐々に異性として意識されてきているのは感じられても、彼女の眼差しの奥はいまだ理性的だった。

――バーニーとの婚約解消が終わらない限りは、恋をしてはならない。

長年傍で見つめ続けたエリックには、彼女の内心が手に取るようにわかる。

バーニーと婚約して以降、どんな異性にも興味を抱かなかった、清廉で潔癖な少女。

いっそ強引にしたくなる瞬間があっても、彼女は失恋したばかりだ。傷ついた心が癒えるまで、待ってやりたい気持ちが強かった。

オルコット侯爵はエリックに視線を戻し、首を傾げる。

「さて、それはどうだろうね。あの子の侍女によれば、娘もバーニー殿下との婚約解消を待ち望んでいるというよ。この交際は、当人も親も了解している。何を躊躇う必要があるのだろうと、私は思うけれどね」

「……それは……」

エリックは驚き、返答に窮《きゅう》した。

オルコット侯爵は、暗にさっさと娘に手を出せと言っていた。男親とは、どうあろうと可能な限り長く、娘には清くあってほしいのではないだろうか。

躊躇いを見せる彼に、オルコット侯爵は苦笑する。

「……私も娘は可愛い。だが、今の娘は隙だらけだ。心は離れ、婚約解消を求めていても、世間的にはいまだバーニー殿下の婚約者。己の立ち位置があやふやで、ほんのちょっと目を離せば、あの子は簡単に地獄へと引きずり込まれるだろう」

「……地獄へ？」

聞き慣れない言葉を繰り返すと、彼はまた朗らかに微笑んだ。

「ああ。バーニー殿下が娘をどうなさりたいのか、私は正確には知らないよ。けれどね、最近のあの方を見ていると、私は嫌なものを感じるんだ。まるで天使が如き美しい蜘蛛が、娘の前に大きな網を張り、あの子の薄羽がかかるのを待ち構えている。……そんな風に、見えるんだよ」

美しい外見をした毒蜘蛛に、清らかな蝶々があっけなく捕まり、その金色の羽をもがれる。

そんな光景が鮮やかに脳裏にイメージされ、エリックは頬を強ばらせた。

成人を祝う迎賓館での宴で、ジュリアナは滅多に見せなかった涙を零し、バーニーと結婚するならば自死すると言った。

ほとんどの場面をエリックは直接見てはいないが、バーニーの行いは、彼女に死を選ばせたくなるほど、苛烈で残酷なのだ。

——悠長に構えていてはいけない。油断すればすぐに、ジュリアナは毒牙にかかる。

眼差しに警告の色を込め、オルコット侯爵は息を吐く。

「……まあ、私も妻を口説くのには大層慎重になったから、君の気持ちもわからないでもないがね。本当に愛した女性なら——無理強いはしたくないものだ」

エリックは、最大限彼女に優しくしたかった。想いが自らへ向くのをゆっくりと待ち、幸福にしたい。そう望んでいたが、オルコット侯爵は首を振る。

「しかしそれでは、あの子はバーニー殿下を拒みきれない。あの子には、強い想いが必要だ。……エリック。君は、再びあの若造に娘を掠め取られても、平気だろうか？」

見定めるような眼差しを注がれ、エリックの瞳の奥に、押さえ込んでいた炎が燃え上がった。それを確認すると、オルコット侯爵は薄く笑って、立ち上がる。

「……では、そろそろ失礼しよう。エルマー皇太子殿下のご容態が回復するのを願うばかりだが、もしも何かあれば、私にも伝えておくれ。万が一にも皇后が放った刺客が来たら、すぐに応戦の兵を送ろう」

共に立ち上がったエリックは、微笑みを浮かべる。

「ありがとうございます」

アメテュスト王国とペルレ帝国の国境には、他国のそれの数倍兵が置かれ、入国審査も厳しかった。一つでも怪しいところがあれば入国できず、刺客が入り込む余地はほぼない。憂うだけ無駄だ。しかし、助けようと言ってくれる気持ちが嬉しく、エリックは胸を温かくして、共に正面ホールまで移動した。

控えていた執事が預かっていた外套を運び、オルコット侯爵はそれを受け取ると、まだ冷えた空気が漂う玄関先に出る。回された馬車に乗り込もうとステップに足を置いた彼は、ふと振り返った。

「エリック」

名を呼ばれて見上げると、彼は穏やかな表情で言った。

「――娘を頼むよ」

エリックは目を瞠り、そして頭を下げる。

「……承知致しました」

――ジュリアナを守ってくれ。

そんな切実な声が、聞こえた気がした。

馬車の扉が閉じ、目の前を走り抜けていく。エリックは車輪の音が聞こえなくなるまで、頭を垂れ続けた。

四章

一

第二王子ディルクの誕生日を祝う宴は、王宮ではなく、民間施設が会場として指定されていた。ディルクが今最も興味を抱いている化石を豊富に展示する、王都の西にあるイルクナー博物館だ。この博物館は王家も多額の投資をしている複合施設で、広大な敷地内に複数の建物が林立する。化石や考古学の文献を収蔵する館以外に、他国から取り寄せた資料を展示できる多目的館、植物園、温室などがあった。

未成年の王子の生誕を祝う宴は夕刻から開催され、夜の八時頃にお開きになる予定だ。社交界デビューを兼ねたバーニー王太子の宴と違い、マリウスも招かれている。

出かける準備を整え、正面ホールに集《つど》った家族を前に、ジュリアナは眉尻を下げた。玄関扉は、既に開放されている。

「今日は、私も皆と一緒に行ってもいいと思うのだけれど……」

今夜彼女は、家族とではなく、エリックと宴に参加することになっていた。オルコット侯爵がそう指示したらしく、わざわざ彼が家まで迎えに来てくれるのだ。今はエリックの来訪を待っているところだった。

エリックとの交際を認知してもらうため、彼女は度々共に外出しているが、今夜の宴でまで一緒にいるところを見せつけずともよいのではと思う。

なにせ今日は、ディルクの誕生日を祝う宴だ。

王家にとってはスキャンダルであろうジュリアナの不貞を公然と見せるのは、さすがに気が引けた。ディルクにはなんの非もない。

母は手にしていた扇子を開き、あらあらと笑った。

「恋人なのだから、宴に同伴するのは当然よ。お母様だってお父様と交際中は、家族で招かれた宴もお父様がお迎えにいらっしゃって、二人で参加していたわ。それにそんなに素敵なドレスを贈って頂いたのだもの。出かける前に、彼に最初に見てもらわなくてはね」

この日に合わせて新調した、キャラメルカラーの上品なドレスに身を包んだ母は、ジュリアナのドレスを嬉しそうに見る。

普段よりも上等な布地を使った漆黒の上下に身を包むオルコット侯爵も、頷いた。

「ああ、お前に似合いのドレスだ。せっかくだから、彼に見せてあげなさい」

ジュリアナは、エリックから贈られた自らのドレスを見下ろす。

今夜彼女が身に纏うのは、ラベンダーとクリームカラーを合わせた、ジュリアナ好みの品だった。

肘やドレスの裾にポイントとしてリボンが施されて可愛らしく、また胸元から腹にかけて宝石がちりばめられ、高価そうでもある。

この贅沢なドレスを見た両親は、大変満足そうであった。

エリックはこのところ、よくジュリアナに贈り物をしてくれる。

何もない平日には花やお菓子、宴があればドレスに靴。相当散財させている自覚があるジュリアナは、ため息を零した。金に糸目をつけず高級品を手にできる王族のバーニーからだって、こんなに贈り物を貰った記憶はない。

「……ドレスは綺麗だけど……私、エリックからいっぱい贈り物を貰いすぎよね。……もう少し減らしてって、どう伝えたらいいのかしら」

困惑気味に漏らすと、母は扇子を閉じた。

「贈り物は全てありがたく頂戴《ちょうだい》なさい。それは愛情の証であると同時に、貴女を譲らないと他の男性を牽制する意味もあるのよ。いらないだなんて言っては、キースリング侯爵の矜持を傷つけてしまうわ。それにドレスや靴の贈り物を渋る男性は、大したことなくてよ」

スパッと言い切る母は、独身時代、それは多くの貴族令息から言い寄られていたそうだ。以前家に招いてくれた貴婦人が、茶会の席で楽しげに聞かせてくれた。

そんな彼女をどうやって手に入れたのだろうと目を向ければ、オルコット侯爵は苦笑する。

「まあ、そうだな……。お母様を口説くのには、苦労した」

「あら、貴方の贈り物はいつも品がよくて、貰うたびドキドキしたわ。ドレスの趣味もそれはそれはよろしかったし。今もこうしてドレスを贈ってくださる、素敵な旦那様」

現在も恋をしている母は、瞳を輝かせてオルコット侯爵の腕にそっと手を乗せる。

こうして素直に相手を褒めるところは、母の上手な振る舞いの一つだとジュリアナは常々思う。

身を寄せられたオルコット侯爵は、まんざらでもなさそうに微笑んだ。

「お褒め頂き光栄だよ、奥様」

母の腰に軽く手を添えて身を屈め、頬に口づけを贈る。

オルコット侯爵の仕草は、娘でも見蕩れてしまいそうなほど様《さま》になっていて、キスされた母はうっとりと夫に見入った。

両親の仲睦まじいやりとりは見慣れたものだけれど、年頃のマリウスはうんざりと視線を逸らす。

「ディルクの宴に行くだけなのに、いちゃつかないでくれる……」

十五歳の彼には、見ていられないようだ。今夜の彼は、銀の刺繍が入る空色の上下に身を包み、青年として申し分ない出で立ちになっていた。

ジュリアナは二人を見つめ、深く考えずに零す。

「……私も、お母様たちみたいになれるかしら……」

家によっては、政略結婚で最初から愛情などない夫婦もあった。そんな中、ジュリアナの両親は大変仲がいい。二人は政略結婚だったが、婚約が決まったところで、オルコット侯爵が母に一目惚れして、口説き出したのだという。そして両想いになってから結婚した。

母から馴れ初め話を聞き、彼女は密やかに、結婚したら両親のような夫婦になりたいと憧れを抱いていた。

娘の呟きを聞いた両親は振り返り、そして笑みを浮かべる。その表情がいやに楽しそうで、ジュリアナはきょとんとした。

「どうし……」

「……なれるんじゃないかな？　恋人になるお許しさえ頂ければ、今すぐにでも仲睦まじくさせて頂くよ、ジュリアナ」

後ろから腹に手が回され、軽く抱き寄せられて、ジュリアナはびくっと肩を揺らす。見上げると、いつの間にか訪れていたエリックが、笑顔で見下ろしていた。

「エ、エリック……っ。ご、ごきげんよう……」

バルテル伯爵家の宴以降も、ジュリアナはポッポッとエリックの友人が開いた宴に参加していた。どの宴でも彼が言っていた通り、さほど酷い状況にはならなかった。せいぜい若い貴族子女が、王太子の婚約者ともあろう人がと眉を顰める程度。年配の参加者は議員をしている人もあるからか、見て見ぬ振りを貫いている雰囲気だった。

そうして会うたびエリックにエスコートをしてもらっているので、触れられるのは慣れつつあったが、後ろから抱き寄せられたのは初めてだ。

背に彼の胸が当たり、密着していてドキドキする。でも安心感もある。

青い瞳は視線を逸らさなければずっと見つめ続けてきそうで、ジュリアナは淡く頬を染め、そそくさと彼の腕から抜け出した。

彼に向き直ると、膝を折って挨拶をする。

「お迎えに来てくださってありがとう、エリック。それにこんなに素敵なドレスを頂いて、とても嬉しいわ」

ドレスの裾を持って広げて見せると、彼は目を細めた。ジュリアナの手を取り、軽く腰を折ってその甲に口づけを落とす。

「気に入ってくれたなら、よかった。……このまま誰にも見せず、俺の屋敷に連れ帰ってしまいたいくらいに綺麗だよ、アナ」

キザな物言いに、ジュリアナはかあっと頬を染め、目を泳がせた。

口説かれたら礼を言えばいいとは、社交界デビュー時にエリックから教わった。しかし最近のジュリアナは、返答に迷う。

なぜなら交際する以前、社交辞令と思って礼を言うジュリアナに、彼はいつもがっかりしていたからだ。彼を意気消沈させたくもなく、どう応じるべきか、正解はまだ見つかっていなかった。

背後で傍観していたマリウスが、大変不服そうに口を挟む。

「あのさあ。仲がいいのは結構だけど、皆、僕の前でいちゃつくのはやめてくれない？　反応に困るんだ。僕はできあがった恋人同士を囃《はや》し立てる道化には、とてもじゃないけどなれないんだよ。純情な青少年にも、もう少し気を使って」

唯一同伴者のいない弟が半目で文句を言い、オルコット侯爵やエリックは笑うも、母は眉をつり上げた。

「まあ、何を言うのマリウス。よく見て学んでおくのよ。貴方も口説きたい女性ができたら、これくらいしなくてはいけないわ。女性は姫君のように扱い、何度だって甘く褒め称えるの」

自らがそう扱われてきたのだろう母の教育的指導に、マリウスは顔を歪めた。

「……口から砂糖を吐く方が、よっぽど楽だよ……」

「……あら、もうこんな時間。行かなくちゃ。それじゃあ皆、家をよろしくね」

母は息子の嘆きを聞き流し、きりきりと時計を確認して、使用人たちにあとを頼む。

声をかけられた執事が、深く腰を折った。

「かしこまりました。お気をつけて、行ってらっしゃいませ」

皆に手を振り、両親と弟はオルコット侯爵家の馬車に、ジュリアナはエリックと共にキースリング侯爵家の馬車へと乗り込んだ。


ディルクの宴は多くの客人を招くため、イルクナー博物館のヘルト館という最も大きな館で開かれる。その館は多目的館の一つで、展示物に合わせて配置を換えられるよう、中の設備は全て稼働式になっていた。円卓などの搬入が簡単で、宴にも対応可能な作りだとか。

向かいに座るエリックから今日の会場についてそう教えられ、ジュリアナは首を傾げた。

「どうしてそんな内装に関する話まで知っているの？」

窓から博物館を遠目に眺めていたエリックは、こちらを振り返る。

「ん？　この間、ディルク殿下に見せると約束していた化石の本を持っていった時に、直接聞いたんだよ。博物館で宴を開けるのは、彼も嬉しいようでね。いつもより饒舌《じょうぜつ》だった」

「そうなの……。ディルク殿下は普通にお会いくださるのね。こんな状況なのに」

ジュリアナは呟きながら、エリックの衣装を改めて見た。

今日の彼は衿や袖口に上品な銀の刺繍が入る黒の正装に身を包んでいた。皺一つなく、ゆったりと組んだ膝から足首までのラインも美しい。

前髪から覗く青の瞳は理知的で、整いすぎた外見に、つい絵画でも見ている気分になった。

ジュリアナがじっと見つめていると、窓辺に頬杖をついていた彼は微笑む。

「俺に見蕩れてくれてるの？　二人きりだし、キスでもしようか？」

ジュリアナはぱっと背筋を伸ばし、頬を染めて視線を逸らした。

「い、いいえ、結構です……」

彼と交際を始めてもう一ヶ月と少しが経過しようとしている。手慣れた彼なら、とっくの昔にキスしてもいい頃合いなのだろう。けれど親密な触れ合いは、互いに好きだと言い合った恋人同士がするものだ。まだ想いを交わしていない自分たちがするものではない。

まごつきながらもお断りを入れたジュリアナに、彼はふっと笑った。

「――残念。話を戻すと、ディルク殿下が俺と会ってくれるのは、合理主義だからだと思うよ。兄の妃がジュリアナになろうとビアンカ嬢になろうと、彼の人生にさほど影響はない。まあ、周囲はごたつくけれどね。それにバーニー殿下がどんなに毛嫌いしようと、今後俺の立場が揺らぐこともないだろう。だから変わりなく顔を合わせる。会えば趣味の話に興じられて、楽しいしね」

自信に満ちた彼に、ジュリアナは思わず聞き返した。

「……どうして、貴方の立場は揺らがないの？」

エリックと参加した宴で、彼女は奇妙な光景を何度か見ていた。ジュリアナたちを見て眉を顰め、陰口を叩く若い伯爵令息を、壮年の貴族が窘める場面があったのだ。

あれは、侯爵家の当主だった。周囲を憚りつつ『よしなさい。その陰口は、いずれ君の未来を奪うかもしれない。黙って成り行きを見守るのが、賢明だ』と囁いたのが聞こえた。

まるでエリックを恐れているかのようだった。

以前、家の庭で悪い仕事でもしているのではと話していた時は、うやむやになってしまい、追及できなかった。だけどやはり気になる。

――なぜ、他家の当主は娘をエリックのもとへは嫁がせたがらず、それでいて彼と表面上は友好的に接し、そして陰では恐れているのだろう。

紫水晶の瞳が、真実を探ろうと彼の瞳の奥を覗き込んだ。

エリックはジュリアナの視線を真っ正面から受けとめ、笑みを深めた。

「それを聞けば、君は俺の妻になるしかないが、覚悟はできているのかな」

ジュリアナは目を見開き、そして悟った。

――国が関わっているのだわ。

考えてみれば、陰口を言うのは若い貴族子女ばかり。国の中枢に近い侯爵家や伯爵家の当主らは、決まってバーニーの方の分が悪いと囁きあっている。

エリックは何か、国の根幹に関わる秘密を抱えているのだ。そしてそれは、秘密を保持できるとの信頼を置かれた立場ある者と、その伴侶しか知り得ない。

ジュリアナは背筋に汗が伝うのを感じながら、こくりと唾を嚥下した。

「……それじゃあ、結婚すると決めるまでは、聞かない」

「いつでも聞いてくれていいよ。ただしその時は、君を俺のものにするけれど」

重大な事実を知って気を引き締めたばかりにも拘わらず、ジュリアナは目を丸くして頬を染める。

——俺のもの……。

自らを見つめる彼の眼差しは色香いっぱいで、彼女は落ち着かない心地になって、身を小さくした。


博物館の東にもうけられた宴の会場は、随分と巨大な施設だった。館前には広々とした舗装路があり、乗り入れた多数の馬車が難なく行き交える。次々に馬車が乗り入れては、着飾った客人が階段を上って中へと消えていく。

先に到着したオルコット侯爵夫妻とマリウスが階段を上っていき、ジュリアナたちはその少し後ろから会場へと向かった。

階段は広く、二人の周りにも他の参加客たちが歩いている。人々はジュリアナとエリックを見ると、何食わぬ顔つきで噂話をした。

「……ジュリアナ嬢がバーニー殿下ではなくキースリング侯爵を選んだというのは、本当なのね」

「バーニー殿下は今夜は誰と参加するのだろう」

耳に届いた声に、ジュリアナは視線を落とす。バーニーがビアンカと出席するか否か、ジュリアナは知らなかった。しかしビアンカを連れて参加するなら、ジュリアナとの婚約解消が近い兆しだとも思う。

ともあれ、今夜の宴の主役はディルクだ。

「ねえ、エリック。今夜の宴なのだけれどね……」

「うん」

機嫌よく見返してくる彼に申し訳なさを感じつつ、ジュリアナは今朝から考えていたお願いを口にした。

「今夜はディルク殿下を祝う席でしょう？　だからその……いつものように、皆の前でダンスをするのは控えようと思うのだけど、どうかしら」

普段の宴では、婚約解消を手に入れるための戦いだと思って挑めたが、今夜は違う。ディルクがこの世に生まれた日を祝う宴を、余計ないざこざで穢したくはなかった。

エリックは、あっさり頷く。

「そうだね。俺もディルク殿下には楽しんで頂きたい。お祝いを言ったあとは、テラスで過ごそうか？　最初からテラスに出る人もいないだろうから、しばらくゆったり酒でも飲んでさ。もしも人目が気になるみたいだったら、早めに下がって夜景でも見に行こう」

宴に留まるも留まらぬもどちらでもよい提案をしてもらえて、ジュリアナは安心した。

「うん。じゃあ、様子を見て決めましょう」

笑顔で応じた時、二人は会場の出入り口へと到着していた。そして目の前に広がる人々の数に圧倒される。男性は黒の正装が多いが、女性は色とりどりのドレスを身につけ、虹色の花園が広がっているかのようだった。そして普段より格段に賑やかな笑い声が響き渡る。

あちこちに、成人していない貴族子女が参加し、楽しげにおしゃべりをしていた。ディルクの友人として、各家の同年代の少年少女から幼少の子供までいる。

恐らく今夜は、一家全員を招待しているのだ。

ジュリアナとエリックが会場に入った瞬間、若い令嬢たちの視線が集中した。

様々な感情が見受けられるも、多くが意外にも、憧れるかのような眼差しだ。

「……見て、ジュリアナ様だわ。なんてお美しいの」

「キースリング侯爵、今夜も恰好いい……」

「他にもたくさん彼を慕う令嬢はいたのに、どうしてキースリング侯爵はジュリアナ様を掠め取られたのかしら」

「お互い違うお相手を見つけただけじゃない？　ほら、バーニー殿下だって……」

ジュリアナは噂話をする少女たちの視線を追い、会場の前方に目を向ける。楽団が雅な楽曲を奏でる中、今夜の主役であるディルクが参加客らから祝いの言葉をかけられていた。

彼の前は行列だ。そして一角にある窓辺にも人が集《つど》っていた。その中心にいるのはバーニーで、傍らにはビアンカがいた。

ジュリアナは一気に心が明るくなり、瞳を輝かせてエリックを見上げる。

「ねえ、エリック。あれはバーニー殿下も、婚約解消に応じてくださるサインよね？」

ビアンカを正式に交際相手として周知しているのだ。つまり、いずれ彼女と婚姻を結ぶ心づもりだということ。

だがバーニーを遠目に確認したエリックは、頷かなかった。

「……どうかな。まあ、そうなってくれたら、生真面目な君も快く俺に口説き落とされてくれそうだし、ありがたいね」

にこっと笑って見下ろされ、ジュリアナはぎくっとする。

――まずバーニーとの婚約を解消してから、その後、正式に恋をしたい。

彼は昔からジュリアナの心を見抜くのが上手い人だが、今の気持ちも承知しているらしかった。

「……そ、そう……」

気まずく目を逸らすと、彼はそれ以上追及せず、彼女の腰に手を添えて前方へと促した。

「それじゃあ、ひとまずディルク殿下にご挨拶に行こうか」

「そうね」

ジュリアナとエリックが目の前に現れると、ディルクはいつもと変わりなく微笑んだ。

「来てくれてありがとう、ジュリアナ嬢、キースリング侯爵」

金糸の入る白と緑の布地を使った上下に身を包んだ彼の前で、ジュリアナたちは膝を折る。

「お誕生日おめでとうございます、ディルク殿下」

「お祝い申し上げます、ディルク王子殿下」

「うん、ありがとう。二人とも顔を上げて。今夜の宴は出入り自由だから、庭園の散策もできるよ。楽しんでいってね」

ジュリアナたちと兄の間にいざこざがあるとわかっている彼は、さりげなく人目を避ける方法を伝えてくれた。顔色一つ変えず、笑顔が保てるのはさすがだ。

立ち上がったエリックは胸元を探り、リボンで彩られた小箱を取り出す。

「これはささやかですが、俺からディルク殿下へのプレゼントです」

赤いビロードで覆われた箱を受け取り、ディルクはエリックの顔をちらっと見る。

「……開けてもいい？」

「どうぞ」

ディルクがリボンを解いて箱を開けると、中には石が入っていた。よく見ると石には巻き貝のような文様が刻まれていて、それを見た瞬間、ディルクの瞳が輝く。

「メーディウム貝の化石？　本物……だね。凄いね、どうやって手に入れたの？」

声音はいつもと変わらないが、彼の目は化石しか見ていなかった。そっと指先で摘まんで持ち上げ、しげしげと文様を眺める。

「遺跡発掘が趣味の御仁《ごじん》から、たまたま譲ってもらったんです。俺よりもディルク殿下の方が楽しんで頂けると思いまして」

「うん、ありがとう……凄いね……凄い……」

よほど珍しい化石なのか、ディルクはもはや心ここにあらずだった。宝石でも貰った顔つきで、化石を眺め続ける。それからどんなに待っても彼は化石から視線を外さず、やがてエリックが無言で彼の手から化石を取り上げた。

ディルクがどうして取るの、と言いたげに見返すと、彼は化石を箱に戻し、パタンと蓋を閉じる。

「お喜び頂けたようで何よりですが、俺たちのあとも殿下とお話をしたい方がたくさんいらっしゃいます。楽しまれるのはまた後ほど……」

「……あ、そうだったね……」

ディルクはまだ後方に居並んでいる客人を見て、宴は始まったばかりだったと呟く。しかし視線は手元に戻り、またもや数秒箱を見つめると、彼はにっこりとエリックとジュリアナに微笑んだ。

「本当にありがとう。とても嬉しいよ。今夜の宴は、僕が会いたいと思った人を招いたんだ。二人もすぐに帰ったりせず、ゆっくり過ごしていってね」

念を押され、ジュリアナはエリックと共にまた膝を折って挨拶をした。

「お気遣いありがとうございます、ディルク殿下」

「ディルク殿下もよい夜を」

彼の前から退きながら、ジュリアナはちらっとバーニーの方へ目を向ける。

ワインレッドの上着に黒のシャツを合わせた彼は、既に大分酒を飲んでいるのか、随分と愉快そうに挨拶に来た人々と話をしていた。ビアンカは、青とブルーグレーの慎ましやかな色味のドレスを纏っている。しかしシャンデリアの光を反射してドレス全体を煌めかせているのは、宝石だ。バーニーが贈ったのだろう。とてもよい品だった。

通常ならジュリアナたちも挨拶に行かねばならないが、この状況ではあり得ない。ジュリアナの視線を感じたのか、バーニーがふとこちらを振り返る気配がした時、エリックが声をかけた。

「テラスに行こうか、ジュリアナ」

ジュリアナはバーニーとは反対側にいたエリックを見上げ、そしてきょとんとする。

「……どうかした?」

「……あ、いいえ」

エリックは笑みを浮かべて首を傾げ、ジュリアナは気のせいかなと思い直した。

振り返った時、彼が心配そうな顔で自分を見ていた気がした。


「じゃあ、俺は飲み物を取ってくるから、ジュリアナは休んでて」

「ええ、ありがとう」

エリックは、ジュリアナをテラスまでエスコートしてから席を外した。

ヘルト館はテラスが複数併設されていて、色々な角度から植物園を眺められる。エリックが彼女を連れて来たテラスは、薔薇園が眺められる場所だ。早咲きの株がふわりと香水のような香りを漂わせていた。

テラスを囲う柵沿いに背凭《せもた》れのある長椅子が置かれ、中ほどには円卓がぽつりぽつりと並んでいる。多くがまだ会場内におり、テラスには男性客と女性客が二人ばかりいるだけだ。

静けさが心地よく、ジュリアナは長椅子に腰を下ろし、庭園を見渡した。やはり日中営業している博物館だからか、レーゼル侯爵やバルテル伯爵の家と違って、外灯の数は少ない。薄暗い庭園は、昼間に来た方が景色を楽しめそうだった。

夕陽が地平線に沈みかけ、空は橙と紫がおり混ざった、美しい色に染まっていく。

さあっと春の暖かな風が、ジュリアナの髪を撫でた。今夜はハーフアップにしてリボンを編み込み、生花で彩っていた彼女の髪は、夕陽を浴びて柔らかな色の光を弾いた。

座面に両手をつき、リラックスして空を眺めていたジュリアナの傍に、コツリと誰かが歩み寄る足音がした。

エリックだと思い笑顔で振り返った彼女は、目の前に立つ青年を見上げ、さっと青ざめる。

「やあ、ジュリー。ずっと会いたかったよ」

また風が通り抜け、彼の癖のある金色の髪をふわりと揺らした。瞳の色は澄んだエメラルド。肌は白く、十四歳の時にジュリアナを追い越した彼の背は、しばらく会っていないと随分高くなったように見えた。

「……バーニー殿下……」

ワインレッドのスタイリッシュな衣装を身につけた彼は、ジュリアナが見慣れた人懐こい笑みを浮かべる。

「久しぶりだね。君とは毎月二度は逢瀬を交わしていたのに、オルコット侯爵が会わせてくれなくなって、寂しかったよ」

「そう、ですか……」

オルコット侯爵がバーニーにジュリアナと会う機会を与えていなかったとは、知らなかった。てっきり彼も顔を合わせづらくて、自然と疎遠になっているのだと考えていた。

カチャリ、と鍵がかかる音が聞こえ、ジュリアナは会場の方へ視線を向ける。テラスへと繋がる一面ガラス張りの扉が、給仕により施錠されていた。

ぎくっとして周囲に視線を走らせれば、テラスにはバーニーと自分しかいない。

扉の前には、複数名の騎士がこちらに背を向けて並び、参加客らがテラスへ侵入するのを阻んだ。

ジュリアナはこくりと喉を鳴らす。

彼女の視線の動きを追い、バーニーが機嫌よく言う。

「ああ、今夜は君が必ず来るだろうから、二人で話したいと思って僕の近衛騎士を連れて来ていたんだ。これで誰にも邪魔されず、ゆっくり話せるね？」

助けは来ない。そう言われたように感じ、恐怖心が頭をもたげた。

ジュリアナにとって、成人を祝う宴での彼の理解しがたい言動は、いまだ記憶に新しい。

心が怯え萎縮しかけるも、彼女の脳裏にエリックの姿が蘇った。

いつも笑顔で自分と接し、ゆっくりと心を癒やしてくれようとしている彼との記憶が、彼女の腹に力を込めさせる。

――怖がっていてはダメ。顔を合わせたなら、これは婚約解消を実現するチャンスよ。

ジュリアナは拳を握り、すくっと立ち上がった。

「ご挨拶が遅れ申し訳ありません、バーニー殿下。お久しぶりでございます」

優美に頭を垂れる彼女に、バーニーは目を細める。

「うん。やっぱり君の所作は美しいね。伏せたその長い睫も、紫水晶の瞳も、白い肌も、どれをとっても君はこの国で一番美しい」

目を伏せて床を見ていたジュリアナは、怪訝にバーニーを見上げる。彼からこんなに絶賛されたのは、生まれて初めてだった。

「……ありがとうございます」

なぜ急にお世辞を言うのか、意味がわからなかった。懐柔してジュリアナを妃に置く魂胆だろうか。

冷静さを取り戻していたジュリアナは、会話の主導権を握るべく、彼が何か言う前に口を開く。

「父からも陛下にお話をさせて頂いていると思いますが、そろそろ私とバーニー殿下の婚約を解消するべきかと存じます。以前も申し上げましたが、私は殿下以外の男性と通じております。長く婚約はしておりましたが、殿下に責任を取って頂く必要はありません」

婚約解消が進んでいない要因はバーニーだと当たりをつけていた彼女は、単刀直入に別れましょうと言った。

その瞬間、機嫌よくジュリアナに相対していたバーニーの顔から、笑みが消えた。仮面でも外れたのかと疑いたくなるくらいの急激な変化に、ジュリアナは戸惑う。

「……バーニー殿下……？」

声をかけると、彼はぴくっと目尻を痙攣《けいれん》させた。

「それはどうかな……。君の相手は、キースリング侯爵だろう？　彼と交際して、どうするの？　結婚できるかどうかも、わからないよ。……君は知らないだろうけど、オルコット侯爵以外の高位貴族は皆、彼に自分の娘を差し出そうとは思わない。僕も君に彼は薦めないよ」

バーニーは王太子だ。ジュリアナの知らないエリックの秘密も、承知しているのだろう。

だけどエリックと結婚できるかどうかは、問題ではない。ジュリアナは、バーニーの正妃となり、その実、己こそが側室として彼の傍にあり続けることこそ望まないのだ。

それに、ジュリアナとて多少なりともエリックを知っている。彼は昔から裏表なく、キザで優しい人だった。自死を選ぶしかなかったジュリアナを、救ってくれた。

「エリックは私を大事にしてくれています。もしも何かの理由で結婚できなかったとしても、私は構いません。彼には感謝の気持ちしか……」

ジュリアナは最後まで言い終わる前に、びくっと肩を揺らした。エリックの名を口にした途端、バーニーの眼差しが尖り、鋭くジュリアナを睨みつけていたからだ。

初めて見た形相に、ジュリアナは凍りつく。

「……へえ、エリックって呼んでるんだ？　僕への当てつけかな？　これまで君は、僕以外の男は全員家名で呼んでいたよね」

ジュリアナはこめかみから汗を伝わせるも、こくっと唾を呑み込み、怯むなと自分を叱咤した。

「ええ……交際していますから、名で呼んでいるのです」

バーニーは気に入らないとばかりに頰を歪める。

「――そう。それじゃあ君が彼と交際を始めたのは、僕の成人を祝う宴直後からだね。それまではちゃんと、キースリング侯爵って呼んでいたものね？」

ジュリアナは眉を顰めた。

「……交際を始めた時期は、関係ないと思います。殿下以外に私を娶る予定の方がおり、私の名誉を気になさる必要がないとわかれば、それで十分なはず。……なぜそうも、私との婚約解消に難色を示されるのです。ビアンカ嬢だって、殿下のためならば進んで妃教育を受けるでしょう」

いくらビアンカが可愛くとも、こうも頑なに妃にさせないのは奇妙だ。それほど妃の仕事をさせたくないなら、結婚したあと、自らそのように采配を振るえばよいだろう。

頭の中で彼に提示する代替案を考えながら話していたジュリアナは、不意に苛立った顔つきになった彼にどんと肩を押された。

「きゃ……っ」

大人の男の力だった。ジュリアナは身構える間もなく、後方にあった長椅子に尻餅をつく。痛みに顔をしかめた彼女は、何をするのだとバーニーを見上げ、そして驚きに声をあげた。

「殿下……っ、何を……！」

バーニーは間髪いれず、彼女の上に伸《の》しかかっていた。覆い被さろうとするバーニーが遙かに自分よりも大きく感じ、全身から血の気が引く。

彼は怒りに瞳をぎらつかせ、口角をつり上げた。

「婚約解消に難色を示す理由なんて、一つしかないよ。君を手放したくないからだ」

「……離れてください……っ」

こんな姿を誰かに見られてはいけないと、ジュリアナは彼の胸を押す。しかしバーニーはその両手首を掴み、長椅子の座面――彼女の頭上に片手で縫いつけた。

「殿下……っ」

ジュリアナはこの時初めて、力では全く敵わないのだと悟った。彼との離別を決意した強い気持ちが、恐怖に染まっていく。

怯えかけた彼女の顎を、バーニーはがっと掴む。憎らしそうにジュリアナを睨み据え、頬を引きつらせて言った。

「ねえ、わかる？　君は二歳も年上で、いつも小賢《こざか》しく僕に注意して回っていたけれど、その気になればこうも簡単に組み伏せられるんだよ。それを僕は、ずっと我慢して、笑顔で君の助言に従ってきてあげた。八年間も苦痛に耐えてきたんだから、愛妾くらい作ったっていいじゃないか！」

ジュリアナは愕然とバーニーを見返した。ずっと素直で従順な性格なのだと思っていた。だが腹の中では、彼は助言を与えるジュリアナを煩わしく感じていたのだ。

それに〝愛妾を作る〟とはなんだ。まるで端《はな》からビアンカを愛人として見ていたようではないか。

ジュリアナは緊張で震える息を吸い、艶やかな紅をぬった唇を動かす。

「……〝真実の愛〟だと、おっしゃったではありませんか」

バーニーはにいっと笑った。

「真実の愛だよ。僕は彼女を愛してる。ビアンカは従順で柔らかくて可愛い。だけど君も手放しは

しない。……僕はずっと、君が嫌いだったよ。たった二歳年上というだけで、あれこれと口を挟んでくる、小賢しい女の子。婚約するまで、僕の人生には君みたいな生意気な子はいなかったよ」

ジュリアナはやはり——と思った。

彼との交流が始まった時、自分を煩わしく感じないかと不安だった。いちいち注意され、プライドのある子ならきっと癪《しゃく》に感じる。そう憂えていたが、バーニーはいつだって笑顔で礼を言うから、気にしていないのだと思い込んでいた。

「……それは、申し訳ないことを致しました……」

ジュリアナは眉尻を下げ、本心から謝罪した。バーニーを馬鹿にしているつもりはさらさらなかった。ただ彼の将来のため、知りうる知識を全て伝えてきただけだ。

バーニーは、ジュリアナの震える唇を忌々しそうに見下ろす。

「……本当に、君は腹立たしい人だよ。僕は君が鬱陶《うっとう》しくて、大嫌いなのに——どうしてそんなに、美しいの」

ジュリアナは困惑し、返す言葉を失う。バーニーは身を屈め、顔を近づかせながら、悔しそうに眉根を寄せた。

「嫌な子でいればいいのに、どうして優しく笑うの。僕は君が憎いのに、愛しているんだ。君を深く傷つけてやりたいと願いながら、同時にその唇に触れたくてたまらなかった」

彼は親指の腹でジュリアナの唇をなぞり、はあ、とため息を吐く。

「どんなに癇《かん》に障っても、君の全ては僕のものなのだと思えたから、我慢し続けられたんだよ、ジユリー。だから今更、僕が嫌だなんて言って逃げるのは許さない。他の男にはやらない。婚約解消はしない」

ジュリアナは怯えた息を吐き、瞳に涙を滲ませた。

どう答えればいいのか、どう理解すればいいのかわからなかった。

憎みながら愛するなんて感情を、彼女は一度も抱いた経験がない。

だから、バーニーがわからなくて——怖い。

「……憎まれているのなら、どうぞ……お傍に置こうとなさらないでください」

揺れる声で乞うも、バーニーの耳には届いていないようだった。彼は視線をジュリアナの顔から胸元へと滑らせ、自らの唇を舐める。

「……あいつにどこまで許したの……？　僕だって、指一本触れてこなかったのに……。もうキスはした？　体は許してしまったの？　……君は、永遠に清い僕の聖女様だったのに……どうして思い通りになってくれないの」

「殿下……お願いです。どうかもう、手を離してください」

バーニーは瞳を細め、彼女の首筋に唇を寄せる。

「僕たちは婚約しているんだから、これくらい構わないだろう、ジュリアナ……。もっと早くに、君の唇を奪っておけばよかった……。結婚するタイミングで最高に傷つけてやろうと計画していたから、後れを取ったよ。君が僕から逃げ出すなんて、想像もしていなくてさ。……僕はいつも君のことばかり考えているのに、酷い裏切りだ。結婚したら、たくさんいじめてあげなくちゃ……」

——これは愛じゃない。憎しみだ。

ジュリアナは恐怖心でいっぱいになり、今にも泣いてしまいそうだった。

あの議会での告白は、計画されていたのだ。それも、ジュリアナが想像していたよりもずっと以前から。

バーニーはジュリアナを最も傷つけるために、挙式の内示日まで待ち構えていた。そして予定通り議員らの前で辱《はずかし》め、哀れみを宿した目でジュリアナを見つめ、ことごとく矜持を折ろうとした。

——意図的に。

彼は、復讐をしている。

——逃れるなど許さない。一生をかけて、苦しめてやる。

憎悪に染まったバーニーの目は、そう言っていた。

——助けて。

ジュリアナは視線を彷徨わせた。誰かに救いを求め、脳裏にエリックの姿を思い浮かべる。優しい彼の言葉と眼差しが、鮮やかに蘇った。

——『ジュリアナ。その強さごと、俺は何者からも君を守ろう』

ジュリアナはぐっと歯を食いしばり、目を閉じる。恐ろしいバーニーの眼差しを遮断し、自分に冷静になれと命じた。

大丈夫。一人じゃない。初恋は終わり、彼女は今、バーニーと離別する道を歩み出したところだ。

彼の憎しみに捕らわれてはいけない。

ジュリアナはすっと瞼を開けると、落ち着いた声で言った。

「……手をお離しください、バーニー殿下。たとえ婚約していようと、このような場で私を組み敷いてよいはずもないでしょう。今宵の宴は、貴方と逢瀬を交わすために訪れたのではありません。ディルク殿下を祝福するために参ったのです」

バーニーはぴくっと肩を揺らした。首筋に口づけようとしていた顔を上げ、冷えた目でジュリアナを見下ろす。

「へえ……怯えたままなら可愛かったのに、今度は反抗するんだ？　でも残念だね。僕が許可するまで誰もテラスに入れるなと命じているから、泣こうが叫ぼうが、助けは来ないよ。そして君は、力では僕に敵わない。されるがままだ。……可哀想にね」

取り戻したはずの意気地が、脆くも挫けた。バーニーは楽しそうに笑い、顔を寄せる。

「さあ……僕の愛しい聖女様。僕にもその美しい唇の味を楽しませて……」

彼のエメラルドの瞳が間近に迫り、ジュリアナは瞳に涙を浮かべた。逃れようと手に力を込めているのに、びくともしない。顎は彼のもう一方の手に拘束され、顔も背けられなかった。彼の吐息が唇に触れ、ジュリアナは耐えられず声をあげた。

「――嫌……嫌……！　お願い、やめて……っ」

「――無理矢理はやめろ！」

怒気を孕《はら》んだ男の声が、ジュリアナの悲鳴に重なった。伸しかかっていたバーニーの体が浮き、拘束されていた手首が解放される。バーニーは何者かに襟首を摑まれ、強引に後方に引っ張られた。

「ぐ……っ」

彼を引き剝がした青年が転ばぬよう力を加減したのか、バーニーはバランスを崩しかけるも、なんとかたたらを踏みつつその場に立つ。

どこかから駆けてきたらしい青年は、はあ、と息を吐き、ジュリアナを見下ろした。

「……すまない。会場側からこちらへ入れぬよう近衛騎士が置かれて、君を一人にしてしまった」

じゃり、と音がして足元を見れば、庭を全力で駆けてきたのか、彼の革靴には芝と土がついていた。漆黒の髪を乱し、青い瞳を心配に染めるエリックを目の当たりにし、ジュリアナは緊張の糸がぷつりと切れたのを感じた。

──来てくれた……。

安堵と形容しがたい胸のざわめきに襲われ、熱い息を吐く。自由を奪われた恐怖心から、指先はカタカタと震え、涙が零れそうだった。

「あ……ありがとう……エリック」

それ以上何か話すと泣いてしまいそうで、ジュリアナは口を閉ざす。エリックは冷え切った彼女の手を取り、立ち上がらせた。

「ジュリアナ……」

優しい声が鼓膜を震わせ、ジュリアナは彼に抱き締めてもらいたくなった。胸がドキドキとして、苦しい。助けに来てくれたのが、とても嬉しい。それだけでも十分なのに、温かな腕に包み込んでほしかった。いつもみたいに冗談を言って、一緒に笑いたい。

彼への感情がめまぐるしく溢れ、ジュリアナは心の中でぽつりと呟いた。

――私、エリックが好きなのだわ……。

エリックは、どんな時も優しく微笑み、ジュリアナの気持ちが追いつくのを待って、大切に扱ってくれる。ジュリアナが小さな頃から、彼は変わらなかった。ジュリアナの寂しさや苦しさに気づいては手を差し伸べ、お転婆な我が儘にだって付き合ってくれた。怖がらせる真似など一度だってせず、愛情ばかりを注いでくれる。

バーニーには触れられたくなかったのに、エリックには強く抱き竦めてほしくて、ジュリアナは自らの心の変化を自覚した。

しかしいまだ彼と想いを通わせていない彼女は、己の中で騒ぐ感情を戒め、青ざめた唇を噛む。情けなく震える体を自らの片腕で抱き締め、襲いくる不安感を必死に耐えた。

バーニーはジュリアナの様子に口の端をつり上げると、尖った視線をエリックに注いだ。

「……ねえ、いい加減にしてくれないかな。母国を追われ、この国では妻も娶れない君には申し訳ないけど、彼女は僕のものなんだ。――これ以上、僕を怒らせないでよ」

エリックは彼の表情に眉根を寄せた。

「……貴方は何がしたいんだ？　ビアンカ嬢に留まらず、ジュリアナをも想っているのかと思えば、怯えさせて楽しんでいるように見える」

バーニーは眉を上げ、次いでにこっと天使のような笑みを浮かべる。

「ああ、気づいてたんだ？　そうなんだ。僕はビアンカもジュリアナも愛してるんだよ、キースリング侯爵。二人とも大事にするからさ、僕から取り上げないでくれる?」

バーニーの妻になれば、永続的に精神的な苦痛を与えられるだろう。彼と別れられなかった未来を想像し、ジュリアナは血の気を失った。

エリックは横目に彼女の様子を確かめ、顔をしかめる。短く息を吐き、鋭い視線でバーニーに相対した。

「私を迎え入れてくださったアメテュスト王家には、感謝しています。しかし貴方にはもはや、ジュリアナを娶る理由はないはずだ。彼女には俺がいる。ビアンカ嬢と真実の愛を育まれたのなら、それを貫かれればいい」

バーニーは目を据える。

「僕の話、聞いてた? 僕はジュリアナも欲しいんだよ」

「それを陛下に申し上げられるのですか?」

エリックが間を置かずに尋ねると、バーニーは舌打ちした。今まで見てきた愛らしいバーニーとはかけ離れた振る舞いの連続に、ジュリアナは唖然とする。彼の中に、ここまで横柄な一面があったとは、全然気づいていなかった。

妃一人を愛し、民と信心を共にしている国王なら、バーニーの望みは退けられるだろう。国王は、名誉を守ろうとする情けは認めても、二人の女性を望む浮気心はよしとしない。それは理解しているのか、バーニーはエリックを睨みつけたまま黙り込み、一つ息を吐いて冷然と答えた。

「僕がジュリアナを手に入れる方法はあるよ。君がいなくなれば、彼女はまた一人に逆戻りだ。可哀想なジュリーは、僕が娶らなくちゃいけない。――忘れているのかもしれないが、陛下はそもそも、彼女こそを僕の妻にしたいんだよ」

ジュリアナは身を強ばらせる。もしもエリックがいなくなれば、彼の言う通りになりそうだった。けれどなぜエリックがいなくなるのか、わからない。

エリックは真顔でバーニーを見据え、それから薄く笑った。

「……ご安心ください、バーニー殿下。私はいなくなりません。私は貴方の非道な振る舞いのおかげで、長年想い続けたジュリアナとようやく交際を始められた。いずれは彼女を妻にしたい。だから何があろうと、この国に留まります。私は貴方と違って、彼女を慈しみ、大事にしたいので」

「――……」

バーニーは目を見開き、拳を振るわせる。我慢ならないと言いたげな、殺意の籠もった目でエリックを睨み据えた。

「馬鹿げた話をするな……。あちらの嫡子が儚《はかな》くなれば――っ」

「――貴方とて、私にこの国を出て行ってほしくはないはずだ。おわかりでしょう。私がいなくなれば、この国はいずれ潰《つい》える」

エリックはバーニーを遮って、真剣に話しかける。ジュリアナは自分の婚約がいつの間にか国の存亡の話にすり替わり、当惑した。

バーニーはしばし不機嫌にエリックを見つめ、ふん、と鼻を鳴らす。

「随分と自らの価値を高く見積もっているようだけれど、驕《おご》りすぎじゃないかな。君がいなくなったとしても、この国を存続させる術《すべ》はあるよ」

一瞬、エリックの瞳が鋭く光った気がした。だが瞬いて見直すと、彼はいつも通りの柔和な笑みを浮かべている。

「それではどうぞ、お好きになさってください。私も好きに致します」

彼は爽やかに言い終えるや否や、ジュリアナの腰に手を添えた。見上げると、甘く微笑んでくる。

「今日はもう帰ろうか、ジュリアナ。俺の家で、ハーブティでも飲もう」

乱れた髪を優しく指で整えられ、その甲斐甲斐しい仕草に、ジュリアナは肩の力が抜けた。自分を見ているのは、憎悪と愛が入り交じる恐ろしいエメラルドの瞳ではなく、愛情だけを宿した青の瞳だ。

声を出すとまだ涙が出そうで、微かに笑んで応じると、エリックは眉尻を下げて温かく肩を抱き寄せた。

「……一人にさせて、すまない」

顔を寄せて、自分にだけ聞こえる声で囁かれ、ジュリアナはじわっと涙ぐむ。

彼が現れた時に抱いた望みが少し叶えられ、凍えた胸が解《ほぐ》れた。

「――ジュリー？　そうやって僕を裏切るごとに、君をいじめる機会を増やしていくからね。……ようく、自分の立場を考えるんだよ」

バーニーが口元だけ笑って警告し、ジュリアナは真っ青になる。また全身が震え始め、エリックがため息を吐いて肩を押した。

「行こう。大丈夫だから」

エリックの足に合わせよろよろと歩き出し、バーニーの横を通り過ぎようとした彼女に、バーニーは甘く微笑んだ。

「愛してるよ、穢れた僕の聖女様」

言外にエリックとの交際を揶揄され、ジュリアナは言葉に詰まる。追い詰められ続けるジュリアナに、エリックは眉根を寄せてバーニーを見やった。そして低い声で言う。

「勘違いなさっているようなので、申し上げておこう。ジュリアナは貴方のものではない。──俺の恋人だ」

バーニーは瞠目《どうもく》した。ぎりっと歯を食いしばり、殺気立った眼差しを彼に注いで、吐き捨てる。

「──覚悟すればいい。僕が手を下さずとも、君をこの世から葬り去りたい者はいる」

エリックはそれには何も答えず、庭園へと続くテラスの階段を降り、ジュリアナを会場前方の馬車乗り場へと促した。

二

エリックが博物館の前に控えていた王家の従者に声をかけると、キースリング侯爵家の馬車がすぐに二人の前に回された。ジュリアナが先に乗り込み、あとから乗り込んだエリックは向かいに座ろうとする。しかしジュリアナは彼の服の裾を摑み、躊躇いがちにお願いした。

「あの……と、隣に座ってくださらない？」

「え？」

未婚の男女だ。表面上は交際していると言っても、実際には違う。

そんな相手に隣り合って座ってと頼むのは、はしたない行為だった。けれどジュリアナは今、彼の気配を間近に感じていたかった。少しでも傍にいて、安心したい。

エリックは意外そうにしたが、まだバーニーに与えられた恐怖が抜けきっていけないジュリアナの顔を見下ろすと、優しく笑った。

「……じゃあ、失礼しようかな」

彼が隣に座ると、ふわっと香水の香りが漂い、ジュリアナは安堵の息を吐く。最近頻繁に出かけ、一緒にいるのに慣れてきているからか、彼の香りにまで心地よさを感じた。

エリックは御者に自宅へ向かうよう指示を出すと、窓辺に頬杖をつき、俯くジュリアナを見る。

「……俺が傍にいて、怖くない？　大丈夫？」

ジュリアナは首を傾げた。

「……どうして？」

「……いや。さっき、バーニー殿下にその、無体な真似をされていたからさ……。一応同じ男だし、嫌じゃないかなと」

話題にしていいものかと迷いを見せつつ、気まずい顔で答えられ、ジュリアナは合点がいく。酷い目に遭って、男そのものを恐ろしく感じていないかと心配してくれているのだ。

「いいえ、大丈夫……。貴方には、傍にいてほしいの」

ジュリアナは俯き、素直な気持ちを吐露した。エリックがぴくっと肩を揺らすも、それには気づかず、ため息を吐く。

「……バーニー殿下は、私がお嫌いだったそうなの」

「……うん？」

何を言っているのだと言いたげに聞き返され、ジュリアナは自嘲気味に笑った。

「どこから見ていたのかしら。私たちの会話は、聞こえた？」

「いや……君が組み敷かれているのを見てすぐバーニー殿下を引き剥がしたから、話は聞いてない」

「そう……」

ジュリアナは膝の上に手を重ね、艶やかに磨き上げられた爪先を眺めながら、力なくバーニーとのやりとりを話した。

大嫌いで、深く傷つけてやりたいのに——愛している。ジュリアナには理解できない複雑な想いを抱え、彼は唇を重ねようとしていた。

「……あんなに苦しめているなんて、知らなかった。もっと早くにおっしゃって頂けていたら、すぐにもやめたのに」

八年もの間、苦痛に耐え忍ばせ、憎悪を増幅させてしまった。申し訳ない。

罪悪感を抱え、ジュリアナは微かに震える息を吐く。

「……悪気はなかったし……あの方を大切に思っていたのだけれど……」

彼にときめき、恋をしている間も、バーニーの心の中では厭われていたのだと思うと、酷く悲しかった。

「そっか……」

エリックは静かに頷き、眉尻を下げて微笑む。

「だけど、バーニー殿下もやめろとは言えなかったはずだよ。君に自らの不足を補われている自覚はあったはずだから」

ジュリアナは首を傾げた。彼がやめろと言わなかった理由は、想像できなかった。エリックの言う通りなのか。それともジュリアナに気を使ったのか。

頷かない彼女に、エリックは苦笑する。

「バーニー殿下より六つも年上の俺には、君たちの関係はすごくわかりやすかったよ。バーニー殿下は助けられている自覚はあるが、女の子の君に教えられるのは腹立たしい。でもやめろと言ってこれまで通りやっていける自信もない。だからあの状況に甘んじていた。……それだけのことだよ。それで被害者面《づら》をするのは、お門違いだ」

「……でも、私がもっと、どうにかして、彼の矜持を傷つけないようにできていたら……」

小賢しいと、憎らしげに睨みつけられた。もっと上手く振る舞えていたら、あんな感情を生ませずにすんだのではないか。彼の憎しみに染まった表情を思い出すと、手首を拘束され、自由を奪われた恐怖が蘇り、また息が震えた。

エリックはゆっくりと手を伸ばし、青ざめたジュリアナの頭を撫でる。

「君はできる限りのことを、精一杯していたよ、ジュリアナ。一生懸命周りの大人の言葉を聞いて、誰よりもバーニー殿下を立てようとしていた。幼い頃から、とても立派な淑女だった」

ジュリアナは瞬き、彼を見上げた。エリックの温かな掌にほっと力が抜け、涙腺が緩む。

「……そうだったかしら」

エリックはジュリアナを甘やかすような、優しい笑みを浮かべた。

「そうだったよ。君は誰よりも努力家で、真面目ないい子だった。こんなにも美しく成長して、秘めやかな恋をしていたのに、その気持ちに気づきもせず復讐しようとは、殿下もバカだね」

「――」

ジュリアナは目を見開く。バーニーへの恋心は、エリックに話した記憶がなかった。

驚き、頬に朱を注ぐ。

「……それは、えっと……っ」

彼の目を見返せず、視線が泳いだ。エリックはジュリアナを愛していると言ってくれた人だ。その彼に向かって、昔の恋の話はしにくかった。

エリックは複雑そうな顔色で、眉尻を下げる。

「……君の初恋には、気づいていたよ。俺は君がバーニー殿下に惹かれる以前から、恋に落ちていたから」

「……そんなに、昔から……？」

ジュリアナがバーニーに恋をしたのは、一年半くらい前だ。それより以前となると、一体いつから――。

つい聞き返し、ジュリアナは不躾な質問だと気づく。恋に落ちた時期など、両想いでもなければ話したいとは思えないだろう。

口を押さえると、彼は背凭れに肘をかけ、ふっと笑った。

「そんなに昔からだよ。君が成人して以降、俺は延々君一人に恋い焦がれている、愚かな男だった」

ジュリアナは小さく口を開ける。成人してからは本気で口説いていたと以前も聞いたのを、思い出した。それでは彼は、四年弱、ジュリアナを想って傍にあり続けたのだ。

彼の気持ちにも全く気づかず、バーニーしか見ていなかったジュリアナは、申し訳なくなって眉尻を下げた。

「そ……そんなに……お待たせして、ごめんなさ……」

ぽろっと奇妙なセリフが漏れ、ジュリアナは最後まで言い終わる前に口を閉じる。

――そんなにお待たせして、ごめんなさい。

それはまるで、エリックの想いに応え、交際をする用意があるようだ。

エリックはおや、と瞬き、何か企んでいそうな意地悪な目つきになった。

「……そうだ。さっきのバーニー殿下と俺の会話、アナにはよくわからなかったんじゃないかな?」

追及されると望まぬ展開になりそうだ――と危惧していたジュリアナは、話題が逸らされ、すぐに乗った。

「え……ええ。なんだか物騒なお話だったわね。貴方がいなくなるとか、留まるとか」

笑顔で彼を見上げ、ジュリアナは内心、あれっと眉根を寄せる。バーニーとエリックは、最後の方でアメテュスト王国が潰える云々と言い合ってやしなかったか。

随分と重々しい——複数国が関わる話に聞こえた。

エリックは頷き、ジュリアナの考えがまとまる前に話し出す。

「そうなんだ。実を言うと、俺は先代のキースリング侯爵の実子ではなく、十五歳の時にペルレ帝国からこの国へ移ってきた、ペルレ帝国皇帝エトガルの庶子でね」

「……え……？」

ジュリアナはぽかんと口を開けたが、彼は穏やかな顔色で、さらりとその人生をジュリアナに伝えていった。

彼の母国、出自、この国へ移ることになった経緯、オルコット侯爵が外務大臣から宰相へ昇進した理由と二国が結んだ密約。——そして現在、容態の芳しくないエルマー皇太子。

「バーニー殿下も、俺にはこの国に留まってほしいはずなんだ。俺が国へ帰れば、戦好きの皇帝が容赦なく宣戦布告して、アメテュスト王国の征服に乗り出すだろうからね」

全てを聞き終えてしまい、ジュリアナは呆然とした。

彼の言い分は理解できる。ペルレ帝国皇帝の愛妾の息子を守ると約束して休戦の密約を交わしたなら、彼を母国へ戻してはいけない。

ペルレ帝国は今も、他国を占領せんと戦を繰り返している、血気盛んな大国だ。エリックが戻れば、あの危険な国は遠からず矛先をこちらへ向けるだろう。

だが――それより前に確認したい。

ジュリアナは信じられない気持ちで額に汗を滲ませ、震え声で聞き返した。

「それは……それは……あの、出がけに馬車で話していた、この国で貴方の立場が揺らがない理由ではないの……？」

――聞けば〝その時は、君を俺のものにする〟とエリックが断言し、ジュリアナが結婚するまで聞かないと決めた、あの秘密ではないのか――？

目を白黒させて尋ねると、彼は後光でも射しているかのような煌びやかな微笑みを湛え、頷いた。

「そうだよ、ジュリアナ」

「……そ……っ」

――どうして、そんな話をしたの？　私、まだ聞きたいなんて言っていないわ。貴方との交際は、バーニー殿下との婚約解消がすんでから考えようと思っていて……だから今聞くべきでは……っ。

ジュリアナはわなわなと体を震わせ、大混乱している頭の中で喚きたてた。

エリックは彼女の心の声が聞こえたかの如く目を細め、両手をそっと握ってくる。

「すまない、ジュリアナ。君の気持ちを待つつもりだったけれど、そう悠長にも構えていられないようだ。俺はもう、バーニー殿下に君を譲る気はないし、君が俺と彼の間で迷う姿も見たくはない」

ジュリアナはぎくっと背筋を震わせ、瞳を揺らした。

「……バーニー殿下と貴方の間で、迷うなんて……」

ジュリアナが望むのは、婚約解消だ。ジュリアナがまだバーニーを想っていると考えられているなら、不本意だった。

眉根を寄せると、彼は瞳の奥を光らせる。

「ああ、ごめん。俺が考えるよりもずっと、君の中で気持ちはまとまっているのかな」

ジュリアナははっとした。これでは彼との交際を望んでいると言っているも同然だ。

「違……っ」

「――違うの？」

声をかぶせて尋ねられ、ジュリアナは頬を染める。言葉に詰まり、目も合わせられず俯くと、エリックは顔を覗き込む。

「違った？　……俺と交際したくないなら、はっきり断ってくれていいよ。俺もバーニー殿下を見限った君と同じように、未練も残さずこの恋を諦めよう」

ジュリアナは息を吸い、エリックを見返す。その眼差しは真剣そのもので、ジュリアナが一言「違う」と言えば、すぐに離れていってしまいかねない冷静さを漂わせていた。

ここで応じてしまえば、不純な交際になる。けれど応えなければ、彼はジュリアナから去るだろう。エリックの視線が瞳から唇へと移っていき、ぞくっと背筋に電流が流れた。

バーニーがジュリアナを組み敷き、狙いを定めていたあの視線と同じ、油断すればすぐにも食らわれる、肉食獣の眼差しだった。

ジュリアナは鼓動を乱しながら、瞳に涙を滲ませる。

「……ずるいわ……っ」

ここで二択を迫るなんて、卑怯だ。待ってくれると言ったくせに。エリックには、誠実に向き合いたかったのに。

声を震わせて睨みつけると、彼は眉尻を下げた。

「そうだね。だけど婚約解消がすまない限り、君はいつまでもバーニー殿下の婚約者だろう。心で拒んでも、現実がそうでなければ、君はそれに捕らわれる」

そんなはずない。心の中で否定しかけて、彼女はバーニーに組み敷かれた時の、自分のセリフを思い出す。

『たとえ婚約していようと、このような場で私を組み敷いてよいはずもないでしょう』

——場所が違えば、許される——……？

そんな解釈もできると気づき、ジュリアナは愕然とした。

将来はバーニーの伴侶になる。幼い頃からそう刷り込まれ続けた認識は、彼女をいまだバーニーのものにし続けていた。

エリックはジュリアナに顔を寄せる。

「君の心の全てを俺のものにしたい。誰と婚約していようと、恋人は俺一人だと、何人《なんぴと》たりとも入る隙なく、君の心を染めたいんだ。君を誰よりも大事にすると、神に誓う。毎日飽きるほど愛を囁き、君を慈しむと約束する。今後俺が愛する人は、この世に君一人だ、ジュリアナ。——だからお願いだ……俺を君の恋人にしてくれないか？」

懇願するかのように苦しげに問われ、ジュリアナは、かあああっと赤面した。

国家機密を暴露し、逃げ道を塞いで言う内容ではない。その告白は、今応じなくても、彼は永遠にジュリアナを想ってくれると約束しているようにすら聞こえた。

応えてはならない。理性は警告したが、ジュリアナは弱々しく息を吐き、か細い声で答えた。

「……はい……」

返事を聞いた瞬間、エリックの瞳が輝いた。喜びを目の当たりにし、ジュリアナの心臓が大きく跳ねる。彼は青の瞳を細め、そっと囁いた。

「……ありがとう、ジュリアナ……。一生君を、大事にする」

心の準備も何もなく、彼の吐息が唇に触れ、ジュリアナはぎゅっと目を閉じる。

「ん……っ」

柔らかな感触が自らの唇に重ねられ、ジュリアナは身を竦めた。

彼は数秒唇を重ね、ちゅっと音を立てて離す。息をとめていたジュリアナは、頬を火照らせ、はあ、と息を吐いた。一瞬で終わった。

なるほど、そんなに怖くないかもしれない。

ドキドキしながらも安堵すると、エリックがまた顔を寄せた。

「え……っ、んん……っ」

——二回も⁉　と、驚いて逃げかけた彼女の後頭部に手を回し、エリックはちゅ、ちゅと啄《ついば》むキスを繰り返す。

ジュリアナはどうしたらいいのかわからず、エリックの胸に手を置き、再び息をとめた。何度も唇をはまれ、柔らかく互いの感触を味わう大人びたキスに、鼓動がどんどん乱れていく。

肉感的なキスを何度となく与えていたエリックは、ふと唇を離し、間近でジュリアナを見つめた。苦しくて、目尻に涙を滲ませていた彼女は、ぷはっと大きく息を吸う。

その仕草に彼は甘い笑みを浮かべ、指の背で彼女の頰を撫でた。

「……ねえ、ジュリアナ。……ちょっとだけ、無粋な質問をしてもいいかな……？」

緊張して微かに震えていた彼女は、潤んだ目で彼を見上げた。

「なあに……？」

彼は軽く濡れた彼女の唇を親指の腹でなぞり、優しい声で聞く。

「……もしかして、初めてだった……？」

「――っ」

ジュリアナは息を吞み、動揺のあまり呼吸をとめた。

彼が意外そうに確認した理由はわかる。ファーストキスなんて、十二、三歳で終わらせる子が多いというのは、貴婦人主催の茶会に参加して知っていた。政略結婚もあれど、一般の貴族子女は、社交界デビュー前に家同士で交流を持ち、軽い色恋を経験する者が割といるのだ。

八年間もバーニーと婚約していたジュリアナが、一切手出しされていないなどあり得ないと考えるのは、自然だ。

手も出す気になれなかった女だと答えるのは辛《つら》かったが、ジュリアナは羞恥心を堪《こら》え、頷く。

「ご、ごめんなさい……。大人の女性らしい振る舞いが、できてなかった……？」

キスの仕方など習っておらず、経験不足が知れる態度だったのかな、と不安になって聞き返した。その答えを聞いた瞬間、エリックの瞳に妖しげな炎が灯った。ジュリアナは先だって感じた、肉食獣に狙い定められた小動物になった心地で、身を竦める。

彼は色香いっぱいに微笑み、また顔を寄せた。

「そっか……。それじゃあ、たくさん俺と練習をしようね、ジュリアナ」

「練習……」

キスと練習という単語が、今ひとつ繋がらない。首を傾げると、彼は顎に手を添えて答える。

「……ほら、息の仕方とか、わからないでしょ？」

「あ、うん……。そうね」

「……可愛いね、アナ」

素直な反応にふっと息を吐いて笑い、彼はぽかんとしているジュリアナの唇に再度食らいついた。

「……えっ、ん、ん……っ」

たった今から練習するのかと、ジュリアナは驚く。

何度も角度を変えて、しっとりと重ねるだけのキスを繰り返され、ジュリアナの鼓動が速まる。

感触は心地よく、だけど不慣れで、緊張した。エリックはキスの合間に、鼻で息をしてだとか、唇を離した時に呼吸のタイミングを教えてくれる。でもどうしても息を詰めてしまい、苦しいと思った時、エリックは見計らったかのように唇を離し、囁いた。

「……苦しい？　口を開けて、息をして」

教えられたとおり、小さく口を開け、すうっと息を吸ったジュリアナは、直後、また唇が塞がれてぎょっとした。

――口、開けたまま……っ。

しかしエリックが薄く瞼を開け、ジュリアナの表情を見つめながら、ぬるりと口内に舌を滑り込ませ、彼女はその目的を理解した。

「んぅ……ん……っ、ん……っ」

エリックの熱い舌がジュリアナのそれを探り、ぬるぬると絡め合わせられる。初めての感覚に戸惑い、ジュリアナは彼の上着を握り締めた。

舌裏を舐め上げ、側面をなぞられると、ぞわぞわと体が震える。舌が絡められるごとに、馬車の中で車輪の音と水音が混ざり、とても淫らな真似をしている感覚になった。触れるだけのキスと違ってすぐには解放してくれず、息が乱れていく。

「……ん、ま、待って……っ、あっ、ん、ん……っ」

少し怖くなって唇を離そうとしても、彼は背けた顔を追ってキスをした。

いつの間にか側面の壁に背を押しつけられ、抵抗しようとした両手首は、押し返さないよう摑まれていた。

バーニーにされていたのと似た状況なのに、恐怖心は頭をもたげず、彼女はキスに翻弄される。

ジュリアナがその気になれば動けるくらいに加減して摑まれた手首も、触れる唇も、彼の優しさが滲んでいた。だけど絡められる舌だけは、動きが卑猥《ひわい》すぎて、頭がどんどんまっ白になっていく。

「はあ……っ、ん、ん……っ」

刺激が強すぎて、感覚を逃がす術《すべ》もなく、ジュリアナは背を反らす。

「……ジュリアナ……っ」

エリックはたまらないとばかりに息を吐き、手首から腰と後頭部へ手を移した。ぐっと自らへ抱き寄せ、更にジュリアナを感じさせる。

どれほどキスをしたのか、もうよくわからない。ジュリアナが抵抗する力もなく、くったりとした頃、エリックはやっと唇を離してくれた。

初めてなのに、数え切れないほどのキスをされた彼女は、息も絶え絶えだ。

濡れたジュリアナの唇を指の腹で拭ってやると、彼は満足そうに笑う。

「……ごめん。君の反応があまりに可愛くて、ちょっと箍が外れてしまった。……怖かった？」

言いながら、また軽く唇を吸われ、ジュリアナは赤面する。

「……も、もう少し、ゆっくりなさってくれると、嬉しいわ……。息ができなくて、死んでしまいそう……」

素直な感想を述べると、エリックは愛しそうにジュリアナの頬を撫で、至極優しい顔で告げた。

「……君が好きだよ、ジュリアナ……」

その声は掠れていて、ジュリアナはドキッとした。恋人同士は、何度も想いを伝え合うのかしらとドギマギしながら、小声で応じる。

「……わ……私も、貴方が好きよ……エリック」

エリックは微かに震える息を吐き、ジュリアナを抱き締めた。

「ありがとう。……やっと、手に入れた……」

彼の温かな腕に包み込まれ、感極まった声を聞き、ジュリアナはじわりと胸が熱くなるのを感じた。バーニーから助けられた直後にほしかった温かさが、そこにある。

大きな彼の背に手を添えて、彼女はほっと息を吐いた。

いつでもジュリアナを笑わせようと道化《どうけ》てくれる、優しい青年。幼い頃から傍らにあり続け、絶望に呑み込まれそうになった彼女を、迷いなく助けてくれる。

ジュリアナはぎゅっと彼を抱き締め、恋人でない頃から自分を大事にし続けてきたエリックに、甘く伝える。

「……私も貴方を誰よりも大事にするわ、エリック。私を想ってくれて、ありがとう」

エリックはジュリアナの肩口で、嬉しそうに笑った。

三

襟首や袖口、そして裾に至るまで金色の刺繍が豪奢に施された白地の衣装を纏うバーニーは、酒の入ったグラスを片手に、会場を見渡す。彼の周囲には多くの貴族子女がおり、皆が話しかけていたが、彼はいい加減な返答をして過ごしていた。

家名など記憶にも残していない、伯爵家の宴だ。彼に集《つど》う面々は、顔を繋げたい若い貴族令息と、面白みもない普通の貴族令嬢。ドレスだけは皆華やかだが、顔は同じにしか見えなかった。

「バーニー様、ダンスを致しませんか？　今夜はまだ踊っておりませんことよ」

傍らにいた少女が気安く名を呼んでダンスに誘い、彼は口元に弧を描いて見下ろす。

ふわふわとした栗色の髪をハーフアップにし、髪には清楚な薔薇と真珠の髪飾りをつけている。

青い瞳は期待に輝き、バーニーは彼女の顔を見るたび想われているとわかり、心が満たされた。

――だが、僕の気持ちが読めないところは頂けない。

ジュリアナなら彼の内心を読み、休憩致しましょうかとそっと耳打ちして、外へ連れ出してくれただろう。

バーニーはビアンカの腰に手を添え、艶っぽく顔を寄せた。

「そうだね……ダンスはもう少しあとにしようか、ビアンカ？」

ダンスをする気分ではなかった彼は、彼女の要望には応えず、腰を撫で下ろす。その触れ方にドキリとしたのか、彼女は頰を染めて俯いた。

退屈しのぎに彼女を連れて庭のガセボにでも行こうかと考えたバーニーは、髪飾りに目をとめる。

どこかで見た覚えがあると思ったが、それは以前、彼がジュリアナに贈った品によく似ていた。

「……その髪飾り……可愛いね」

彼は、この時初めて今夜の彼女の装いを褒めた。ビアンカはぱっと顔を上げ、嬉しそうに笑う。

「本当ですか？　よかった。以前似たようなものを見て、欲しいなと思っていたのです。バーニー殿下が好きなものを求めてよいとおっしゃったので、購入できました」

彼女の生家であるオールポート伯爵家は、バーニーとの交際を知った直後、娘を領地へ連れ戻そうとした。宰相であり、アメテュスト王国でも名声高きオルコット侯爵の娘を出し抜くなど、言語道断だと娘を叱責したとか。

ビアンカは泣いて事情を話し、バーニーが直接オールポート伯爵に、彼女を王都へ留まらせるよう命じた。そしてビアンカには王家の従者を付け、欲しいものを好きに買っていいと許しを与えている。

バーニーは、彼女の笑顔ではなく、その髪飾りを注視する。

ジュリアナに初めて贈った、髪飾り。彼女が十八歳になる誕生日の贈り物だった。

王宮を訪れた商人が、女性ものの髪飾りを見せ〝恋人への贈り物にいかがです〟と言ったのがきっかけだった。それまで漫然と婚約者として過ごしていたが、彼はあの時初めて、ジュリアナは自分の伴侶になる人で、恋人として扱ってもいいのだと気づいた。

清廉で美しい彼女に似合うだろうと選び、そして彼女は自分が初めて選んだプレゼントを至極嬉しそうに受け取った。

いつも煩わしいくらいにバーニーに助言を与える彼女が、少女の顔で笑ったのを見て、ぞくりと身の内が震えたのを覚えている。もっと笑わせたい。だけど、苦しめてもやりたい。

バーニーは、ジュリアナが嫌いだった。王になどなりたくもないのに、生まれながらに未来を定められ、望んでもいない膨大な知識を植えつけられる日々。王宮の外に出た時だけは勉学から解放され、自由だと考えていたら、今度は婚約者がそれさえ奪った。

バーニーはジュリアナと共にある限り、どこにいても学び続けねばならない。賓客への気の利いた話し方、外交の席でのさりげない駆け引き。遊び一つとっても、招かれた場に相応しい選択を迫られる。

耳元で囁く吐息交じりの優しげな声が――バーニーの自由を奪い続けた。

だけど傍に寄ればいい匂いがして、目が合うと柔らかく笑う。そのたおやかな手で、バーニーを慈しんでくれる。

――美しくて、憎らしい聖女様。組み敷き、清らかな顔を歪めさせ、恐怖に陥れてやりたい。

そんなどす黒い愛を蠢《うごめ》かせていた時に、ビアンカが声をかけたのだ。

彼女は『ジュリアナ様への贈り物を、ご一緒にお探し致しましょうか？』と言った。

瞳を輝かせ、期待にときめくその顔は、明らかにバーニーを慕っていた。それまではジュリアナに仕えているだけの少女だったのに、ころっと態度が変わっていて、最初は奇妙に感じた。しかし彼女の言動から、その内心は見透かせた。

彼女は、ジュリアナにプレゼントを贈る際の、緊張したバーニーの不慣れな振る舞いに興味を持ったのだ。ジュリアナへ向かっているバーニーの目を、自分に振り向かせてみたい。そんな、子供じみた恋愛感情。

彼はビアンカの思惑を理解しながらも、ジュリアナのプレゼント選びを口実に共に出かけ、その日の内にキスをした。

ビアンカは従順で、なんでも許してくれた。彼女はほんの少し頭が悪くて、可愛い女の子だった。

王太子の妃になれば、贅沢な暮らしができる。打算まみれな彼女の恋心は手に取るようにわかり、バーニーはそこにつけ込んだ。

〝君を愛しているから、妃の責務なんて与えたくないんだ。妃教育など受けさせて、君を苦しめたくない。僕は君を愛せたらそれでいい。毎日のように贈り物をするよ。だから僕に守られていて〟

そんな甘い言葉を囁けば、彼女はあっさり妃の座をジュリアナに譲り、自らは愛妾になると受け入れた。

素直でいい子なビアンカは、愛妾として大事にしてやるつもりだ。――ジュリアナを苦しめるのにも、都合がいいから。

なにせジュリアナは、矜持ある淑女。

愛妾の後ろ盾になれと命じられ、形ばかりの妻になるなど、屈辱以外の何ものでもないだろう。

そう考えて、挙式の内示日に敢えて〝真実の愛〟などと言ってやったのだ。

あの日、常に美しく微笑む聖女の顔が、驚き、歪みかけるのを必死に堪《こら》えていた。バーニーは彼女を救おうとする善人を演じながら、ぞくぞくとした高揚感を味わっていた。もっといじめてやりたい。もっと苦しめ、絶望させたい。

――この間組み敷いた時は、いい気分だった。可愛く怯えて、いつもの澄まし顔が見る影もなかったな……。

ジュリアナとの記憶を蘇らせていた彼は、ざわりと会場の空気が揺らいだのに気づき、顔を上げる。人々の視線が集まる方へ目を向け、薄く笑った。

腰に届く金色の髪を優雅に揺らし、ジュリアナが会場へ入ってくるところだった。隣には鍛えているとわかる見事に整った肢体の、背の高い男を伴っている。

漆黒の髪に青い瞳の、秀麗な顔をしたその男は、ジュリアナが何か話すたびに愛しげに目を細め、会話を楽しんでいる様子だ。

会場に集《つど》った人々は、バーニーがいると知っているため称賛の声こそ上げないが、見てくれのよい二人に羨望の眼差しを送っていた。

——忌々しくも、隣国皇帝の血を宿す庶子、エリック。

その気になれば、いつでもアメテュスト王国を攻め落とせる大帝国の権威を背にしているため、この国では誰も彼に敵意を向けない。

バーニーは、以前からエリックをも厭うていた。バーニーよりも先に出会ったからと、ジュリアナに気安く接する軽薄そうな男。彼女に信頼を置かれている様子が、何より目障りだった。

ペルレ帝国皇帝の息子とはいえ、ただの愛人の子だ。皇位継承権も何もあったものではない。

だが密約のため、皆があの男を気遣い、丁重に扱った。この国でのあの男は一貴族に過ぎないのに、王太子であるバーニーに遠慮もせず、ジュリアナと親しげに振る舞う。

あんな奴どこかへ行ってしまえばいいのにと願いながら、これまで過ごしてきた。

それがそろそろ叶いそうで、彼は機嫌がよかった。

ペルレ帝国の皇太子の容態が、悪化する一方らしいのだ。

二人はここ最近、度々宴に参加し、その関係を公にしている。先日の一件以降、エリックのガードは堅くなり、ジュリアナが一人になる機会は全くない。彼女に近づけず苛立ちを感じるが、これも楽しみをあとに取っているのだと思えば我慢できた。

周囲は、バーニーが睦まじくする二人を静観するのを見て、婚約解消も近いと思い込んでいる。

それこそが二人の狙いだろう。周囲の声を大きくし、王家の意向もその流れに呑ませようとしているのだ。

けれど、何事もそう上手くいかないのが人生だ。

バーニーは心の中で、ほくそ笑む。逐一アメテュスト王国へ報される、エルマー皇太子の体調。

彼はきっと、もう長くはない。

八年前の隣国皇室のスキャンダルは、父王から聞いて知っていた。悋気《りんき》を見せた皇后に殺された、エリックの母。

エルマー皇太子が死ねば、皇后は正気を失うはず。そこを狙って取り入れば、容易い。

——貴女の憎い愛人の息子もまた、この世から葬り去ってはどうか。二国間に永続的な不可侵条約を結んでくれさえすれば、いかなる刺客も侵入できないアメテュスト王国の守りを、ほんの少し緩めよう。

そう耳打ちすれば、必ず事態は動く。

幸いにも、皇后の父親はペルレ帝国政権を牛耳る二大派閥の内の一派の長《おさ》。権力は十分にあった。

エリックは遠からずこの世を去り、一人残されたジュリアナはバーニーの籠の鳥。

——可哀想な、僕のジュリー……。

微笑んで二人を眺めながら、バーニーは静かに残酷なシナリオを組み立てていた。

——その横顔を、どこへ行くにも共にある近侍、フリード・ベーレンスが、少し離れた位置から見つめる。

近侍の忠言を一切聞き入れないバーニーは、憂いある眼差しが自らに注がれているとは、欠片も気づいていなかった。

四

「……どうしよう。部屋着でいいのかしら。それとも外出着の方がいいと思う?」

よく晴れた昼下がり、オルコット侯爵邸の二階にある居室で、ジュリアナは途方に暮れていた。

彼女は寝室の横に設けられた衣装部屋の鏡前で、額に汗を滲ませる。

エリックと本当の交際を始めて一週間が経っていた。あれから彼は、毎日お菓子や花と一緒に、睦言を書いたカードを贈ってくる。馬車の中で口説き落とされた際の約束を、本当に実行するのかと驚き、それと共に、ジュリアナは日増しに彼の存在を意識させられていった。

愛していると綴る丁寧な筆致を見るたび、胸がドキドキと騒ぐ。

エレンなど以前と格段に違う微笑ましそうな顔で、届けられた品をジュリアナに渡してくれていた。

彼女の背後に立ち、床にいくつも投げ出されたドレスを見ていたエレンは、鏡越しに首を傾げる。

「本日はお部屋でお過ごしになるご予定ですから、いつものワンピースやシュミーズドレスでよろしいのではございませんか？　キースリング侯爵との交際を旦那様にお伝えする際は、何も気にしていらっしゃいませんでしたよね？」

ジュリアナは過去の自分を思い出す。バーニーの成人を祝う宴から帰り、エリックと交際することにしたと部屋で伝えた時、エレンは髪もドレスも綺麗に着付け直すと言ってくれた。しかしジュリアナは今更恰好をつけなくてもいいと、断ったのだ。

エリックには普段から素顔も晒しており、羞恥心とは無縁だったからだ。

あの時はエレンの気遣いを不思議に思っていたが、今ならその意味がわかる。交際相手には、できる限り美しい姿を見てもらいたい。あの時、完全にエリックを異性として意識していなかったジュリアナは、逆に彼に申し訳ない気持ちになった。

「私……なんて失礼な振る舞いをしていたのかしら……。エリックも気分が悪かったわよね……」

両手で頬を押さえて青ざめると、エレンは背後に吊るしていた衣装の中からドレスを一着選び、肩を竦める。

「……いえ、気分は悪くないと思いますけれど。お嬢様は素顔も可愛らしくていらっしゃいますし、普段と違う気の抜けた装いにぐっとくる殿方もいらっしゃいます」

「……ぐっとくる……」

よくわからない表現だ。ジュリアナはどういう意味？　と目で問うも、エレンはそれには答えず、手にしたドレスを見せた。

「それでは、こちらのシュミーズドレスはいかがでしょうか。きっとお喜びくださいますよ」

コルセットなどをつけずに着られるそのモスリンのドレスは、ジュリアナには着心地がいいが、ちっとも派手じゃない。もっとレースやリボンはいらないのかと不安を覚えるも、足元には決められなかった衣装の山。

変にかしこまるよりいいかしらと、ジュリアナは侍女の勧めを受け入れた。


執事がエリックの来訪を報せ、ジュリアナは部屋を訪れた彼を出迎えた。

「よ、ようこそ……エリック」

執事により開放されたドアの前に、紺のベストに黒の上着を羽織ったエリックが現れ、ジュリアナは淡く頬を染める。

キスをしてから、これが初めての顔合わせだ。あの日、彼はキースリング侯爵邸でお茶をと誘っていた。しかしジュリアナはキスでぐったりしていて、とてもではないがそれ以上彼と過ごせそうになく、彼は途中で行き先を変え、オルコット侯爵邸へ送ってくれたのだった。そして今日、改めて恋人として過ごそうと誘われたのである。

しょっちゅう屋敷内で会っているのに、ジュリアナは緊張し、ドレスをぎゅっと握った。

エリックはその動きを目で追い、微笑む。

「こんにちは、ジュリアナ。今日はシュミーズドレスなんだね、似合ってるよ」

エレンが選んだドレスは、肘から先が鈴の形に広がるデザインで、僅かに違う白色の糸で緻密な刺繍が入っている。化粧は薄く施し、髪は緩く編んで胸元に垂らしていた。して、薔薇の花を耳の少し上に挿していた。

ジュリアナは褒められ、ほっとする。

「本当？　よかった。何を着たらいいのか、ちっともわからなかったの」

素直に言うと、エリックはくすっと笑い声を漏らした。手にしていた花束をジュリアナに渡し、顔を寄せて囁く。

「君は何を着たって可愛いよ、アナ。これからも、いつも通りでいいからね。……俺はそのままの君が好きだよ」

愛の言葉に鼓動が跳ね、何もかもを見透かしていそうな青の瞳と視線が絡むと、ジュリアナは頬を染めた。

「……あ、ありがとう……。その、でも、せっかく会いに来てくださっているのだから、貴方が心地よいように、私も綺麗にしておもてなししたいの。どうぞ、中へ入って」

人前では恥ずかしくて想いを伝え返せず、ジュリアナはそそくさと彼を部屋の中へ通す。執事が静かに下がり、エレンは受け取った花を預かってくれた。

エリックは、今までも何度かマリウスなどを交えてジュリアナの部屋で過ごしていた。お茶菓子を食べながら、他愛ない雑談をするのだ。背の低い机を囲い、長椅子が一つと、一人掛けの椅子が二つの、窓辺の席。

いつものように長椅子に腰掛けた彼女は、隣に彼が座って、またドキッとした。彼は普段、一人掛けの椅子に座るのに、今日は違う。

エリックは茶を運んでくれたエレンに礼を言い、彼女が下がると、ぼそっと言った。

「……凄く緊張してるね、アナ」

「……そんなことは……っ、……あるわ」

完全に緊張して手汗も酷い彼女は、否定する途中で、見栄を張るのを諦める。普段と変わらぬ余裕の表情でこちらを見る彼を恨めしく感じながら、口元を歪めた。

「恋人と部屋で二人きりなんて、初めてなのだもの。緊張するわ」

バーニーと会う時は必ず外で、このように両親公認で異性を部屋に招いたのは初めてだった。

エリックはふっと笑い、ジュリアナの腰に手を回す。

「きゃ……っ」

「それじゃあ俺に慣れてもらうためにも、くっついて話でもしようか」

彼はジュリアナをひょいっと抱き上げ、自らの足の間に座らせると、後ろから腹に腕を緩く回した。ジュリアナの鼓動は一気に乱れたが、彼の手は不埒な動きもせず、温かく彼女を包み込むだけだ。

「恋人になれたんだし、この間軽く説明したけど、俺のこともちゃんと話しておかないとね」

彼は耳元でそう言うと、ゆっくりとこれまでの話をしていった。

失った母、彼自身は決して認めない献身的な母の愛と、身勝手な皇帝の束縛。アメテュスト王国へ来て、オルコット侯爵一家に慰められた心と、ジュリアナに恋をした瞬間。

「他の人の前では完璧な淑女の仮面を被った君が、俺の前でだけは無邪気に笑うのを見たら、恋に落ちざるを得なかったよ。君の笑顔は、たまらなく可愛い」

赤裸々に気持ちを告げられ、ジュリアナは頬を染めて俯いた。

「あ、ありがとう……。だけど、その……貴方のお父様も、きっととてもお母様を愛していらっしゃったのでしょうね。どうしても手放せないほどに」

そのせいで亡くなったと考えるのは辛《つら》いけれど、身分の問題さえなければ、皇帝はエリックの母を正妃として娶ったのだろう。皇后の気持ちを考えると、正しいとはとても言えない。でもその愛が深かっただろうことは、伝わった。

「……愛してるなら、手放すべきだったと思うよ」

いまだ皇帝を許していないとわかる硬い声で返され、ジュリアナは頷く。

「……そうね。だけど、悪いのは皇帝ではなく、貴方のお母様を手にかけた人よ。そこは間違えてはいけないと思う。……どんな想いがあろうと、人を殺してはならないわ。法があるのだから」

穏やかに答えると、エリックは腹に回したジュリアナの腕に力を込め、ぎゅっと抱き竦めた。お話をしているだけだと安心していたジュリアナは、ドキッとする。しかしエリックは、彼女の肩口に額を乗せ、耳元で力なく呟いた。

「……そうだね……。あいつも、こんな風に母を愛してたのかな」

物憂げな声に目を向けると、彼はじっとジュリアナを見つめる。

想いを通わせたばかりで物慣れない心地の彼女は、ドギマギとしながらも、穏やかに笑った。

「……きっと、とてもとても愛しておられたのだと思う。貴方たち親子を辺境へ送り、一度は手放そうとなさっても、会いたくて呼び戻してしまうくらい、溺れていらっしゃったのじゃないかしら」

幼い頃から知り合い、皇帝が結婚を決める以前から想いを通わせていた二人。正しくないと知りながらも、互いを手放せない恋をしていたのだろう。

当事者でないからこその甘い言葉に、エリックは苦笑した。

「だけど俺は、あいつのように愛する女性を失うのだけはごめんだ。君にはずっと、幸福に生きていてほしい」

ジュリアナの心に、一瞬影が差した。――容態の悪いエルマー皇太子。

「大丈夫だよ。何があろうと、俺はこの国に残るから」

ジュリアナの心を読み、エリックは約束する。だがジュリアナは眉尻を下げ、瞳の奥に強い意志を宿して答えた。

「……いいの。覚悟はできているわ」

エルマー皇太子がこの世を去れば、エリックはきっと母国に連れ戻されてしまうだろう。だけど一人残されても、もうジュリアナはバーニーの婚約者には戻らない。

ジュリアナを苦しめたい。バーニーのもとへ嫁げば、彼はずっとそんな邪悪な気持ちに支配される。

王となる彼の未来を思い、献身的に尽くしてきたジュリアナは、バーニーには健やかな心で国を治めてほしかった。――だから決して、バーニーと共に未来は歩まない。

「私、もう弱気にはならないわ。何があっても、バーニー殿下とはお別れする。そして貴方を一等大事にするの」

どんな方法で脅されようと、二度と屈しない。今まで大事にしてきてくれた分、エリックにはたくさん愛情を返すのだ。

毎日愛を届けてくれるエリックに応えたくて抱いた決意は、彼には意外らしかった。目を瞬き、首を傾げる。

「へえ。案外、俺のことを想ってくれてるみたいで、嬉しいよ。どうせ俺の気持ちの深さはわかってないだろうから、これからどんどん押していこうと思ってたんだけど」

ジュリアナは戸惑い、眉尻を下げた。

「これからって……今も十分、押してるじゃない……」

毎日カードの睦言を読むたびドキドキさせられ、かなりの愛情を感じている。

そう言うと、彼は瞳の奥を妖しく光らせ、すいっと顔を近づけた。

「……これくらいで、いいの？　愛情表現はいっぱいあるよ。もっと俺を試してくれていいんだよ、ジュリアナ。……君を満足させてあげる」

蠱惑的《こわくてき》な笑みで誘われ、ジュリアナは大人の男の色香に、かあっと頬を染めた。

「……ううん、試すなんて悪いわ……！　私、十分、貴方に口説かれてるし、て、手だって、汗いっぱい掻いて緊張してるから、これ以上はいい……っ」

勢いよく首を振ってお断りを入れたところ、エリックは膝の上に置いた彼女の掌をじっと見て、おもむろに握った。

「きゃあ……っ。本当に汗掻いてるから、触っちゃダメ……！」

汗で濡れた手なんて、気持ち悪がられてしまう。慌てて引っ込めようとするも、彼はそのまま握り込み、耳元で囁いた。

「――君は全てが美しいよ、ジュリアナ」

「……ひゃあっ」

鼓膜に吐息が触れ、背筋に電流が流れた。思わず身を竦めると、彼はジュリアナの顎に手をかけ、振り向かされる。獲物を狙う色に染まったエリックの瞳に囚われ、ジュリアナは硬直した。

微かに息を震わせる彼女に、エリックは艶やかに微笑む。

「……君は満足してるみたいだけど、俺はもうちょっと仲良くしたいんだ。……いいかな？」

確認され、ジュリアナは答えに迷った。返事を聞くまでは何もする気はないのか、彼は律儀に待ち、無言に耐えかねて、ジュリアナは小声で応じた。

「……は、はい……」

「……ジュリアナ。君の全てを俺で満たしたいくらい、愛してるよ」

情熱的な睦言と、色香いっぱいの眼差しに晒され、ジュリアナは呼吸の仕方を忘れる。時を置かず唇が重なり、あっという間に思考は彼一色に染められた。

五章

一

陽が沈みかけ、オルコット侯爵邸の使用人たちは燭台を灯し始めていた。

二階にある居室を出て、廊下を歩いていたジュリアナは、反対側から歩いてくる少年に気づき、微笑む。

「マリウス。どこへ行くの？」

今日は若葉色のベストを着ている彼は、肩を竦めた。

「窓の外見たらキースリング侯爵家の馬車がとまってたから、エリックが来てるならチェスで遊ばないかなと思って。姉様と会う約束だった？」

同じく馬車に気づいて部屋を出た彼女は、ふふっと笑う。

「いいえ、私も馬車を見て部屋を出たの。多分、またお父様の書斎ね」

最近オルコット侯爵とエリックは、以前以上によく二人で話をしていた。

「じゃあ姉様が僕とチェスしてくれる？　チェス盤、サロンにあるからさ。ついでに用事の終わったエリックもそこで待てるよ」

　オルコット侯爵の書斎は、館の西、サロン近くにある。

　自分だってエリックと遊びたかっただろうに、譲られそうになって、ジュリアナは眉尻を下げた。

「……それじゃあ、一緒にチェスをしようかしら。だけどエリックの時間があったら、貴方が一緒に遊んでいいのよ。お姉様、お約束やご用事があったわけじゃないから」

「恋人同士の邪魔をすると、なんかあとで悪いことが起きそうだから、それはいいや」

　マリウスはしれっと断り、すたすたと中央階段を降りていく。弟に気を回され、ジュリアナはやや申し訳ない気分で後ろをついていった。階下に降りた彼はこちらを振り返り、何も気にしていない表情で尋ねる。

「そういやさ、最近エリックが父上となんの話してるのか、姉様知ってる？」

　ジュリアナは階段を降りながら、首を傾げた。

「さあ、知らないわ。どうして？　何か気になる？」

　恐らくジュリアナとバーニーの婚約関係について話しているのだろうとは察しがついていたが、弟に余計な心配をかけたくはなかった。知らない振りをすると、マリウスはジュリアナが隣に来るのを待って、館の西に繋がる廊下へと向かう。

「いや、気になるっていうか、なんていうか。この間ちょっと出来心で二人が入った書斎の扉に耳をくっつけてみたんだけど」

「まあ。お行儀が悪いわね」

咎めると、マリウスは肩を竦めた。

「そこは大目に見てよ。それでさ、はっきりとは聞こえなかったんだけど、帝国との戦がどうのこうのって聞こえたんだよね」

ジュリアナの背筋に、緊張が走った。マリウスの藍の瞳が、ジュリアナの内心を探ろうと反応を観察する。

「……帝国ってペルレ帝国だよね。エリックってさ、軍部にも議会に参加してないのに、どうしてあんな話、父上としてるのかなって思ったんだけど」

「……そうね……。どうして、かしら……」

ジュリアナは弟から目を逸らし、視線を床へと落とした。

「あとさ、よくわからないけど、ディルクが僕に手紙を送ってきてね、兄上が……あ、兄上ってバーニー殿下のことだよ。そのバーニー殿下がすごく怒ってるから、姉様だけじゃなく、僕や家族みんなも身辺気をつけてねって言うんだ。……バーニー殿下って、浮気したんだよね？　それでどうして怒ってるのか、僕、意味がわからないんだよ。姉様がエリックと交際してるのが気に入らないのかなって思うけど、でも自分が先にしたのに、どうして自分はよくて、姉様はダメなの？」

色々と疑問を抱えていたのだろう。マリウスはとりとめもなく質問を繰り出した。

——どうして自分はよくて、姉様はダメなの？

弟のまっとうな疑問が頭の中で繰り返され、ジュリアナはなぜだか笑いが込み上げた。くすっと笑い、口を掌で覆う。

「……姉様？」

面白い話をした記憶のない彼は、不安そうにジュリアナを呼んだ。

ジュリアナはすぐに笑いを収め、悲しく目を細めた。

「バーニー殿下にとって、お姉様はずっとあの方お一人のものなの。だから、手放してくださらないし、お怒りなのよ」

エリックと交際を始めて三ヶ月弱。もう何度も、二人で宴に参加していた。二人の交際は、社交界中で知らぬ者はいない周知の事実になっている。だが、バーニーはジュリアナを手放さない。

――そして刻一刻と、ペルレ帝国皇太子の容態は悪くなっていく。

じりじりと悪魔の手が足元まで這い寄ってくる感覚がして、ジュリアナは顔に出さぬよう、恐怖心と戦っていた。

エルマー皇太子が亡くなれば、エリックはいなくなる。もしも彼が皇太子になろうと、ペルレ帝国政権内で、彼の立ち位置は不明だ。自由を失い、政略により、婚姻相手も強制的に定められる可能性も十二分にある。

ジュリアナが考えながらサロンに足を踏み入れると、いつの間にか立ちどまっていたマリウスが後ろでぼんやりと言った。

「……殿下のものかあ」

振り返ると、マリウスは神妙な顔で、チェスが置かれたサロンの暖炉脇にある机に向かう。

「確かに姉様はずっと、殿下のために生きてる人だったね。生活の全てが殿下にお仕えするために構成されてた。窮屈そうだなって思ってたから、最近楽しそうで僕は嬉しいよ。エリックといる時だけは、姉様は気取らなくていいものね」

椅子に座った彼は、笑顔でジュリアナを見上げた。

「僕、エリックが義兄になるの、実は凄く楽しみなんだ。バーニー殿下は姉様を独り占めしたいのかなって感じで、一緒に過ごしづらかったけど、エリックなら僕も楽しいから」

ジュリアナは無邪気な弟に笑い返そうとして、できなかった。立ち尽くし、言葉を失う。

エリックがいなくなる未来を想像すると、頬が強ばり、喉が引きつった。

最初から、覚悟していた。それなのに、その日が近いのだと意識すると、心が弱くなる。

彼は、ジュリアナが十一歳の頃から当たり前に傍にいた。家ですれ違い、ふざけた冗談を言っては彼女を笑わせ、今や毎日愛を囁きかけてくれる青年。

そんな人が、忽然と姿を消すのだ。

彼がいなくなったこの家は、どれほど空虚だろう。共に出かけ、手を繋いでドギマギしながらも、他愛なく話をすることができなくなる。愛情深い眼差しも、温かくジュリアナを抱き締めるあの体温も、甘いキスも、何もかも失う。

ジュリアナはこのところ、気を抜くと、どこにも行かないでと言ってしまいたくなる。今もこうして、僅かな時間でもいいから、彼の笑顔と声に触れたくて、会いに来ている。

マリウスは姉の表情に眉根を寄せ、息を吸った。

「……あのさ、あり得ないと思うんだけど、バーニー殿下がエリックや姉様の命を狙うなんてこと、ないよね?」

ジュリアナは目を瞬き、意識を現実に戻した。

「そんなこと……あるはずないわ。バーニー殿下はやんごとないお立場の方で、そのご判断は民衆の支持を得られるものでなくては……」

「――じゃあ、どうしてディルクは僕に身辺に気をつけてって忠告してきたと思う?」

言い終わる前に問われ、ジュリアナは口を閉じる。

ディルクは思慮深い青年だ。冗談でそのようなことは言わない。真に危険があるから、忠告しているのだ。

――でも、なぜバーニー殿下がお怒りだと、私たちに危険が迫るの……?

まさかジュリアナが手に入らないからと私情で兵を動かし、エリックを害するなどできようもない。そんな真似をすれば、常軌を逸していると恐れられ、民からの支持を失う。王太子の座も危うくなる。

バーニーは自分の立場をよく理解している青年だ。肉親である国王に対してすら、振る舞い方を計算していた。

彼は決して、ジュリアナを私情で娶りたいとは言わない。あくまで哀れな婚約者のため。その名誉と未来を憂えて救おうとしているのだと、取り繕って目的を達成しようとしている。

彼が無謀に何かをするはずはなく、それ故ジュリアナたちに危険が迫るなど、あり得ない――。

ジュリアナが口を開こうとした時、しばし姉を見つめていたマリウスが続けた。

「これは僕の勝手な想像なんだけど、父上とエリックが帝国の話をしていた理由は、エリックがペルレ帝国の人だからじゃないかと思うんだ」

ジュリアナは内心ぎくりとしたが、なんとか表情には出さず、彼を見返すだけに留めた。

「戦が云々ってのは、ペルレ帝国とこの国の間で戦が起こるかもしれないってことだとも思う。僕は小さくて覚えてないけど、確か何年か前まで、アメテュスト王国はペルレ帝国の脅威に怯えていたんでしょ？　ここ最近は何もなくても、また情勢が危なくなっていると考えるのは自然だ」

聡明な子だと思っていたが、マリウスは本当に敏い。ジュリアナは感心しながらも事実は言えず、何も答えなかった。

彼はジュリアナの顔色をじっと見て、眉根を寄せる。

「エリックってさ、妙に肝が据わってるのは、何か後ろ盾があるからじゃないかと思うんだ。どんな脅威にも脅かされない、確固たる何かがあって――」

それ以上話すと核心に触れてしまいそうで、ジュリアナは彼を遮って言った。

「……エリックとお姉様は、結婚できないかもしれないの」

「――へ……？」

唐突な告白に、マリウスはぽかんとする。ジュリアナは冷静な眼差しで弟を見つめ、事実だけを話した。

「詳しくは話せないの。だけどエリックは、もしかしたらこの国からいなくなってしまうかもしれない人なの。だから、お姉様とエリックが結婚できるかどうかは、わからないわ。彼が貴方の義兄になる日は、こないかもしれない」

マリウスは口を開けたまま固まり、頬を引きつらせる。わなわなと肩を震わせ、腹立たしげに聞き返した。

「それじゃあ、姉様はどうなるの……。バーニー殿下の妃になるの……？」

ジュリアナが否定しようとした時、マリウスの目がサロンの奥にある通路に向いた。

足音が響き、聞き慣れた声がサロン内に響く。

「……くれぐれも気をつけなさい。国境の警戒はアロイスが指揮を執っているが、指揮官を代える話がある。何もないとは思うが、万が一がないとは言えない」

「ありがとうございます」

オルコット侯爵とエリックは話をやめ、足をとめた。サロン内にジュリアナとマリウスがいるのに気づき、二人は表情を穏やかにする。

「ああ、ジュリアナにマリウス。何をしているんだ？」

「チェス？　いいね、俺も一緒にしようかな」

先ほどまでの緊迫した空気を嘘のように消し去り、エリックが歩み寄った。

マリウスはエリックを凝視したまま、音もなく立ち上がる。いつもと違う固い雰囲気にエリックが足をとめた時、マリウスはぼそっと聞いた。

「……エリックって、ペルレ帝国皇帝の息子じゃないの……？」

ジュリアナは息を呑む。どうやってその結論に達したのか定かではないが、マリウスはジュリアナが危ういと思って隠したその核心を突いた。

エリックがペルレ帝国の人間で、戦が起こるかもしれないという程度の情報からであれば、まず諜報員あたりを想像するものではないだろうか。皇帝の息子など、発想が飛躍しすぎている。

エリックはさっとジュリアナに確認する眼差しを向け、彼女は慌てて作り物の笑みを浮かべた。

「マリウス、何を言っているの。そんなわけない……」

「――皇帝の息子なら、ちゃんと姉様を娶ってよ」

ヒヤッとするほど、反論も否定も許さない口調だった。いつも優しい笑みを浮かべるマリウスが、喧嘩でも売るような鋭い眼差しでエリックを睨みつけている。

「マリウス、どうしたんだ？」

エリックが取りなそうと笑いかけるも、彼は暗い眼差しで呟いた。

「……姉様を一人この国に残して母国に帰るなんて、絶対に許さない。ましてや母国で他の女性を娶るなんてしてみろ。――どんな手を使ってでも、僕は貴方を殺してやる」

ジュリアナはぎょっとする。

「マ……っ、マリウス……！　何を言っているの。殺すだなんて、物騒なこと言わないで……っ」

「バーニー殿下と結婚するくらいなら自害するって、最初に物騒な話をしたのは――姉様だよ‼」

大きな声で言い返され、ジュリアナは固まった。

弟には父から何もかも伝わっているとは知っていたが、自決する話までしているとは思えない。

恐らく彼は、中央階段でオルコット侯爵に向かって叫んでいた、ジュリアナの声を聞いたのだ。

ずっと我慢していたのか、マリウスは泣きそうな顔でジュリアナを見る。

「僕は、姉様に死んでほしくないんだよ……！　それに別れたいって言ってるのに、しつこく姉様を縛ろうとするバーニー殿下とも、一緒になってほしくない！　エリックが姉様の恋人になって、凄く嬉しかったのに……っ、途中で放り出すつもりだったなんて、聞いてないよ！　姉様を捨てるなら、もう僕はどんな権威ある男だろうと許さない。——姉様を蔑ろにする奴は、全員ぶっ殺してやる!!」

最後は視線を転じ、エリックに向かって盛大に叫んでいた。

ジュリアナの喉がきゅう、と変な音を出し、マリウスに正面から睨み据えられたエリックは、呆然と瞬きを繰り返す。数秒後、エリックは、ははは っと朗らかに笑った。

「……僕今、面白い話してないんだけど……」

不服そうに問われるも、エリックはくっくっと口を覆って笑い、頷く。

「……いや、そうだな。すまない。あまりにも潔い殺害予告だったから、なんだかおかしくなってしまった。お前の気持ちはよくわかったよ、マリウス」

「……どういう意味だよ」

聞き返され、エリックはジュリアナに手を差し伸べる。その手を取ると、彼はジュリアナを抱き寄せ、向かいに立つマリウスに、にこっと笑った。

「お前に言われるまでもなく、ジュリアナはなんとしても娶るつもりだよ。安心してくれ」

その返答は疑わしく、マリウスだけでなくジュリアナも頷けなかった。

姉弟の微妙な反応に、エリックはまた笑い、ジュリアナの横顔を覗き込む。

「まあ、順調にいくかどうかはわからないけど、色々と道は模索するよ。最終的には必ずジュリアナを娶ると約束する。もちろん、浮気もしないよ」

彼を見返し、ジュリアナはそう上手くいかないだろうと思いながらも、気持ちが嬉しくて微笑む。

エリックはそんな彼女を見つめ、不意に真剣な眼差しになった。

「……だからどうか、何があっても俺を信じてほしい。もしも君のもとを離れても、必ず迎えに行くから、他の男とは結婚しないでくれ」

ジュリアナは戸惑い、首を傾げる。

「……ええ……。わかったわ」

どちらにせよ、エリックがいなくなればジュリアナに声をかける異性は、バーニー以外いないだろう。そしてジュリアナはバーニーとは絶対に結婚しない。しつこくされるなら、家族には悪いが他国へ逃げようと心を決めていた。

エリックはほっとし、後方でやりとりを眺めていたオルコット侯爵は、渋い顔でため息を吐く。眉根を寄せて、マリウスに近づいた。

「……マリウス。お前は敏い子だから、エリックの出自にも気づいたのだろうが、彼の立場はそう易いものではない。彼がこの国にあるのは、母国でその命が脅かされていたからだ。エルマー皇太子が儚くなれば、皇帝の血こそを重んじる帝国の人々は、エリックを戻せと言うだろう。しかし彼がこの世にあることを望まぬ者もまた、あの国の中央にいる。姉を大切に思うのはよいが、むやみに責任を取れとも言ってやるな。エリックとて、望んでジュリアナを手放しはしない」

マリウスは目を瞬き、エリックを振り返る。やんわりと微笑んでいる彼に、頭を下げた。

「……何も知らないのに、怒ってごめん、エリック。でも、姉様を娶るなら、命が脅かされないようになってからにしてください」

なおも姉大事の発言に、一同はぽかんとする。そして全員が、ははっと笑った。

エリックはマリウスの頭をガシガシと撫でる。

「お前は要求が多いなあ」

「だって、絶対安全な状態じゃないと、姉様は送り出せないよ。何がどうなってるんだか詳しくは知らないけど、ちゃんと身辺整えてよね」

ぐしゃぐしゃにされた髪を整えながら言い返され、エリックは大らかに頷いた。

「あちらの国に戻らずにすむならそれが最良だが、そうもいかなくなればお前の言う通りにするよ」

オルコット侯爵は眉尻を下げ、マリウスに言う。

「エリックの出自については、他言しないようにしなさいマリウス。ペルレ帝国のエルマー皇太子は、なんとかお命を繋いでおられる。今はまだ、状況を見極めているところだからね」

「はい。承知致しました、父上」

マリウスは背筋を伸ばし、きりりと顔を引き締めて答えた。エリックと似て、弟もけじめをつけるところはきちんと押さえる。

エリックは弟の様子に目を細め、ジュリアナを見下ろした。

「五日後のベーレンス侯爵家の宴には、一緒に行こうね」

二人のもとには、二週間前にベーレンス侯爵家から宴の招待状が届いていた。ベーレンス侯爵家といえば、バーニーの近侍、フリードの生家だ。

ジュリアナはエリックの顔を見つめながら、頭の中で引っかかっていた事柄を思い出す。

『バーニー殿下がすごく怒ってるから、姉様だけじゃなく、僕や家族みんな身辺気をつけてねって言うんだ』

マリウスがディルクから受け取った手紙。

バーニーは何かをしようとしているのだろうか。ベーレンス侯爵家の宴なら、バーニーも参加する可能性は高い。

ジュリアナの助言を小賢しいと嫌悪している彼には、もう何も言うべきではない。それはわかっているけれど、家族までも危うくなるのは避けたい――。

「……ジュリアナ。何を考えてるの？」

エリックが何かを見透かした笑みで尋ねるも、彼女は首を振った。

「……いいえ、何も」

二

その日は、昼間から空に雨雲が広がっていた。湿気を含んだ重そうな雲は、今にも雨粒を零しそうでいて、なんとか降り出すのを堪《こら》えている。そんな状態で日は沈み、ベーレンス侯爵家の宴へ参加するため、エリックがジュリアナを迎えに来る時間になっていた。

いつものようにエリックの手を借りて、キースリング侯爵家の馬車に乗り込もうとした時、ジュリアナは馬車の後方についた従者に目をとめる。

彼らの衣装が、今日は少し違った。お仕着せの上着の下に、厚い革の胸当てが覗いている。視線をずらせば、腰から長剣まで下げていた。

宴へ参加するのに、従者が武装しているなど初めて見る。

エスコートしていたエリックは、彼女の視線に気づいただろうが、何も言わず彼女のあとに続き、馬車に乗り込んだ。

席に座ったジュリアナは、馬車の中をさりげなく見渡し、背凭れと壁の隙間に目を向ける。そこにはエリックのものと見受けられる、重厚な意匠が施された長剣があった。

ジュリアナは、剣からエリックへ視線を移す。もの言いたげな眼差しに、彼は肩を竦めた。

「念のためだよ。何もないから、気にしないで」

——何もなくて、武装なんてしない。

ジュリアナの知らない何かが、始まっている。

追及を望まない彼の空気を読み、視線を前方へ向けながら、彼女は嫌な予感に胸を騒がせるしかなかった。

ベーレンス侯爵邸は王都の南、王宮から少し離れた場所にある。正門から館までは連なる木々が道を作り、その先に現れる館の外観は瀟洒《しょうしゃ》。表から見ると背の高い樹木が目立つこの屋敷は、奥に設けられた宴を開く離れへと進むと、景色が一変した。幾何学模様に刈り込まれた木々と花々がテラス前を彩り、客の目を楽しませる。

代々王族の傍近くに仕える者を輩出し続け、オルコット侯爵家と肩を並べるほどの伝統を持つベーレンス侯爵家。その当主は、訪れたジュリアナとエリックをにこやかに歓迎した。

「ようこそお越しくださいました。キースリング侯爵にジュリアナ嬢。今宵の宴は生憎の天気で常よりもお客様は少なめでございますが、フリードも屋敷へ戻っております。何かございましたら、どうぞお気軽にお申しつけください」

華やかなパステル調の青の上着に白のベストを合わせた彼は、立派な髭を蓄え、恰幅もよい。細身のフリードとは似ていないようでいて、空色の瞳と薄茶色の髪は全く同じだった。

ジュリアナは膝を折って挨拶し、エリックは軽く頭を下げる。

「お招きありがとうございます、ベーレンス侯爵。折を見て、彼とも話をさせて頂こうと思います。……今宵はバーニー殿下はいらっしゃる予定でしょうか？」

ジュリアナは内心を読まれた心地で、ぎくっとする。何度も共に宴に参加したが、エリックがバーニーの参加をジュリアナの前で確認したのは、これが初めてだった。

ベーレンス侯爵は、笑顔を一片も曇らせずに答えた。

「はい。まだお越しではございませんが、ご参加予定だとお伺いしております」

「ありがとうございます。それでは、ご迷惑がかからぬよう、楽しませて頂きます」

ベーレンス侯爵は微動だにしない微笑みで、二人を会場内へと送り出す。

「迷惑などあるはずもございません。多少の問題は私共でなんとでも致しますから、ご安心を」

長く貴族社会を渡り歩いてきただけはある堂々たる言に、エリックは笑みを見せ、ジュリアナをエスコートして会場へと足を踏み入れた。

明るい光が照らす会場内は、雅な楽曲が奏でられていた。当主が言った通り、参加客は少ない。

エリックは近くを通った給仕から酒を二つ受け取り、ジュリアナに一つ渡した。

「ありがとう」

「……ジュリアナ。今夜はある程度挨拶をすませたら、雨が降り出す前に失礼しよう」

ジュリアナは彼を見上げる。早く帰りたいと言いたげな気配を感じた。

心を読もうとする視線に、彼は眉尻を下げる。

「こんな空模様だから、本来なら参加も見合わせてよかったんだけど、どうしてもフリードに会っておきたくてね。俺の都合で悪いけど、彼と話ができたらすぐにここを出たい。時間があったら俺か君の屋敷で過ごしてもいいし」

「……そう」

宴を早めに切り上げても、エリックと一緒に過ごせるならいいかな、とジュリアナは頷いた。

「ただフリードとの話は二人でしたくてさ。その間ジュリアナを一人にしてしまうと思う。できれば俺の目が届いていない間は、バーニー殿下に近づかないでほしいんだけど……どうかな」

顔色を窺いながら、君はどうしたい？　と問われ、ジュリアナはすっかり考えを読まれているのだな、と苦く笑う。しかしこちらもいい大人だ。彼女はエリックを見やり、同じようにお伺いを立てた。

「……私も、この間と同じ目には遭いたくないから、人気《ひとけ》のない場所にバーニー殿下と行こうとは思わないわ。ただ、お話をしたいと思っているの。貴方の目が届く範囲内でお声をかけようと思うのだけれど、よいかしら」

「……どんな話がしたいのかな？」

にこっと含みのある笑みを見せられ、ジュリアナはじわっと額に汗を滲ませる。

「……その、マリウスが気になる話をしていて……」

先日マリウスのもとに届いた手紙について話し、彼女は眉を顰めて会場の出入り口を振り返った。

「……厭われているのだから、もうお傍に近づくべきではないとはわかっているの。でも、私の家族が関わるなら、何か起こるまで待っていられないし……それに、そろそろあの方には私から解放されて頂きたいの」

大嫌いだけど愛してるなんて、そんな呪いじみた感情は早く捨て、楽になってほしい。

彼女と同じ方向へ視線を向け、エリックは酒を喉に流し込む。

「……どうかな。愛っていうのは、よほどのことがないと、捨てようと思ってすぐに捨てられるものでもない。君が望むならとめないけど……きっと殿下は考えを改めないよ」

「……何もしないで決めつけるのは、嫌なの」

王太子妃となるために学んできた彼女は、多くの王の末路を書物の中で見てきた。王族とは、過ちを犯してはならない一族だ。たった一つの過ちが、あっけなく彼らの足元を崩す。

ジュリアナがバーニーの振る舞いに言葉を添えてきたのは、彼の未来を盤石《ばんじゃく》にするためだった。それが怒りに触れたのはわかっている。

でも、彼に不幸になってほしくて助言し続けてきたわけでもない。

それに、ジュリアナとビアンカの双方を手に入れようとする、彼のやりようには同意できない。

不意に腰に手が回され、ぎゅっと抱き寄せられた。びくっと肩を揺らすと、彼はジュリアナの頭に頬を寄せ、げんなりとぼやく。

「あー……嫉妬するなあ。殿下はあんなに君に酷い真似をしてきたのに、まだ気にしてもらえるなんて。小さい頃から一緒に育つと得だな……」

穏やかながらも悋気を見せられ、ジュリアナは慌てる。

「そ、そういうわけじゃないわ……っ。これは、家族が関わっているみたいだから……」

首を振るも、彼はジュリアナの顔を覗き込み、見透かしたような眼差しを注いだ。

「でも、間違ったことをしているんじゃないかと、心配なんだろう?」

ジュリアナは言葉に詰まる。言われる通りだった。恋もしたが、それ以前は弟のように見守ってきた少年だ。今のバーニーには危うさを感じ、案じる気持ちが残っていた。

困り顔になった彼女に、エリックはふっと鷹揚に笑う。

「……いいよ。でもこれが最後だよ」

「最後……？」

聞き返すと、彼は青い目を細め、ジュリアナの頬を指の背で撫でた。

「そう、これが最後。……余裕ぶっているが、俺は狭量でね。バーニー殿下と君が近くにいるだけで、嫉妬してしまう。君がまた彼に惹かれてしまうのではと、恐ろしい」

ジュリアナは目を丸くする。バーニーにまた恋をするなど、絶対にあり得ない。

だけど不安にさせているのは申し訳なく、すぐに頷いた。

「約束するわ。彼と二人で話すのは、今日で最後にする」

「ありがとう。心が狭くてすまない。だけど俺は、もう君を誰にも奪われたくはないんだよ……ジュリアナ」

ジュリアナはぽっと頬を染める。彼は周囲の目も気にせず顔を寄せ、ジュリアナの頬に柔らかくキスを落とした。

「……お邪魔して申し訳ない。少しよろしいだろうか」

急に穏やかな声をかけられ、ジュリアナは小さく飛び上がった。キスを見られただろうかと振り返り、現れた青年の姿になんとも言えない心地になる。

背後に立っていたのは、すらりと背の高い、薄茶色の髪に空色の瞳をした、王太子の近侍――フリードだった。彼は美しい所作で、ジュリアナに腰を折る。

「ようこそお越しくださいました、ジュリアナ嬢」

「こんばんは、クレフ伯爵。お招きくださり、ありがとうございます」

淑女の礼をすると、彼は人のいい笑みを浮かべた。

「お越し頂いて早々に申し訳ないのですが……少々、キースリング侯爵とお話をさせて頂いてもよろしいでしょうか」

「ええ、もちろんです」

エリックから用件を聞いていたジュリアナは笑顔で応じ、同時にざわりと揺らいだ会場の空気に視線を転じる。皆が振り返った先へ目を向け、彼女は緊張で、胸がぎゅっと締めつけられる感覚に襲われた。

癖のある金色の髪にエメラルドの瞳が印象的な、美しい外見をした青年。――アメテュスト王国の王太子、バーニーが、ビアンカを伴って会場内に入ってきていた。

エリックがため息を吐く。

「……来る前にすませたかったな……仕方ない。ジュリアナ、俺とフリードはテラスで話をするから、君はテラス前にいてくれないか？ そうしたら俺は君の無事を確認しながら話ができる」

指で示された先には、会場との間をガラス張りの扉で閉ざされた、テラスがあった。ベーレンス侯爵家の離れは、王宮にある迎賓館と似た造りで、会場内からテラスがよく見える。

ジュリアナは心配そうに自分を見下ろす恋人を安心させるため、おっとりと答えた。

「ええ、わかったわ。そうしたら扉の前で待っているわね」

「できるだけ早く戻るよ」

優しく言って、エリックはフリードと共にテラスへと出て行った。

パタンと閉じたガラス張りの扉越しに、ジュリアナは二人を見つめる。外灯に照らされたテラスには、エリックとフリード以外いなかった。エリックは手すりに肘を乗せて凭れかかり、フリードは気を許した雰囲気ながら、直立で彼と対峙する。日頃近侍として王太子の傍に控える彼は、あの姿勢が癖になっているのだろう。

ジュリアナがひと息ついて会場の方へ視線を戻そうと思った時、懐かしい声が鼓膜を揺らした。

「ジュリー、会いたかったよ」

彼は決まって、ジュリアナに会うとそう言う少年だった。心の内はどんな感情が渦巻いていたのか想像もできないが、きっとその言葉は、彼なりの思いやりだったろう。

相手の気分を害さぬよう、自分の本心は隠して笑みを浮かべる。王族に課された責務を、彼は懸命に熟《こな》して生きてきた。

ジュリアナはかつてと同じ微笑みを浮かべて、振り返る。

金糸で彩られた新緑色の上着に同色のベストを纏ったバーニーが、斜め後ろにビアンカを伴って、傍近くに立っていた。

ジュリアナは丁寧に膝を折り、頭を垂れる。

「お目にかかれ光栄です、バーニー殿下」

「どうぞ顔を上げて。やっと一人になってくれて、嬉しいよ。僕とダンスをしない？」

以前と同様に機嫌のよい声でダンスに誘われ、ジュリアナの心臓がドキッと跳ねた。バーニーは会場へ来たばかりで、ファーストダンスもまだだ。

伴われたビアンカを見れば、あからさまに表情を曇らせている。

ジュリアナは必要以上に周囲の視線を集めぬよう、殊更に落ち着いた声で応じた。

「いいえ。申し訳ありませんが、私は今、エリックを待っているところなのです。ファーストダンスは、どうぞビアンカ嬢とお楽しみください」

目礼をして辞退すると、彼はジュリアナの視線を追ってテラスの向こうを見る。そして態度を繕わず舌打ちした。

「……用心深い男って、鬱陶しいね」

エリックはフリードと話しながら、視線をまっすぐバーニーに注いでいた。

「……それでは、私とダンスを致しましょう？　バーニー様」

甘えた声でビアンカがバーニーの袖を引き、彼はにっこりと笑う。

「ビアンカはダンスが好きだね。君はとても可愛いから、皆が声をかけてくれると思うよ。少しジュリアナと二人にしてくれる？」

「……まあ、私とファーストダンスを踊ってはくださらないのですか？」

ビアンカは傷ついた顔をして詰ったが、バーニーは肩を竦めた。

「そういう気分じゃないんだ、ごめんね」

ジュリアナには自らダンスを乞うたくせに、ビアンカの誘いはあからさまな嘘で断る。

蔑ろにされ、彼女は頬に朱を注いで背を向けた。

さすがに見兼ねて、ジュリアナは口を挟む。

「ビアンカ嬢とて、貴方のために人生を捧げております。労りの心を持って……」

「僕にお説教したいなら、結婚してから言ってくれる？　まあ結婚したら、生意気な口を利くたびに、その美しい頬を叩きつけてあげるけれど」

鋭い眼差しを注がれ、ジュリアは身を強ばらせかけた。しかしテラスにいるエリックが手すりから身を離す気配がして、はっとする。

怯えて萎縮していては、何も変えられない。ジュリアナが愛しているのは、エリックだ。決してバーニーの妻にはならないと決意しているのだから、恐れる必要はない。

彼女はエリックに眼差しで大丈夫だと伝え、バーニーを見返した。

「さようでございますか。殿下にとって私は、常に毒でしかありえないようです」

ジュリアナが口にしてしまえば、どんな言葉も、彼には耳障りな説教になる。

バーニーは当然だと言いたげな顔をし、ジュリアナは彼の神経を逆撫でせぬよう、視線を逸らした。テラスを閉ざすガラス張りの扉に映ったバーニーを見つめ、静かに言う。

「それほど憎ませてしまい、誠に申し訳ありません。お怒りのまま、私を罰してしまいたいことでしょう」

視線に気づき、バーニーもガラスに映る彼女を見返した。

「……ですが殿下、貴方は前途あるお方です。一時の感情に任せて、ご判断を過《あやま》たぬように……お気をつけください」

「……僕が何か判断を過ってるというの？」

ジュリアナの脳裏に、気がかりな一点が蘇る。彼女は俯き、躊躇いがちに尋ねた。

「……私だけでなく、私の家族にも……何か罰を与えたいとお考えではありませんか」

バーニーはジュリアナの横顔を見やり、刺々《とげとげ》しく笑う。

「もしも君が僕の妻にならないなら、当然罰するよ。どんな手段を使っても、罪を作って重い罰を与えよう。僕が王になった暁には、君の父上や弟は職も爵位も手にしてはいないはずだ。――それにあそこにいる男も」

彼は、テラスでフリードと話すエリックを睨み据えた。

「僕の婚約者に手を出すなんて、彼は本当に立場を弁えない。何があっても、罰を与えるよ。……生まれも卑しいのだから、あいつが消えても何の支障もないしね」

不穏なセリフにぞくっと寒気を覚え、ジュリアナはバーニーを振り返る。彼の瞳はらんらんと輝き、何かを企むような、にやついた笑みを浮かべていた。

「――バーニー殿下」

何かしようとしている。それも――間違えた方向へ進みかけている。

ジュリアナは咄嗟に何をしようとしているのだと問おうとし、ふわっと鼻先を掠めた雨の匂いと、落ち着きない足音に口を閉じた。

見ると、ホールの中央でダンスを楽しんでいる人々のその奥――会場の出入り口から、王家の騎士服を着た青年が一人、こちらへと向かってきている。

テラスにいた二人はピクリと肩を揺らし、空を見上げた。雨雲に覆われた空から、細い雨粒がぽつりぽつりと落ち始めていた。

ホールの壁伝いに回ってきた騎士は、バーニーの足元で跪く。

煩わしそうな顔で見下ろされながらも、彼は二通の手紙を差し出した。ジュリアナはさっとその封筒に押された紋章に視線を走らせ、表情を曇らせる。もう一つの青い封筒は見えなかったが、黒い封筒には、ペルレ帝国皇室の印が押されていた。

バーニーは手紙を受け取り、二通ともに目を通す。そして、くくっと笑った。

嫌な予感を覚えたジュリアナの前を、また別の誰かが通り抜ける。それはどこかで見た覚えのある、黒のお仕着せを着た従者だった。急ぎの使いなのか、彼はテラスの扉を開け、エリックのもとへ駆け寄る。

エリックもまたバーニーが受け取ったものと同じ封筒を受け取り、顔を歪めた。フリードに何事か言い、彼は従者を伴って会場内へと戻ってくる。

彼が扉を開くと、先ほどより雨足は増し、本降りになろうとしている音が聞こえた。

エリックは濡れた髪を搔き上げ、ジュリアナに歩み寄る。

「すまない、ジュリアナ。今日はこれで帰ろう。状況が変わった」

「……状況が……？」

彼はジュリアナの手を取って引き寄せ、フリードがエリックのあとに続いて会場内に入る。

バーニーは一瞬気に入らないと言いたげに目を眇め、エリックに向けて笑いかけた。

「朗報を手にしたのだろう？　おめでとう、キースリング侯爵。君が表舞台へと躍り出るチャンスだ」

バーニーはこれ見よがしに自らが手にしていた黒の封筒を掲げ、彼にペルレ帝国の紋章を見せつけた。

フリードは顔色悪くバーニーを見つめ、エリックは眉根を寄せる。

「いいえ、朗報ではありません。これは貴方にとっても悪い報せのはずだ。なぜお喜びなのか、理由をお聞かせ願いたいものだ」

「……何があったの？」

抱き寄せられたジュリアナが尋ねると、エリックは難しい顔で耳打ちした。

「エルマー皇太子が、お亡くなりになった」

「——……！」

それでは、エリックが本当にペルレ帝国へと戻ってしまう。覚悟していたはずの未来が現実となり、しかし急な出来事に気持ちが追いつかず、ジュリアナは真っ青になった。

「行ってしまうの……？」

——会えなくなるなんて、嫌。どこにも行かないで。

一瞬にして我が儘な感情が心を支配し、しかし言葉にしてはいけないと、理性が口を閉じさせる。

隠そうとした想いは、紫水晶の瞳に、堪《こら》えきれない涙となって滲み出た。

エリックは泣きそうな顔になった彼女にぎょっとし、すぐに温かく微笑む。頬を撫で、穏やかに語りかけた。

「……大丈夫だよ、アナ。すぐにどうこうなるものでもない。今日はただ、エルマー皇太子について報せが来ただけだから、そんな顔しないで」

「……ごめんなさい……。驚いてしまって……」

ジュリアナは冷静にならなくてはと自分に言い聞かせ、目を瞬かせて涙を乾かそうとする。そんな二人の間に、ひんやりとした声が割って入った。

「――……僕の目の前で、よくもそんな風に彼女に触れられるね」

振り返ると、バーニーが憎悪の籠もった目をひたとエリックに向けていた。

「……忘れているのかな、キースリング侯爵。ジュリアナはまだ、僕の婚約者だよ。君は本当に、不躾な奴だ。きっと死んでもその性格は直らないんだろうけれど……これで君の顔を見なくてすむと思うと、清々する」

皮肉に笑って、手にした封筒を見下ろす。

「君が皇后に嫌われていて、本当に嬉しいよ。どうぞ楽しく過ごすといい……生きていられる間だけは」

エリックは彼の手元を注視し、そして眉を跳ね上げた。

「……その青い封筒は、タルナート侯爵家のものと見受けられるが、相違ないでしょうか？」

ジュリアナには馴染みのない家名を聞いた刹那《せつな》、フリードが弾かれたようにバーニーのもとへ駆け寄った。

「――殿下……何をなさったのです……っ」

近侍は必死の形相で彼の手から封筒を取り上げる。そして青の封筒に押された紋章を確認し、苦しげに呻《うめ》いた。

「――……なりませんと、申し上げました……‼」

バーニーは近侍の苦悶の表情を冷淡に見やり、吐き捨てる。

「――黙れ。お前こそ、何度言えばわかるんだ？　臆病者の言葉など聞き入れぬ。あまりしつこくするならば、職を解くぞ」

「……っ」

フリードは言葉を失い、ジュリアナはその家名をどこで見たのか、思い出した。歴史学の中で学んだ一節――タルナート侯爵家とは、現ペルレ帝国皇帝の正妻の生家だ。

記憶を辿り、答えを導き出した彼女は、一拍遅れてフリード同様に青ざめる。

バーニーがタルナート侯爵家と通じているなら、その理由は一つ。皇帝の愛人とその子をこの世から葬り去ろうと暗躍していた皇后。その魔の手が、再び伸ばされようとしているのだ。

ジュリアナは蒼白になりながら、バーニーに歩み寄った。

「……バーニー殿下……！　どうぞお考え直しください！」

今度はジュリアナからもやめろと言われ、バーニーは冷え冷えとした目で振り返る。

「またお説教をするの、ジュリー？　君は僕と結婚したあと、よほどいじめてほしいんだね……」

「そうではありません！　判断を過たれてはなりません！　貴方は、次期国王でございます……っ」

皇后と結託し、エリックを亡き者にすれば、彼は満足できるだろう。しかしその後はどうなる。

皇帝は世継ぎを失い、密約を守り切れなかったアメテュスト王国は容赦なく攻め入られるだろう。

フリードだって、それがわかっているから、彼を諫め続けたに違いない。

焦るジュリアナに、バーニーはにこっと鮮やかに笑う。

「大丈夫だよ、ジュリー。僕だって国のことは考えてる。ちゃんと民を守る道を整えた上で、この手紙を受け取っているから、心配はいらない」

彼は近侍の手から青の封筒を取り戻し、内ポケットにしまった。

「——殿下……！」

そうではないと訴えようとしたが、エリックが彼女を引き寄せ、もうやめろと言外に告げた。

「エリック……っ、でもこれは、殿下だけの問題では……！」

エリックは険しい顔で、視線を逸らす。

「……すまない。君の気持ちはわかるが、猶予があまりないと思う。ひとまず今日は戻ろう。対応を詰めなくてはいけない」

「……はい……」

一番危ういのは、エリックだ。ジュリアナは拳を握り、時間を浪費できない彼に従った。

宴に参加していた人々は何事だと驚いていたが、当主が気を利かせ、酒を振る舞い始める。

「……すまない。馬車の手配が必要だろう。僕も一緒に行こう」

フリードは見送りのため、二人と共に移動した。

外回廊を渡り、ジュリアナたちは正面エントランスへと進んだ。フリードはそこに二人を待たせ、馬車を回す手配をしに、エントランス奥の馬車留めへと向かう。

ベーレンス侯爵家のエントランスは、照明となる灯籠《とうろう》を吊り下げた屋根と、それを支える柱に一つずつ外灯が取りつけられていた。エントランスから門までは外灯が立っているものの、雨足が強まり、月明かりもないせいで、酷く薄暗い。

「——待たせてすまない。御者が休憩に入ったところだったようで……」

フリードが声をかけながら戻り、キースリング侯爵家の馬車が二人の目の前に回された。御者がジュリアナのためにステップを用意している時、エリックがさっと馬車が来た方向とは反対側に目を向ける。

バシャバシャと不自然に水が撥ねる音がした。不思議に思って彼が見た先を振り返ったジュリアナは、何が起きているのか、よくわからなかった。

外回廊の向こうにあった木々の茂みから、漆黒の衣服に身を包んだ男たちがこちらに向かって走って来ていた。その手に鈍く光るものがあり、ジュリアナは本能的にぞわっと寒気を覚える。

口元まで黒い布で覆い隠した男たちの手には、長剣が握られていた。

「——事前に刺客を入国させていたのか……!?」

エリックは舌打ちし、馬車の後方へ走る。控えていた従者は剣を抜き、エリックは馬車の中だけでなく後ろにまで仕込んでいたらしい長剣を手にし、抜刀した。そして彼は瞠目する。

「——ジュリアナ……！」

「え……？」

エリックの動きを見ていた彼女は、背後にふわっと風が起こるのを感じ、身を翻す。目の前に、長剣を振りかざした見知らぬ男が立っていた。

生まれてから一度として命を狙われた経験のなかった彼女は、全く反応できなかった。銀色の光を放つ剣が、空を斬って彼女の首めがけて振り下ろされる。

「やめろ――‼」

ドン、と何かの衝撃が体に走った。ザシュッと肉が切れる音と、赤い血が目の前で飛び散る。

ジュリアナは勢いよく横っ飛びに弾かれ、僅かに宙を浮いて、エントランスの石の床に強《したた》かに体を打ちつけた。

「――エリック……！」

「――旦那様‼」

フリードと従者の声が重なり、ジュリアナは身動きも忘れ、目の前の光景を見つめる。

「俺は動ける……！　フリード、悪いが応援を呼んでくれ……‼」

エリックの左腕が真っ赤に染まっていた。ジュリアナを刺客の剣筋から外すため、横に押し出した際に負ったのだ。

エリックを斬る邪魔にさえならなければいいのか、刺客たちはジュリアナを追撃はせず、次々に彼に襲いかかる。新たに斬られたのか、先ほどの切り傷からかはわからないが、血があちこちに飛散した。フリードが勢いよく脇を通り抜け、館の中へ向け、大声で護衛を呼んだ。

エリックはちらとジュリアナを確認し、庭園の奥へと走り出す。ジュリアナから離れようとしている。屋根のない場所は、雨が視界を邪魔し、戦いにくそうだった。

自分がここから移動しなくてはいけないと思うのに、足が木偶《でく》のように動かない。

エリックは素早い動きで敵の剣を弾くが、彼の護衛は従者二名のみ。対して敵は八名ほどいた。

エリックが三人目の刺客を斬りつけた時、ジュリアナの耳はまた奇妙な音を拾う。馬車で隠れたその向こう。正門が開く音がして、どどどっと馬の足音が響いた。

助けかとも思ったけれど、音の方を横目に見たエリックは顔を歪める。

「……騎兵まで暗殺に使うとは、大胆にもほどがあるぞ……！」

騎兵——。

ジュリアナはなんとか立ち上がり、轟《とどろ》く足音を立てる者たちを確認した。刺客と代わり映えのない、顔を布で覆い隠した黒い外套を纏った男たちが、十数名こちらに向かって来ていた。

騎兵もそれぞれ抜刀しており、ジュリアナは息を吸う。——エリックを、助けなくては。

剣の腕などない彼女は、せめて助けを呼ぼうと身を翻し、館へと向かった。正面扉を開けた彼女は、武装した護衛を連れたフリードがやってくる姿を目にし、なんとかなると安堵する。しかし彼らがエントランスへ躍り出ようとした刹那、背後でエリックのくぐもった声が上がった。

「くそ……っ……ぐぅ——‼」

「——エリック⁉」

驚いた声だった。名を叫んで振り返り、彼女は呆然とする。

遠ざかっていく蹄《ひづめ》の音だけが聞こえ、雨が降りしきる庭園には、エリックも、刺客たちも、誰一人忽然といなくなってしまっていた。

「どういうことだ……!? 何か見ていないか!」

フリードが、取り残されたキースリング侯爵家の従者に駆け寄るも、負傷した彼らは何も見ていないと首を振る。

ジュリアナは愕然と目の前の光景を見つめ続け、コツリと床を踏む誰かの足音に、目を向けた。

美しい新緑色の衣装を身につけたバーニーが、外回廊を優雅に歩いてやってくる。彼は血に染まるドレスを纏ったジュリアナを見て、天使が如く微笑んだ。

「……可哀想なジュリー。もうすぐ、僕の花嫁になれるよ」

ジュリアナは唇を震わせ、大きく息を吸う。一度は堪《こら》えた涙が瞳から一気に溢れ出し、彼女は大きな声で叫んだ。

「——私は、決して貴方のもとへは嫁ぎません……! 殿下は、愚かな選択をなさいました!!」

バーニーは、くすっと笑った。

「……愚か? 聞き捨てならないな。僕はこれほど民のことを考えているのに。安心しなよ、ジュリー。ペルレ帝国の皇后は、エリックの命が奪えれば、二国間に不可侵条約を結ぼうと約束した。何も怯えることはない」

いい判断でしょうとでも言いたげな彼に、ジュリアナは目を見開き、眉根を寄せる。

「……皇后と約束を取り交わし、どうなるとおっしゃるのです……っ」

「——知らないの？　皇后の父親は、ペルレ帝国二大派閥の一派の長だよ。なんとでもできる」

明白なことだと答えられ、ジュリアナは苦しくて、凍える息を吐いた。彼の選択が悲しく、エリックを失ったかもしれないという恐怖が全身を強ばらせる。

バーニーを支えるために培《つちか》った知識が、それは過ちだと大きく警鐘を鳴らしていた。

「……殿下は、政を甘くお考えのようです……。皇后にとって重要なのは、エリックの命を奪うことでございましょう。貴方と不可侵条約について約束を取り交わしたところで、それに強制力はありません」

バーニーは眉を上げる。

「しかし、彼女とて暗殺を皇帝に知られては立場が危うくなる。こちらがその秘密を保持する限り、彼女は約束を違《たが》えられない」

ジュリアナは冷たく彼を見据えた。

「そんな秘密が、なんだというのです。アメテュスト王国は、密約を違えたとして、まずペルレ帝国皇帝の怒りを買うのですよ。そこを、親切にも皇后が皇帝の怒りを静め、更にはアメテュスト王国の安寧を保証しようと取りなすとおっしゃるのですか……？　長きにわたり、憎き愛妾の息子を守ってきた小国の未来など、彼女にとって知ったことではないでしょう。皇帝が怒りのまま戦を始めれば、暗殺の証拠とて戦火の中に消えるのですから……約束を守る必要などない」

バーニーは口を閉ざし、ジュリアナは感情的に言い放った。

「——エリックを失えば、この国に未来はないのです……バーニー殿下！」

とめどなく涙を零す彼女を見つめ、バーニーはふっと笑う。

何がおかしいのだと見やると、彼は青白い顔でエントランス脇に広がる血だまりに目を向けた。

「……そうか。僕は、道を過ったか……」

他人事とも取れるような、平坦な声だった。彼は雨に流されていく鮮血を眺め、笑みを深める。

「……でも、それもいい。……僕はもとより、王になどなりたくはなかったのだから……」

初めて聞いた告白を、ジュリアナはどう受け取ればいいのかわからず、震えながら立ち尽くした。

三

エリックが姿を消し、ジュリアナはフリードの付き添いでオルコット侯爵邸へと戻った。血を被って帰ってきたジュリアナを見たオルコット侯爵は顔色をなくして駆け寄り、そしてフリードから事情を聞いた。

ジュリアナは一旦部屋に戻って着替え、再び正面ホールへと向かう。人々が慌ただしく行き交い、外套を着たオルコット侯爵が正面扉から出て行こうとしていた。

「……お父様、どちらへ行かれるの」

ジュリアナが階段を降りながら尋ねると、彼は気遣わしく彼女に歩み寄る。

「私はベーレンス侯爵邸へ行き、状況を確認してくる。お前はもう休みなさい」

「……エリックは、私を庇って、腕に怪我をしていたの……。でも気がついたら、刺客も彼もいなくなっていて……」

ジュリアナは自分が見た光景をもう一度脳裏で蘇らせるだけで、恐怖に声を震わせた。しかし泣いて慰められたいわけではなく、ぐっと腹に力を込める。

「ジュリアナ、わかったよ。話はまた明日聞こう」

「まだ、死んでなんていないと思うの。あの場でも殺せたのに、連れ去るなんて……」

自分で言いながら、そうではないと思った。彼らが成すべきは暗殺だ。それも次期皇帝を手にかけるのだから、証拠を残さぬために、遺体は誰の目も届かぬ所へ運ぶだろう。

考えるごとに心が脆く弱り、目に涙が浮かんだ。

「……エリックが死んでしまっていたら、どうしよう……」

つい弱音を漏らすと、オルコット侯爵は険しい顔ながら、彼女の両肩に手を置き、勇気づけた。

「彼が話していただろう。何があってもお前を迎えに行くから、信じてくれと。彼はきっと無事だ」

ジュリアナは、この間の彼との会話を思い出し、震える息を吐く。

『何があっても俺を信じてほしい。もしも君のもとを離れても、必ず迎えに行くから、他の男とは結婚しないでくれ』

「……そうね。ええ、信じなくてはいけないわ……」

ジュリアナが自分に言い聞かせると、オルコット侯爵は力強く頷き、傍近くにいたエレンを促して、彼女を自室へと連れ戻させた。

慌ただしく現場検証や捜索隊の手配がすまされた二日後——事情聴取をするため、国王軍の兵たちがオルコット侯爵邸を訪れた。ジュリアナを怯えさせないためか、調査官はアロイス・レーゼルとその部下二名が担当し、彼らは庭園に面した客間へ通された。立ち会いとしてオルコット侯爵も同席し、部屋からは一切の使用人が下げられる。

レーゼル侯爵の向かいの席に腰を下ろし、ジュリアナは見たままを伝えた。

「……振り返った時には、馬の蹄の音だけが聞こえ、もうそこには誰もおりませんでした」

話を聞いたレーゼル侯爵は、胸の前で腕を組み、神妙な面持ちで窓の外に目を向ける。彼の眼前には、一昨日の出来事が嘘のような、青々とした緑と花で覆われた美しい庭園が広がっていた。

「十数名の騎兵か……。普通、暗殺に騎兵はそう使わぬものだが……やはり一昨日の夜に国境を突破した一団は、エリックを狙ったペルレ帝国の手勢だろう」

ジュリアナは、暗く床に向けていた視線を上げる。

「国境を突破したのですか……？　内々に取引をし、通したのではなく？」

バーニーは皇后と通じていたのだ。襲われた直後、エリックも事前に刺客を潜り込ませていたのかと舌打ちしていた。

ごまかしを許さないジュリアナの問いに、レーゼル侯爵は唸る。

「——取引をした形跡はあった」

「閣下……っ」

部下が驚き、機密を口にしたレーゼルを諫めた。だが彼は苦笑いを浮かべ、肩を竦める。

「ここにはジュリアナ嬢とフェリクスしかおらんのだ、多少構わんだろう。それに彼女は既にエリックの未来の伴侶として、多くを知っている。今更内通者について話したところで、驚きもせんよ」

レーゼル侯爵は部下を黙らせ、ジュリアナに説明した。

「三日前、国境の指揮官が儂からバーニー殿下に移った。儂は老いぼれだから、王都を離れ国境まで逐一確認して回るのも辛《つら》かろうと、お気遣い頂いたのだ。陛下もそろそろバーニー殿下には責任ある役目を担わせたかったようだから、丁度よかったのだろう。そして殿下が指揮官になった同日の深夜に、国境の門が開かれた。記録には残っておらなんだが、昨夜取り調べをした一兵卒が答えたよ。バーニー殿下からのご指示で、三日前と一昨日、一度ずつ門を開いたとな」

ジュリアナは眉を顰め、俯く。

「……そうですか」

ではやはり、バーニーの手引きで皇后の刺客が入国し、エリックを手にかけたのだろう。

ジュリアナが暗澹《あんたん》と考えていると、レーゼル侯爵は頭を掻き、首を傾げた。

「しかし一昨日の夜に国境を突破したのは、どうもその手合いではない。三日前に門を通った者たちは、門前で騒ぎも起こさず一昨日国外へ出されたのだ。フリードによると、皇帝がエリックを迎えに行くために、一分隊を編成すると聞いていたから、国境を突破したのはそれではないかと話している」

「……フリード様……クレフ伯爵が、なぜそのような情報を？」

フリードの名を言い直し、バーニーの近侍に過ぎない彼がなぜそんな話をするのかと聞き返す。

レーゼル侯爵はこれには眉尻を下げ、困り顔をした。

「いや、儂も知らなかったのだが……彼はペルレ帝国皇帝にも雇われていたらしい。フリードはエリックがこの国へ渡ってすぐに知り合い、友人になった男だろう。それをフェリクスから聞いた皇帝が、エリックの様子を報告するよう依頼し、受けたという」

「……」

ジュリアナは意外に感じ、目を瞬かせる。皇帝はエリックの母を愛してはいただろうが、息子をどう考えているのかまでは想像できていなかった。隣国へ送って以降も、その日々を気にかけるくらいに、愛情があったのだ。

レーゼル侯爵はちらっとオルコット侯爵を見る。

「フェリクスも目をかけていたが、友人からの報告の方がより年相応な様子が見られるだろうと、役目を彼に譲った。そして今回、エルマー皇太子の危篤の報と共に、皇帝からは秘密裏にエリックをペルレ帝国へ連れ帰りたい意向を受けていたそうだ。昨夜はその手はずについてエリック本人と詰めようとしていたとか。……帝国に報告を入れるのは結構だが、そういう重要な話は、儂らにも聞かせてほしかった」

揶揄されたオルコット侯爵は、すまなそうに眉尻を下げた。

「万が一にも皇后の手の者が情報を手に入れてもいけないだろう。だから隣国とのやりとりは陛下と私と友人の彼しか知らなかった」

そういう信頼の置けるやりとりが事前にあったから、フリードは二十一歳の若さで王太子の目付役を兼ねた近侍に指名されたのだ。

「では……エリックは生きているかもしれないということですか？」

ジュリアナは瞳に生気を取り戻して尋ねたが、レーゼル侯爵は眉間に皺を刻み、椅子に背を預けた。

「それがわからんのだ。フリードによれば、迎えはエルマー皇太子が逝去された後に寄越す予定だった。しかし一昨日突如、一分隊分の騎兵が国境を突破して侵入、数時間後に再び飛び越えて去っていった。指揮官が代わり、統制が乱れていたとはいえ、国境には優秀な兵を揃えている。それを難なく通り抜けられたところを見ると、相当な手練《てだ》れを揃えたのだろう。戦い慣れた皇帝の手のものと考えるのが自然とはいえ……帝国側からは、現在に至るまで連絡がない」

ジュリアナは表情を硬くし、微かに息を吐く。

「……皇后の手勢を手引きしていたことが、伝わっているのかもしれません」

先方は広大な領地を抱えた大帝国だ。二日という時間経過は判断を迷わせるが、友好関係にあるならば、何かしら使いは出されるはずだ。

何より、もしもベーレンス侯爵邸へ侵入した騎兵が皇帝の指揮下にある者たちだったなら、彼らは目前で殺されようとしているエリックを見ている。暗殺が実行されようとしていたと、把握できる状況だった。

「……それはまだわからぬが……今のところ、答えも出せぬ。エリックが刺客に連れ去られたのか、皇帝の手により守られ、連れ帰られたのか。国内、国外のどちらにいるのかさえ、わかっておらん。

はっきりしているのは、バーニー殿下は陛下のお怒りに触れ、遠からず廃嫡されることだけだ」

渋面でバーニーへの沙汰を伝えられ、ジュリアナは眉根を寄せる。王になどなりたくなかったと語った彼の横顔が、記憶に鮮やかだった。

ジュリアナは重苦しい気持ちを呑み込み、息を吸って顔を上げる。

「……それでは、ことの次第を確認するため、私はペルレ帝国へ参りましょう」

突然の宣言に、レーゼル侯爵はぽかんとし、オルコット侯爵は目を見開いた。

「——何を言う！　そんなことを許すはずがないだろう……っ」

「お許し頂かなくとも、一人でも参ります」

「お前一人が行ってどうなると言うんだ。何もできぬ」

オルコット侯爵は厳しく窘め、何があっても許さない構えになった。しかしジュリアナは父親を冷静な目で見返す。

「しかし、今国王軍の方々ができるのは、国内を調べることだけでしょう。守ると密約を交わした皇子を負傷させ、その上行方不明にしてしまったが、そちらに行っていないだろうか？　などと聞けるはずもありませんもの」

歯に衣着せぬ物言いに、レーゼル侯爵たちは目を泳がせる。

ジュリアナは、憂いの眼差しを北へと向けた。

「今、アメテュスト王国は大変不安定な状況に置かれています。なんとしても、挽回せねばなりません。この国を戦火の海に沈めることだけは、避けねばならない。私には武術の心得など一つもなく、剣を向けられればあっけなく散る命ですが……この騒動の、責任を取らねばなりません」

「……お前が取らねばならぬ責任などないよ、ジュリアナ。エリックはお前に、待っていてほしいと言ったのだ。みすみす危険を冒す必要はない」

彼女の気持ちを悟ったのか、オルコット侯爵は語気を弱める。ジュリアナは父親を振り返ると、悲しい微笑みを浮かべた。

「いいえ……バーニー殿下に道を過らせた私にも、責任はございます」

ジュリアナが彼に憎まれなければ、何もかも滞りなく平安を保てたのだ。全ては、ジュリアナの振る舞いから始まった。

オルコット侯爵は瞠目し、顔を歪める。

「お前にそんな責任を負わせるために――バーニー殿下と婚約させたのではない！　あの方は、王となるべく布かれた人生の全てを、厭うておられたのだ……っ」

エリックが行方不明になった直後、バーニーは国王により捕らえられた。そして刺客を招き入れた理由と併せて、王になどなりたくもないと言い放ったそうだ。決められた人生も、勉学も、ジュリアナも、何もかもが煩わしかった。彼はそう語ったのだと、オルコット侯爵は教えてくれた。

ジュリアナは膝の上で重ねた、自分の手を見つめる。美しく磨き上げられた、自らの手。これは、無償で与えられたものではない。高価な品も、豊かな生活も、全ては民を支える役目を担う者だからと与えられた対価だ。

ジュリアナはこれまで、いずれ国を統《す》べる者を支えるために生きてきた。それは言い換えれば、未来の主君に道を踏み外させないため、ひいては国民を守るために傍にあったのだ。

ジュリアナは、せめてこの国の未来だけは、守らねばならない。

「……それでもやはり、私に責任がなかったとは言えません。バーニー殿下が玉座を望んでおられなかったのなら、それはどうしようもありません。しかし、この国を道連れにしていいわけもない」

「ジュリアナ……」

オルコット侯爵は弱り切った顔になり、彼女はにこっと愛らしく笑った。

「ご心配をおかけしているようですので、申し上げ直します。私は、好いた殿方を探すため、隣国へ参ろうと思います。お許しください、お父様」

オルコット侯爵は片手で顔を覆い、呻く。深々とため息を吐いてから、ぼそっと答えた。

「……そうか」

四

オルコット侯爵の手配により、ジュリアナは急遽、皇帝と対面する使者として隣国へ向かうことになった。

時間がかかるようなら、エレンに協力を願って一私人として行こうと考えていただけに、ジュリアナは父の処理能力の高さに驚いた。隣国へ向かう手はずが整うまで、かかった時間は僅か三日だ。

「ペルレ帝国の首都は昔は最北の寒冷地にあったのですが、私の父が亡くなった年に、温暖な南の街へ移されたのです。首都を新たに置く際、建物の外観も道も全て新しく整え直されました」

ペルレ帝国の南――アメテュスト王国から馬車で移動して五日ほどの距離にある首都ヴァイゼは、整然と並べられた白い石が道を舗装し、全ての建物の外壁は青色で統一されていた。空の中にでも落ちたのかと錯覚させられる光景だ。

エレンの説明を聞きながら馬車の窓から外を見ていたジュリアナは、瞳を輝かせる。

「美しい街ね……経済もとても安定しているみたい。皆、よい衣服を着ているわ」

農業と養蚕業が主力のアメテュスト王国は、まだ民の衣服の質を上げられるまでには至っていない。近年になってようやく絹織物の価値が他国からも認められ始め、輸出に力を入れ出したところだ。

向かいに座るエレンも、この目新しい景色に興奮し、いつもより饒舌だった。

「ええ。この街なら、市民として生きるのも楽しそうだと思いました。刺繍は得意なので、何かお店でもできないかなとも思ったのですけど、足がかりもなくいきなり店を構えられるほど、商売は甘くないです」

「それに、エレンはまだ小さかったものね。十歳の女の子が単身他国へ渡ってお店を構えるのは、確かに難しそう。だけど一人でなんとかしようと考えていたところは、尊敬しているわ」

ジュリアナはふふっと笑って彼女を見返し、彼女も照れくさそうにはにかんで笑う。

エレンは父親が亡くなった九年前、ペルレ帝国へ移り住もうかと旅に出ていたのだ。そんな幼い頃から既に自立心のあった彼女に、ジュリアナは憧れを抱いていた。

「ですが、お嬢様もご立派です。たったお一人で、皇帝へお目通り願おうなんて」

観光気分で話していた空気が、すっと静まる。ジュリアナは胸の内の緊張を思い出し、頷いた。

「ええ、どうなるかわからないものね。私に何かあっても、なんとかして貴女は逃げてくれると嬉しいわ」

万が一、皇帝の勘気に触れ、首をはねられでもしたら、同行してくれているエレンにまで危険が及ぶ。彼女自身が望んで共に来てくれたのだが、それでも心配だった。

「お嬢様に何かあった時は、私もご一緒する覚悟でございます。けれど、旦那様にお任せしてもよろしかったのではとも思います」

はっきりと逃げないと答えたあと、エレンは心配そうに聞く。外務省に長く勤めたオルコット侯爵の方が適任なのは、もっともだ。しかしこの状況で出向くのは、危険すぎた。

彼はかつて皇帝と顔を合わせ、かの密約を結んだ張本人である。エリックを危険に晒した直後に顔を見せれば、約束を違えたと斬り捨てられても文句は言えなかった。

それにジュリアナには、小さな思惑もある。

「……もしもエリックが皇帝によりこちらに連れ帰られているのなら、使者は私でなければならないの。他でもない、私のために」

「お嬢様のため、でございますか？」

エレンは詳しく聞きたがり、ジュリアナはそっと耳打ちする。意外そうに見返されると、彼女は再び窓の外に目を向けた。

「……私に何ができるのだと、皆が心配しているのはわかっているわ。だけど私だって、将来王となる方の隣に立つために、多くを学び続けてきた。もしも上手くいかなくて、私が殺されれば、次に差し出されるのはバーニー殿下の首。それでも許されなければ、国民全て」

潰《つい》えていく国の未来を想像し、彼女は眉根を寄せる。

「……私は、誰も失いたくない。この命一つで、持ちこたえねばならない。強欲だと誹られようと、私は全てを望むわ。——これは私の、新たな戦なの」

穏やかで優しく微笑むばかりだった彼女の瞳に、灼熱の炎が灯っていた。


首都中央にある王宮へと到着したジュリアナは、事前にアメテュスト王国側から使者が向かうと通達されていたため、すんなり中へ通された。王宮の規模はアメテュスト王国と比較にならないほど広く、数え切れない建物はまるで城壁の中にもう一つの街があるようだった。

首都の建物と違って王宮の屋根は青いが、それ以外は全て真っ白だ。床も壁も天井も見事に磨き上げられた純白。

ジュリアナを案内する従者はシックな金糸の入る青いお仕着せを纏い、慇懃《いんぎん》に彼女たちを滞在するための部屋に案内した。

王族の姫の部屋ではないか——とすら思わせる壮麗な室内には、重厚な趣《おもむき》のテーブルや椅子、チェストなどが置かれている。あちこちに花が飾られ、甘い香りが漂っていた。

「どうぞこちらでご休憩ください。夜には歓迎の宴を開く予定でございますが、衣装の用意はございますか?」

エリックの身を危険に晒し、立腹しているだろうペルレ帝国内で歓迎されるとは考えていなかったジュリアナは、戸惑う。侍女としての役目を完璧に熟《こな》すエレンが、素早く応じた。

「はい。一般的なパーティの装いでよろしいでしょうか?」

従者はにこりと微笑んだ。

「はい。今宵の宴は、非公式ながら、皇帝陛下と新しく皇室へ迎え入れられた皇子殿下もご参加予定でございます。どうぞお楽しみください」

滅多にない機会だから挨拶をするといいと言って、彼は下がっていった。

「……やっぱり、エリックはこちらへ連れ戻されている……」

エレンが心配そうに見つめる中、ジュリアナは意志の強い眼差しですうっと息を吸った。


陽が沈みきった頃から開かれた宴は、王宮内の長い廊下を延々と進み、角を曲がりすぎてどこにあるのだかわからなくなった頃に目の前に現れた。

開放された扉から見えた会場内は、数多の蠟燭に灯された光が白壁に反射し、目映いほど。参加客はアメテュスト王国の王宮の宴並みの数が集《つど》っており、ジュリアナはひくっと頬を引きつらせた。

「これは……いつもより小規模の状態なのかしら……」

使者を歓迎する宴なのだからと呟くと、同伴者として共に着飾って宴に参加したエレンが、首を傾げる。

「どうでしょうか……今宵は皇帝陛下と皇子殿下も参加するとのことです。キースリング侯爵がアメテュスト王国を離れられてまだ十日。これが初めてのお披露目だと考えると、内々に告知され、諸侯貴族が揃っていると考えてもよいのではないでしょうか」

「……そうか……そうね」

ジュリアナはこくりと唾を呑み込み、会場内へ入っていく。——と、傍についていた従者が声高らかにアメテュスト王国の使者の来訪を告げ、一斉に人々の視線が集まった。

ジュリアナは、長年培《つちか》った外交仕様の微笑みを湛える。

今宵彼女が纏うドレスは、金色の刺繡が入った、青とクリームカラーを重ねたドレスだ。金色の髪は光を受けて目映く煌めき、瞳に合わせたアメジストの髪飾りは上品。弧を描いた口元は艶やかで、肌は透き通るように白く、長い睫で縁取られた瞳は見つめずにはおれぬ蠱惑的な紫。

参加客らは今宵の宴の主役に対し、慇懃に膝を折って頭を垂れながらも、そこかしこで驚きの声を漏らした。

「……あれが使者……？　随分とお若いのね」

「そうね、どこかのご令嬢にしか見えないけれど……」

こそこそと交わされる会話が耳に痛く、ジュリアナは背中に冷や汗を伝わせる。一度は鳴りやんだ楽曲が再び奏でられ始め、一人の青年がジュリアナのもとへ歩み寄った。

栗色の髪に湖を写し取ったかのような水色の瞳を持つ、二十四、五歳の青年だ。彼は間近でジュリアナを見下ろすと、ちらっと従者に目を向ける。

「こちらの女性が、アメテュスト王国の使者殿で間違いないか？」

従者が頷くと、彼はにこやかに笑みを浮かべた。

「ようこそおいでくださいました。私は外交を担当しております、ヨーリス・ベールと申します」

この若い外交官は、今回の訪問の橋渡しをしてくれた人だ。オルコット侯爵から名だけは聞いていたジュリアナは、膝を折る。

「初めまして。ジュリアナ・オルコットと申します。この度は急なお願いにも拘わらず、受け入れてくださり感謝致します」

彼は淑やかに挨拶するジュリアナをじっと見て、眉尻を下げた。

「このようにお若いご令嬢がいらっしゃるとは存じ上げず、失礼を致しました。長旅でお疲れのことでしょう」

すぐに挨拶をせず従者に確認した振る舞いを謝罪し、彼はジュリアナを会場の一角へと案内する。摘まみを置いた円卓の傍へ行くと、あたりにいた人々が次々に声をかけてきた。ジュリアナはしばしヨーリスを交えて当たり障りない会話をし、話しかける人が減った頃、耳元でぼそりと声がした。

「……本当に、貴女がアメテュスト王国の使者殿で間違いありませんか？　貴国と我が国の状況をご理解されずにいらっしゃったのなら、今すぐ裏口にご案内致します」

ジュリアナは斜め後ろを振り返る。ヨーリスが真剣な面持ちで、こちらを見つめていた。

「もうすぐ陛下がいらっしゃるでしょう。おわかりですか。貴女は今、命も危ういご状況だ」

ジュリアナは、彼が自分の身を案じてくれているのだと理解した。そして彼は、両国の状況が緊迫していることも承知している。

年若いが、恐らく優秀であるが故にその立場にあるのだろう。他国の小娘の命を危ぶんでくれる、人のよい外交官に、ジュリアナは豪胆に微笑んだ。

「もちろん、命をかける所存で参っております。お気遣い感謝致します、ベール様」

ヨーリスは目を見開く。そしてざわりと会場内の空気が揺らいだ。

「──見て。あれが新しく迎え入れられた、皇子殿下ではない？　陛下にそっくりよ……」

「まあ、本当ね。なんて素敵な方かしら」

ジュリアナは、噂する人々の視線の先に目を凝らす。そして思わず、瞳に涙を滲ませてしまった。

ジュリアナを庇ったせいで多くの血を滴らせ、忽然と姿を消した恋人が、確かにそこにいた。しっかりと生気ある眼差しで会場内を見渡し、歩いている。

爽やかな銀糸の刺繡が入る紺の衣装を身につけた彼は、遠くから見ても覇気を纏っていた。瞳にかかる黒髪も、切れ長の青い瞳も、ほんの十日しか会っていないだけなのに、懐かしい。

彼は近侍と思《おぼ》しき青年から飲み物を渡され、それを受け取ると、会場内を見渡す。その視線がジュリアナへ届く直前、他の参加客が話しかけ、彼の意識はそちらへ移った。

「あんなに見目の整った方なら、エーリカ様もあのお話を受けられるのではない？」

「そうね……」

目の前で貴婦人たちが噂話を始め、ジュリアナは傍らにいたヨーリスを見上げる。

「エーリカ様とは、どういった方ですか？」

ヨーリスはジュリアナを心配そうに見て、躊躇いがちに答えた。

「……先だってお亡くなりになった、エルマー皇太子殿下のご婚約者であらせられます……。議会では、新たな皇太子殿下とのご結婚を検討されています」

「……そ……う、なのですか……」

ジュリアナはひくっと喉が引きつる感覚に襲われ、すぐに取り繕って平静な表情を保つ。

皇太子が婚約中に儚くなれば、次の皇太子にそのお相手が宛がわれるというのは、歴史上珍しくはない。

——でも、やっぱり私を迎えに来るなんて、無理な話だったのではないかしら。

いくら恋に落ちても、政策に抗《あらが》うのは容易くない。彼はどうするつもりだったのかと思い、沈んだ気持ちでエリックを振り返った彼女は、ぎくっとした。

他の参加客と話していると思っていた彼と、ぱちっと目が合ったのだ。

エリックは青い目を皿のようにして、手にしていたグラスを近侍に押しつける。そして周囲の目も気にせず、ジュリアナに向かってきた。

「ジュリアナ……無事だったんだな……!?」

どう反応したものか動揺している間に彼は駆け寄り、ジュリアナを勢いよく抱き竦める。

ぎゅうっと温かな腕に包まれ、その香りに、ジュリアナは反射的にほっとしてしまった。体温が心地よく、馴染みのある香りは鼓動を少し乱す。

「生きていてくれて、よかった……」

掠れた彼の声は、心から安堵しているのが伝わり、ジュリアナの目尻に涙が滲んだ。

「貴方こそ、生きていてよかった……」

微かに震えた声で言うと、エリックはジュリアナの顔を覗き込む。目尻の涙を指の腹で拭い、怪訝そうに眉を顰めた。

「どうしてこんな場所にいるんだ？」

「……貴方の行方がわからなくて、確認しに来たの」

そのままを答えると、彼は眉を上げる。

「一人で？」

「エレンも一緒よ」

控えていた彼女を示すと、エリックは背筋を伸ばし、困惑顔で頭を掻いた。

「いや、そういう意味じゃなく……」

「……ジュリアナ様は、アメテュスト王国の使者としていらっしゃいました」

ヨーリスが静かに口を挟み、エリックは彼をチラと見て、眉間に皺を刻んだ。

「……裏口のご案内をしようかとご提案したところです」

ヨーリスは緊迫した声で続け、エリックが口を開こうとした時、どよめきが起こった。会場内の空気が一気に張り詰め、高らかに皇帝の登場を報せる声が響き渡る。

ヨーリスは青ざめて項垂れ、エリックは小さく舌打ちした。カツリと床を叩く靴音に、ジュリアナは視線を向ける。

会場前方の扉から現れたのは、豪奢な紅のマントを羽織った男性だった。背は高く、その体は衣服越しにも鍛え上げられているとわかる。青の眼差しは鋭く、眉はきりりとつり上がっている。壮年と見受けられるも、髪は見事な漆黒。数多の戦場で勝利を挙げてきたのも納得の偉丈夫が、ゆったりと会場に入ってきた。

日に焼けた肌をした彼は、会場内を一通り見渡し、傍に侍《はべ》る従者に尋ねる。

「使者はどこだ」

「――あちらに」

掌で示され、肩にエリックの手が置かれたままだった彼女を目の当たりにした皇帝は、瞳の奥を鋭く光らせた。

「これはまた、アメテュスト王国は随分と美しい娘を使者に寄越したものだな……。エリック、不躾に触れるな。使者は丁重に扱わねばならん。――我らはまだ、かの国に宣戦布告をすませておらぬからな」

にやりと笑って見据えられ、ジュリアナは身を強ばらせる。アメテュスト王国を攻め滅ぼす心づもりが伝わり、肌が粟立《あわだ》った。

「使者に対し戦を匂わす貴方の方が、よほど非礼かと存じる」

エリックはジュリアナから手を離したものの、庇うように目の前に立ちはだかり、自らが王に相対する。皇帝はふっと笑った。その表情がエリックそっくりで、ジュリアナは気圧《けお》されかけながらも、親子なのだと実感した。

「約束を違えれば、罰を受けねばならぬのは道理だろう。多くの国を統治する以上、私も厳格に生きねばならぬ。お前の命を脅かした以上、相応の報いは与える」

ジュリアナはじわりと額に汗を滲ませた。

──エリックの命の対価。

帝国の規模を考えれば、次期皇帝の命の対価は、一国以上に相当するといっても過言ではない。

だがその罰は、あまりに重い。

彼女はこくりと唾を呑み込み、守ろうとしてくれているエリックの傍らに自ら進み出た。皇帝に向き合い、そして目を合わせた刹那、鼓動を速めた。

エリックと同じ色なのに、彼の瞳には冷酷さが滲んでいた。背は高く、鍛え上げた体は彼女とは比べようもないほどに大きい。その気になれば、ジュリアナなど片手でくびり殺せるだろう。

国力も身体能力も、何をとっても圧倒的に不利だ。けれどジュリアナは、呑まれるなと己を鼓舞し、眼差しだけは凛とさせて問うた。

「──命の重さに身分差はないと思いますが、皇帝陛下はいかがお考えでしょうか?」

ジュリアナを真顔で見下ろしていた皇帝は、興味深そうに口角をつり上げる。

「ほお……面白い質問だ。さて、ただの男としてならば、其方とは考えが異なるが……皇帝としてであれば、同意しよう」

ジュリアナは一つ安堵し、緊張を保ったまま淑やかに頭を垂れた。

「──本日は、アメテュスト王国の使者として、陛下にご提案があって参りました。僅かで構いません。どうかお時間を頂けないでしょうか」

皇帝は目を細め、ジュリアナに背を向ける。

「……よいだろう。それでは其方と私で、話をしようではないか。ついて参れ。官吏を集めよ」

最後の言葉は、間近にいた従者への命令だった。

ジュリアナはエレンに部屋へ下がっていてと言い置き、皇帝のあとに続こうとする。その手首を、エリックがぱしっと摑んだ。

「——俺も同席させろ」

引き留められたジュリアナは、彼に大丈夫だと言おうとしたが、敵意の滲む声に振り返った皇帝が目を眇めて尋ねた。

「なぜだ?」

「恋人だからだ」

エリックの即答に、ジュリアナの心臓が大きく跳ねる。エーリカという令嬢と婚約する予定ではないのかと心配になって見上げるも、彼は皇帝をまっすぐ見据え、つけ加える。

「いずれ妻にする」

「……っ」

大勢の聴衆の前で妻にすると宣言され、ジュリアナは顔を赤くしたり青くしたりと、動揺を隠せなかった。皇帝はふんと鼻を鳴らし、改めて踵を返す。

「好きにしろ。ただし、使者の話によっては認めぬ」

ジュリアナは意外に感じた。もう背中しか見えず、表情は確認できないながら、その受け答えは案外に公平な思考を想像させた。ジュリアナの瞳の奥に、再び闘志が燃え上がる。

——必ず、アメテュスト王国の平安を守ってみせる……！

ジュリアナは皇帝の私室へ案内された。広大なその部屋は、皇帝が臣下と話をする場でもあるのか、一角には飾り気はないながらも美しく磨き上げられた石の大きな机が一つと、それを囲って複数脚の椅子が置かれていた。机の上には意味深な印の刻まれた地図が広げられ、壁面には専門書が並ぶ書架と、見事な意匠の長剣がいくつもかけられている。

皇帝はそれらを通り抜け、窓辺にある上質な革の椅子に座した。椅子の足元には毛皮が敷かれ、ジュリアナはその手前に跪く。

皇帝が言う官吏とは、限られた重臣を指していたらしく、僅かな時を置いて集《つど》ったのは五名。三十代から五十代と見受けられる重臣たちは、ジュリアナの横顔を見るや、その若さに一瞬躊躇いを顔にのせた。すぐに彼女を囲う形で両脇に立ち、皇帝へと注目する。

宴の場にいたヨーリスもその片隅に控え、同席を求めたエリックはジュリアナの背後——壁際に背を預けて立ち、警戒心の強い眼差しで皇帝を見つめていた。

「……お時間を賜り感謝申し上げます、皇帝陛下」

ジュリアナが深く頭を下げると、彼は足を組み、冷え冷えとした眼差しを注いだ。

「——口上はよい。其方の提案とやらを聞くために時間を設けたのだ、好きなだけ話せ。だがつまらぬ話であれば、ここでその命断つ」

ジュリアナの心臓が、どくりと重く鼓動を打った。その冷徹な声は、脅しでもなんでもない、至極当たり前のことといった調子だった。全ては彼の気分次第。気に入らなければ、躊躇いなく手近な剣で塵屑《ごみくず》同然に首を落とすのだと、直感できた。

これまで味わったことのない緊張が、胸の中心から腹の底へ走り抜け、ジュリアナは微かに震える息を吐く。彼女は意識してゆっくりと呼吸し、落ち着けと自分に言い聞かせた。もとよりその覚悟でこの地を訪れたのだ。一国を守るため、命をかけるのは当然。

「――お前が彼女に刃《やいば》を向けた瞬間、俺はお前の心臓を貫く」

背後から凍てついた声が放たれ、ジュリアナは肩を揺らす。集《つど》った重臣らが一気に緊張を纏ってエリックを振り返った。皇帝が眉を顰め、煩わしげに吐き捨てる。

「お前は口を挟むな、エリック。気が削がれる」

ジュリアナとエリックの関係を知らない重臣たちは、二人を交互に見やり、状況を判断しかねている様子だった。彼の声を聞いたジュリアナは、冷静さを取り戻す。

怯えてはならない。――これは戦だ。

ジュリアナは穏やかに息を吸うと、顔を上げた。

その瞳は理知的な光を宿して、圧倒的強者を見つめる。

皇帝は視線を足元へ戻し、彼女の眼差しに皮肉げな笑みを浮かべた。

皇后に命を狙われ、アメテュスト王国へ住まいを移すことになったエリック。アメテュスト王国は皇帝と密約を結び、彼の命を守ると約束した。

しかしバーニーによりその密約は違えられ、エリックは危険に晒された。

「……長きにわたりエリック皇太子殿下を気にかけられ、遠い地より見守られてきた皇帝陛下には、此度の一件、許し難《がた》い愚行だったことでしょう」

彼は頬杖をつき、くっと嘲る笑い声を漏らす。

「貴殿の国は、随分と愚かな小僧を次期王として仰いでいたようではないか。あれがどれほど目障りだったかは知らぬが、赤子でもわかろう判断を過つとは、実に愚昧《ぐまい》。国民のためにも、そのような血統は潰えさせた方がよいのではないか？」

皇帝は〝あれ〟とエリックを視線で指し示し、軽々とアメテュスト王家を滅ぼせと言った。

ジュリアナは感情を乱さぬよう、奥歯を噛み締める。今回の一件が、バーニーによる手引きだったと伝わっているのは想定済みだった。それがどれほど愚かな真似だったのかも、わかっている。

しかし同じく国を治め続けてきた王家の全てを否定する言葉には、同意しかねた。

王は道を過ってはいけない。だが王とて民と変わらぬ〝人〟だ。人は過つ。だから法がある。

「お怒りはごもっともでございます。大切なご子息に刃を向ける蛮行、申し開きもできません」

ジュリアナは再度深く頭を下げ、ぐっと拳を握ると、再び顔を上げた。

「ですが、皇帝陛下はこの一件――誠に我が国のみに責があるとお考えでしょうか」

皇帝はふと顔を上げた。ジュリアナの言わんとするところを悟ったのか、気に入らなそうに目を眇める。集《つど》った重臣らが身じろぎ、ジュリアナは強い眼差しで続けた。

「密約を違えた非は我が国にございます。ですが最も憎むべき悪は、別にあるのではございませんか」

「……あれの命を狙ったのは、其方の国の王子であろう」

皇帝の声が、暗く淀んだ。彼は視線を逸らし、膿《う》んだ気配を漂わせる。その様子に、ジュリアナの目が冷たさを帯びた。彼女は皇帝を見据え、はっきりと言う。

「――皇帝陛下が大切なお方を失ったのは、そのように真実から目を背け続けられたがためではございませんか」

重臣の一部が、ぎくっとジュリアナを見下ろした。命知らずの発言だ。皇帝の気分を害せば首をとられるこの状況で、ジュリアナは真正面から彼を否定した。

皇帝はゆっくりと視線を戻し、ぞくりと肌が粟立つ、殺意の籠もった笑みを浮かべる。

「……今すぐ首をはねられたいのか？　其方は密約を違えた国の使者。本来ならば、来た時点で首を落とし、従者にそれを持ち帰らせていただけの存在だ。己の立場を弁えよ」

使者の首を送り返すのは、宣戦布告に用いられる手法の一つだった。ジュリアナの臓腑《ぞうふ》は、残虐な戦の作法と最早あとはないとも言うべき自国の状況に震える。

――けれど、萎縮して何が変わるというのだ。

彼女はぐっと腹に力を込めると、怯むなと己に命じて続けた。

「非礼は承知の上で申し上げます。皇帝陛下が手を尽くさなかったわけではないでしょう。しかし、戦にかまけ、目を離した隙に愛する人を奪われることもまた、愚かの極みでございます」

エリックがさっと壁から背を離し、重臣らは息を呑んだ。皇帝は目を見開き、忌々しそうにジュリアナを睨み据える。

「私が愚かだというのか」

「はい。毒や刺客から守り切れぬまま傍に置き続け、ただ漫然と愛を注ぐだけだった皇帝陛下は、恐れながら、愚かでございました。戦をしかけ、容赦なく他国を支配していったその強靱な精神を、愛する人を屠《ほふ》ろうとする者を罰するための証拠集めへも、使うべきだったのではありませんか」

ジュリアナの口は、淀みなく動いた。紫の瞳には怯え一つなく、強い意志を湛えて真っ向から皇帝に挑む。

「——……」

皇帝は薄く唇を開き、すうっと息を吸った。エリックに似た青の瞳の奥に、小さな光が灯る。彼は眼差しの鋭さを緩めず、低い声で尋ねた。

「……私を罵り、貴様は何をしようというのだ。よもや私の怒りを買い、自ら死を賜ろうとしているわけではあるまい」

ジュリアナは眼差しを強くし、大きく息を吸って提言した。

「我が国は、此度の襲撃の証拠を揃えてございます。大切なご子息の命、何ものにも代えがたく、お怒りは想像に余りありますが——密約を違えた報いとして、我が国はバーニー王太子を廃嫡、投獄し、この証拠を提出したいと考えております。いかがでしょうか」

「…………」

皇帝は真顔でジュリアナをじっと見つめる。命を失うかどうか——張り詰めた空気の中、ジュリアナはこくりと喉を鳴らし、最後の言葉をつけ加えた。

「——愛した方の忘れ形見、二度と失いたくはないでしょう」

このダメ押しに、皇帝はふっと息を吐いて笑った。その笑みからは威圧感が取り払われていて、ジュリアナは目を瞬かせる。

彼は懐かしそうに目を細め、小首を傾げた。

「……其方は、あの男の縁者か何かか？　私が引き抜いてやろうというのを蹴った、あの生意気な——フェリクス・オルコット」

ジュリアナは戸惑いながら、応じる。

「……フェリクス・オルコットは、私の父でございますが」

「ああ、そうだったかな。フリードの手紙にそう書いてあった気がする。エリックがあの男の娘と交際しているとか、なんとか……。なるほど……なるほど……ははは っ」

朗らかに笑う姿などとても想像できなかった皇帝が、愉快そうにする。

父親がこの国で密約を交わしたのは知っていても、何を言ったのかまでは知らなかったジュリアナは、困惑した。そこへ、咄嗟にジュリアナを守るために近づいていたエリックが、傍らに跪いて耳打ちする。

以前、単身ペルレ帝国へ渡ったオルコット侯爵が、皇帝の牙をアメテュスト王国から逸らすために言った言葉。

『――愛した女性の面影を持つ息子までも、失いたくはないだろう』

知らずに父と似たセリフを言っていたジュリアナは、かあっと頬を染めた。

皇帝は機嫌よく笑い、立ち上がる。

「よいだろう。あの男は手に入らなかったが、その代わりに娘を寄越すならば、此度の不始末は其方の提示したもので手を打とう。皆も、それでよいか」

「……え？」

ジュリアナは意味がわからず聞き返し、皇帝に問われた重臣らは、互いに目配せをして意思を確認し、一人が代表して答える。

「――異論ございませぬ」

エリックはジュリアナに手を差し伸べて立ち上がらせながら、疑わしそうに聞いた。

「……それは、俺との結婚を許すという意味だろうな？」

尋ねられた皇帝は、にやっと笑う。

「あの男が育てた娘を手に入れられるなど、お前は運がいい。私が誰にも心奪われていなければ、後妻に迎え入れてもよかったくらいだ」

皇帝の言葉には、いまだエリックの母を想う気持ちが滲んでいて、ジュリアナはほんの少し悲しく微笑んで頭を垂れた。

「ご温情、感謝致します――皇帝陛下」

終章

一

王宮の一角に設けられたその塔は、重罪を犯した王族を収容するために設けられた牢だった。愛想のない外観同様、塔の内装も温かみ一つない。明かり取りの格子窓は極めて小さく、薄暗い塔内は限られた燭台で照らされている。石の床を踏むと、高く足音が響いた。

取調官が時折訪れるだけのその塔へ足を踏み入れた青年に、刑務官らは深く頭を垂れて道を譲る。彼の先導を務める刑務官は、地下に繋がる階段の扉の鍵を開け、その奥にある牢へと導いた。

青年は地下牢の一つに捕らえられた兄の様子を檻越しに見て、無理矢理に微笑んだ。

「久しぶりですね、兄上」

簡素なシングルベッドと数冊の本が置かれただけの、王子が住まうにはみすぼらしすぎる場所。バーニーがここへ捕らえられて、二週間と少し経過していた。兄がこんな場所にいる様《さま》を見るのが辛《つら》いと言いたげに、彼は視線を床へ落とす。

片手に手錠と鎖が繋がれた状態でベッドに座していたバーニーは、笑みもなく尋ねた。

「何をしに来た、ディルク」

ディルクは細く息を吸い、応じる。

「……報告をしておこうと思って、参りました」

この兄弟は、幼少期から上下関係を厳しく躾けられ、ディルクは兄に対し常に敬語で話していた。

バーニーはベッドの上に膝を立てて座り、頬杖をつく。

「なんの報告だ。戦が始まるというなら、吉報だが」

自暴自棄とも取れる投げやりな返答に、ディルクは視線を上げた。

「戦は回避されました」

バーニーはふっと皮肉げに笑う。

「僕の首と交換か？」

「いいえ、誰の命も捧げる必要はありません」

バーニーは訝しく眉を顰め、ディルクは訥々《とつとつ》と経緯を話した。

ジュリアナが単身ペルレ帝国へ渡ったこと。命をかけて交渉し、それは実を結んだこと。皇帝は彼女とエリックの婚姻を条件に加えて、アメテュスト王国の平穏を約束したこと。

「ジュリアナ嬢とキースリング侯爵……エリック皇太子殿下との婚姻をもって、ペルレ帝国とアメテュスト王国の和平条約が正式に結ばれる運びとなりました」

ディルクは長年呼び慣れたエリックの名を言い直し、気遣わしい眼差しで兄を見つめる。

バーニーは呆然と話を聞き、わなわなと顔を歪めた。

「……父親に続き、今度はその娘がこの国を守った英雄か……？　……相変わらず、余計な真似をする！」

彼は立ち上がり、足元にあった水差しを勢いよく蹴り上げた。水しぶきと高い金属音が辺りに響き渡り、刑務官が複数人慌てて駆けつける。

「なぜ、何度も何度も……っ、僕の邪魔を……！」

今度は本を壁に投げつけ、彼は苛立ちを露わにした。

ディルクは刑務官らを手で制して下がらせ、感情を抑えきれないでいる兄に、静かに言う。

「……兄上。ジュリアナ嬢は……兄上を苦しめたかったわけではないと思います」

バーニーは弟を振り返り、声を荒らげた。

「──そんなことは、わかっている‼　全て僕のためだ、わかってたさ……！」

彼は血走った目で弟のもとへ歩みより、ガシャンと音を立てて檻を摑む。

「お前にはわからないだろう、ディルク……っ。彼女に耳元で優しく囁かれるたびに、聡明な王子に仕立て上げられていった、僕の恐怖が……！　誰もが認める僕の優秀さは、彼女の助力あってのものだった。なりたくもない王になるばかりでなく、実力も伴わぬまま、賢王へと導かれていく。彼女が隣にあるだけで、僕は誰もに崇敬される王に成り上がる……！　そして僕はいつか怯えるしかなくなる。──彼女を失ったら、どうなるのかと……っ」

初めて聞いた兄の心情に、ディルクは目を瞠った。

バーニーはガンッと乱暴に檻を殴りつけ、悔しげに息を吐き出す。

「僕は彼女が嫌いだった……！　愛してるけど、嫌いだったよ……。僕を愚かなままでいさせてくれない、優しくて聡明な彼女が、憎らしくて……いっそ壊してしまいたかった」

バーニーは、道を過ったと自覚した時点で、未来など望んでいなかった。戦が起こって国と共に滅べたら、満足だった。どんなに呪わしく感じていても、王となるために生きてきたのだ。王になれないならば、生きる意味はない。

彼に残された道は、死のみだったのに――ジュリアナはその優しさで、彼をも救う。

ディルクはしばらく黙り込み、小さく息を吸い込むと、ぼそっと呟いた。

「……ジュリアナ嬢は、ただ兄上を愛していただけだと思います」

「は……？」

バーニーは怪訝に弟を見返し、ディルクは真摯な眼差しで繰り返した。

「僕の目には、ビアンカ嬢との浮気を知る直前まで、ジュリアナ嬢は確かに、兄上に恋をしていたように見えていました」

バーニーは感情の一切を失った顔でディルクを見つめ、ひくっと頬を引きつらせる。

「何を言ってるんだ……そんなはず……」

「……僕は、二人は両想いなのだと思っていたのです。憎らしく思ってもいたのでしょうが、ジュリアナ嬢を見る兄上の目は、彼女と同じだったから。……兄上はいつも、彼女を愛しそうに見つめていました」

「……」

バーニーは愕然と立ち尽くし、やがてその目に、じわりと涙を滲ませた。片手で顔を覆い、悔しそうに震える息を漏らす。

ディルクは一度唇を引き結び、俯いて幾ばくか躊躇ったあと、また顔を上げた。

「……ジュリアナ嬢は、昨日ペルレ帝国からこちらへ戻って来たあと、自分にも非があったのだと、父上に兄上の減刑を願い出ました」

バーニーはくっと呻き、ぐしゃりと自らの前髪を乱した。

ディルクは眉尻を下げ、兄の様子を窺いながら、そっと言う。

「……兄上。……もう、彼女の顔を見ることは叶わないかもしれないけど……ここを出たら、今度はジュリアナ嬢の幸福を祈ってはいかがですか。……あの人はきっと、兄上の幸せだけを願って、傍にあり続けたのだと思います」

ぽたりと石の床に透明な滴が落ち、バーニーはくぐもった声で、「そうだな」と零した。

二

皇帝の理解を得られ、国へ戻って二週間――ジュリアナは、オルコット侯爵邸の庭園にいた。大きな木の根元に座る彼女の傍らにはエリックがおり、向かいにはマリウスもいる。

一度は国へ連れ戻されたエリックだが、キースリング侯爵家の人々を放置もできないと、一ヶ月の滞在予定でアメテュスト王国へ戻って来ているのだ。彼は今、使用人たちの次の職の手配をしつつ、家財の整理をしている。

あれから、アメテュスト王国内では事件の処理がなされ、バーニーは廃嫡となり、ディルクが正式に王太子に据えられた。ペルレ帝国から首を差し出せと言われずとも、自国を危険に晒した罪は重く、当初バーニーは厳罰に処される予定だった。しかし今回の一件で誰の命も失いたくなかったジュリアナは、自ら国王に進言し、減刑を願い出た。ペルレ帝国との和解をもぎ取った彼女からの申し出であったため、アメテュスト王国国王は息子の不出来を謝罪しながらも、要望を受け入れてくれた。

バーニーの愛妾であったビアンカは、領地へと連れ戻され、そこで静かに暮らす予定だとか。王太子とのスキャンダルがあった以上、彼女は今後、社交界に顔を出す機会はないという。

そして、エリックが忽然と姿を消した状況の詳細を聞いたところ、あの襲撃があった前日、皇帝は皇后が刺客を用意していると臣下から報せを受け、即座に精鋭を集め、アメテュスト王国へ向けて放ったらしい。国境を通る手続きは間に合わず、強行突破に踏み切ったのだとか。

ジュリアナがペルレ帝国へ向かってからの話を聞きたがっていた弟は、エリックからも事件のあらましを聞き、頷いた。

「ふうん……。皇帝陛下は姉様を自国に欲しいみたいだけど、エルマー皇太子の元婚約者さんは、エリックと結婚できなくなって怒ってないの？」

明るい緑のベストに白シャツを合わせた彼は、ジュリアナが歓迎の宴で耳にしたエーリカ嬢を気にする。

マリウスと同じく、白シャツに紺のベストを身につけたエリックは、ああ、と苦笑した。

「彼女は元々エルマー皇太子を愛していたらしくてな。俺との婚姻話も出ていたが、絶対に受けないと拒んでいたそうだから、問題はないよ」

ストライプのワンピースを纏ったジュリアナは、ほっとする。結婚相手を奪ったなんてことになっていたら、また変な小競《こぜ》り合いが起きかねないと、実は気になっていたのだ。

マリウスはにこっと笑う。

「そっか、じゃあよかった。皇后も廃されたんだよね？」

「ああ。結構な証拠が挙げられたから、二大派閥の長《おさ》もすげ替えられたよ。ちょっとまだごたついているが、その内収まる」

エリックの答えを聞いて、マリウスは「あと確認することはないかな」と呟く。

「……どうしてそんなに、色々聞くの？」

興味があるのだろうが、どことなく確認事項を押さえている印象で、ジュリアナは首を傾げた。

マリウスはきょとんとし、首を傾げ返す。

「え、だってあと半年もすれば姉様も嫁いじゃうらしいからさ。エリックの身辺に変な問題が残ってたら、反対しなくちゃと思って」

「……そう……」

ジュリアナは微かに頬を染めた。エリックとジュリアナの結婚は、事態が収束した直後に式の日取りを定められ、公表された。

ペルレ帝国へ住まいを戻さねばならないエリックは、離れている間にジュリアナに言い寄る男が出ないように、と議会をせっついたらしい。

マリウスは芝の上にあぐらを掻いて、エリックを胡乱《うろん》に見る。

「でもエリックも余裕ないよね。ちょっと時間ができたらすぐ姉様に会いに来てさ。結婚したらずっと一緒にいられるでしょ」

呆れた顔をされるも、エリックは微笑んで彼の頭を撫でる。

「違うよ、マリウス。ペルレ帝国へ行ってしまったら、お前にもなかなか会えなくなるだろう？　時間のある内に、皆との時間を共有したいだけだよ」

昔からオルコット侯爵邸を頻繁に訪れていた彼は、マリウスたちを家族のように愛してくれている。慈しみ深い眼差しで言われ、弟は苦虫を噛み潰したような顔になった。

「……そういう恥ずかしいことは、面と向かって言わないでくれる？　反応に困るよ」

照れ隠しなのか迷惑そうに言われ、エリックは、ははっと声を出して笑う。そして彼は傍らにいるジュリアナに視線を転じ、ぼそっと低い声でつけ加えた。

「まあ……ちょっと目を離したら、その隙を突いてあらゆる所から花を贈られる恋人がいると、割と焦るのも本当だ」

頭をぐりぐりされていたマリウスはその手を邪魔そうに外し、姉を見る。

「……そういえば、最近までいっぱい花束が届いてたっけ」

彼の言う通り、エリックとの結婚が告知されるまでの僅かな間に、ジュリアナのもとへはペルレ帝国から数多くの花が届けられていた。使者を歓迎する宴でジュリアナと話したり、垣間見たりした人たちからである。

ジュリアナの名前だけを頼りにどこの令嬢か調べ上げて他国に花を贈る行動力は、驚きに値する。しかしジュリアナはあの日、皇帝との対話で頭がいっぱいだったので、宴で出会った人々はほとんど覚えておらず、申し訳ない気持ちになるばかりだった。

その人々を気にする恋人に、ジュリアナは眉尻を下げる。

「皆さん、私がこちらの国で色々と問題を起こしていたなんて、知らなかったからよ。それに私が好きなのは貴方だけだわ」

ほんの少し焦ってぽろりと想いを口にすると、エリックはにこっと笑い返す。

「本当？」

「う、うん」

弟の目は気になるものの、結婚も決まっているしいいかなと、ジュリアナは赤面しつつ頷き返した。

エリックは風に揺れるジュリアナの髪を指先で梳き、熱く見つめてくる。眼差しにドギマギし始めると、マリウスが頭を掻きながら立ち上がった。

「はいはい、わかったよ。結婚後も姉上は問題ないっぽいし、それじゃあ僕はハーブ園に行きます。どうぞ好きなだけ仲良くしてよ。――あ、でも変なことしてたら声が聞こえるからね！」

びしっと指を突きつけて忠告され、エリックは朗らかに笑った。

「こんなところで変な真似をするわけないだろう、安心しろ」

その言い方が妙に嘘っぽく聞こえて、ジュリアナは恋人の横顔を凝視する。彼はジュリアナの視線に気づかない素振りで、弟に手を振った。

「今夜はオルコット侯爵に食事に招かれているから、そのあとにチェスでもしような」

「あ、うん！　絶対だよ」

マリウスは素直に嬉しそうに笑うと、エリックに手を振り返してハーブ園へと向かった。弟の姿が見えなくなると、エリックはこちらを振り返る。

その顔を改めて正面から見ると、ジュリアナの胸はじわじわと温かくなっていった。幼い頃と変わらず、当たり前のように彼と屋敷の庭にいる。本当にエリックが無事に戻ったのだと実感できて、嬉しかった。

「……お父様に無理をお願いして、ペルレ帝国へ行ってよかった」

はにかんで笑うと、エリックは目を瞬き、眉を顰める。

「いや、敵国に単身突っ込むなんて、もう二度としないでくれよ。何かあったら守るつもりだったけど、俺はまだあちらで知り合いも多くはない。あいつの命一つくらいなら取れても、その後逃げ切る術《すべ》はほぼなかったよ。君があいつを煽るたび、冷や汗が半端なかった」

皇帝をあいつ呼ばわりしつつ、困り顔で文句を言われ、ジュリアナはふふっと笑った。

「そうでしょうね。でも、全部わかってしていたの。私は割と欲深いから、全部守りたかったし、手放したくなかった。この国の未来も、貴方との恋も」

「ん？」

エリックがなんの話だと聞き返し、ジュリアナは視線を落として、膝の上に置いていた自身の手を見る。

「……この国に留まって、ペルレ帝国の出方を怯えて待つだけでは、未来は変えられないと思ったの。もしかしたら貴方が何か策を講じたかもしれないけれど、小動物のように震えて待つのは愚かよ。皇帝陛下は、次々に戦で勝利を収めてきた苛烈な方だもの。小国は、せめて方針が定められる前に先方の懐に飛び込むくらいでなければ、勝機は失われる」

オルコット侯爵は多方面に知人を持つ。その人脈は近隣諸国にわたり、彼がそれほど多くの人と交流を持つのは、何も人好きだからというわけだけではない。

全てはいち早く情報を手にし、この小国を守るためだ。

かつてアメテュスト王国は、ペルレ帝国から宣戦布告を受け、危機に瀕《ひん》した。父は国を守るためその多岐にわたる伝手を使い、勝機を感じる情報を手にするや、間を置かず単身ペルレ帝国へ乗り込んだと当人から聞いた。

命知らずだろうが、勝ちを手にするためには、迷いがあってはいけないのだ。もとよりその交渉が上手く行かねば、国の未来もないのだから、命を惜しむ理由もない。

ジュリアナは顔を上げ、瞳を悪戯っぽく輝かせる。

「それに、自ら隣国へ赴き、皇帝の威圧に屈しない娘だと見せつけないと、次期皇帝になる貴方の伴侶になんてなれないとも思った。だから、あんな強気な態度を見せたの」

ペルレ帝国の首都へ入った時、エレンに話した小さな思惑。

一度目の恋は散ってしまったけれど、二度目の恋は手放したくなかった。幼い頃から共に過ごし、自らを慈しんでくれたエリック。彼と共に生きたくて、ジュリアナは最後まであがくと決めたのだ。国の未来と、自分の恋をかけて、ジュリアナは敢えて強い女として皇帝に挑んだ。エリックの隣に相応しいと、皇帝に認められるために。

エリックと結ばれるため、わざと生意気に振る舞ったのだと話すと、彼は意外そうに目を瞠った。次いでふっと笑い、顔を寄せる。

「……それは男冥利に尽きる。命をかけてもほしいと思わせるくらい、俺は君を恋に溺れさせられたらしい」

甘い声に、ジュリアナは頬を赤く染めながらも、微笑んで頷いた。

「ええ。他の誰にも譲りたくないくらい、私は貴方が大好きなの」

想いを告げると、エリックは嬉しそうに頬を緩める。愛情に染まりきった眼差しでジュリアナを見つめ、二人はそっと優しいキスを交わした。


——半年後、ジュリアナとエリックの結婚式は、ペルレ帝国首都ヴァイゼにある教会で大々的に執り行われた。

二国間の和平を祝う意味もあるその挙式は、アメテュスト王国側からは数多の絹が送られ、二人の衣装は以前エリックと口約束を交わしていた、バルテル伯爵家の工房にて作られた。

各国から多くの大使が招かれ、教会内で厳《おごそ》かに誓約を交わした新郎新婦は、大勢の民が集《つど》う教会前に姿を見せる。

純白の衣装に身を包んだ二人を見た民は、盛大な拍手と花吹雪を贈った。

「新たな皇太子夫妻に祝福あれ！」

「ペルレ帝国のさらなる繁栄を――！」

色とりどりの花びらが風に舞う中、ジュリアナとエリックは晴れやかな笑顔で手を振り、互いに目を見交わす。

純白のベールと、床を撫でる豪奢なドレスを纏ったジュリアナを愛しそうに見つめ、エリックは破顔した。

「君を娶れるなんて、俺は幸運だ。……愛してるよ、ジュリアナ。永遠に君を慈しむと約束する」

彼の瞳に薄い涙の膜が張っているのに気づき、ジュリアナはその頬を優しく撫でる。

「……ずっと私を大切にしてくれてありがとう、エリック。これからは、私がうんと貴方を大切にする」

愛情一杯に囁き、永遠の愛を口にしようとした時、エリックは前触れもなく、彼女の腰を引き寄せて唇を重ねた。ジュリアナは驚くも、観衆はわっと盛り上がり、二人を祝福する歓声はいつまでも鳴りやまなかった。

悲惨な結婚を強いられたので、策士な侯爵様と逃げ切ろうと思います

著者　鬼頭香月　　© Kouduki Kitou

2021年8月5日　初版発行

発行人　神永泰宏

発行所　株式会社Ｊパブリッシング
〒102-0073　東京都千代田区九段北3-2-5 5F
TEL 03-3288-7907　FAX03-3288-7880

製版　サンシン企画

印刷所　中央精版印刷株式会社

定価はカバーに表示してあります。

万一、乱丁・落丁本がございましたら小社までお送り下さい。

本書のコピー、スキャン、デジタル化等の無断複製は著作権法上の例外を除き禁じられています。

ISBN：978-4-86669-418-4
Printed in JAPAN